厨房里的海派少女

梁清散 著

人民文学出版社
PEOPLE'S LITERATURE PUBLISHING HOUSE

图书在版编目（ＣＩＰ）数据

厨房里的海派少女 / 梁清散著 . -- 北京 : 人民文
学出版社, 2020
ISBN 978-7-02-016243-7

Ⅰ. ①厨… Ⅱ. ①梁… Ⅲ. ①长篇小说－中国－当代
Ⅳ. ①I247.5

中国版本图书馆 CIP 数据核字 (2020) 第 069310 号

责 任 编 辑　卜艳冰　　王皎娇　　吕昱雯
装 帧 设 计　李苗苗

出 版 发 行　人民文学出版社
社　　　址　北京市朝内大街 166 号
邮 政 编 码　100705
网　　　址　http://www.rw-cn.com

印　　　刷　山东临沂新华印刷物流集团有限责任公司
经　　　销　全国新华书店等

字　　　数　244 千字
开　　　本　889 毫米 × 1194 毫米　1/32
印　　　张　11.375
版　　　次　2020 年 9 月北京第 1 版
印　　　次　2020 年 9 月第 1 次印刷

书　　　号　978-7-02-016243-7
定　　　价　49.00 元

如有印装质量问题，请与本社图书销售中心调换。电话：010-65233595

目录

唥汁辣酱油

1. 你怎么回事小老弟？ / 002

2. 自己人 / 017

3. 阿姆斯特朗大炮 / 033

4. 解决麻烦是老板的担当 / 044

5. 坐看云起时 / 054

6. 焦躁的一夜，空白的一天 / 064

7. 盛宴 / 078

8. 胜败皆乃家常菜 / 092

9. 算账 / 111

番茄牛肉汤

1. 极司菲尔小屋　/ 118

2. 杂烩焖饭　/ 130

3. 公司和工厂　/ 141

4. 名为兆达里的污秽之地　/ 154

5. 老赖老混蛋　/ 166

6. 小勤过来一下　/ 177

7. 霍氏？或是，祸事？　/ 186

8. 老野狗　/ 194

9. 一群让人操碎心的老骨头　/ 204

10. 古刹静安寺　/ 216

11. 狩猎　/ 227

12. 终将到来的一天　/ 241

奶香青豆泥

1. 大概是白痴 / 260

2. 他配吗？ / 268

3. 看着就像个苦命的人 / 275

4. 罗兰橙汁荷兰水 / 285

5. 密匙 / 293

6. 匣中世界 / 305

7. 回到原点 / 318

8. 付出代价的棋局 / 327

9. 西岸以西 / 340

对谈

美食与写作，少点苦，多点甜 / 353

唵汁

辣酱油

1. 你怎么回事小老弟？

光绪二十年（1894），开埠五十一年的上海，自小刀会一乱，华人入住租界之后，什么大事都没再发生过。时已入春，就算空气中满是工厂和往来的蒸汽轮船冒出的呛鼻浓烟，人们都会固执且没心没肺地认为，这一年大概会是个好年了。

晨雾方退，阴霾尚存。

夜间灯红酒绿、歌舞升平的英美租界四马路，清晨显得像个落魄公子，疲惫不堪、倦容满面。湿冷的春风把满地狼藉的垃圾吹得像枯叶一样四处飘散。

两个年轻人走在了这条马路上。

个子高些的青年，一身蓝色长衫，没有穿马甲保暖，瓜皮帽子后面留着长长的辫子，从哪方面看都是个普通的青年，样子倒是相当俊朗，只是他多少有几分拘谨，似乎对四马路有着一层朴素的胆怯——哪怕是在清晨。而个子矮些的那位，眉飞色舞，夸夸其谈，有种显摆对四马路博学的雀跃感。再看他的装扮，更显得浮夸，一身洋面料西装，一副金丝眼镜，讲究得简直如同在大马路、黄浦滩各大洋行上班的华经理，只是细长的辫子从圆檐帽后面露出来，实在尴尬。不过，他更多不是指着四马路上簇拥密集的妓馆品头论足，而是在谈着挤在妓馆、书场、戏楼、烟馆还有其他各种茶楼饭店之间的番菜馆①，多少还是能让他显得没那么油滑。

"番菜馆，家家都要有自己的招牌菜，你进了馆子，上来就点招牌，那才能说明你是行家，店小二高看你几眼。"正巧两人路过了挂着流苏店旗、相当气派的一品香，矮个西装指着一品香中体西用的木楼阁店面接着说，"就说这一品香吧，光绪八年（1882）开业，十二年的老店，他们的炸板鱼可谓一绝。每天傍晚多少人，西装革履排着队就为了吃上一次一品香炸板鱼。但你肯定不知道，他们的炸板鱼能有今天的味道，小生可是给他们提了不下十处的改良意见。"

一件无从证实的事情，矮个西装说完，呵呵地笑得相当得意。笑声不大不小回荡在四马路上，弄得蓝衫青年都默默低下了头，大概是在后悔选了这家伙来帮忙引荐番菜馆。

"密、密斯托丁……"蓝衫青年实在忍不住，轻声打断了笑声，"罗兰番菜馆不远了吧？"

被称为"密斯托丁"的矮个西装，名叫丁松明，姑且算得上是个文人，没什么正职工作，在小报《笑言》上，有个自己的固定专栏——"聪明小品"——专讲果腹之外的吃吃喝喝之事。《笑

---

① 晚清时期的西餐馆被称为番菜馆。

言》的销量，当然比不过那些专登四马路妓馆花榜的小报，但多少也有那么些忠实读者，这也成了丁松明最引以为豪的地方。

被打断的丁松明有些不悦，说："呵，真搞不懂你为什么偏偏要选那家店。"

蓝衫青年没有接话，只是希望丁松明能快些把自己带到地方。

"要我说，你们江南制造局的学生，虽然一直学那些洋人们的奇技淫巧，"大概不是有意，丁松明揪了揪自己衬衫的领子，"也该算是精英了不是吗？何况还要拿着官家的钱去德国留学深造，怎么不选家上档次又气派的番菜馆？你看，老派的有万家春，多有面子，新派的有又一元，他们家的烤仔鸡，堪称一绝。"

丁松明说起来像是如数家珍，实际上从他们在江南制造局大门口碰面，一起坐船到黄浦滩的私渡码头，再到走在四马路上，丁松明已经提到"又一元"这家才开一年有余的番菜馆不下五次。

未免强行推荐得太刻意了，不知他们之间有什么样的背地交易，蓝衫青年揣摩着丁松明的小心思，不屑地"哼"了一声。

蓝衫青年名叫方霆，是并入江南制造局的广方言馆的学生之一，除了学习八股、外文和西学以外，专项学习兵工制造。去年年末李鸿章李中堂从朝廷拨出一笔款子，选了九名学生准备送去德国，方霆便是九名佼佼者之一。可以说，他不是什么泛泛之辈，只是看上去比较朴素内向而已。

见方霆对自己的推荐照旧不予理睬，丁松明感觉自讨没趣，只好安静下来，带着方霆往他指定的罗兰番菜馆去。

罗兰番菜馆虽然和其他番菜馆一样，都开在四马路，但远没有一品香、万家春那么有年头，也没有又一元那么财力雄厚，只好将店面开在了四马路南侧小巷里。所幸门脸露在巷子的街面上，和几家没什么排场的粤菜消夜馆还有一家老虎灶共用一个石库门里弄，倒也或多或少有点过路客。

饭馆都是要起早贪黑。罗兰番菜馆所在的兴福里，即使多是消夜馆，在清晨也都开始忙碌起来。隔着建筑，便能听到里弄内嘈杂的声音，搬运新菜、生火劈柴、洗洗涮涮。老虎灶的老虎尾巴早就冒出烟来，供街坊四邻一天的热水已经开始烧了。

老虎灶的蒸汽扑出了店面，漫到巷子里，弄得云雾缭绕一般。丁松明嫌弃地用手扇着驱赶蒸汽，穿过湿滑的巷口，到了罗兰番菜馆门前。

在小巷里，店旗倒是有的，紫色的旗子上，不仅写着店名"罗兰"，还有洋文"Roland"，表现着自己是一家卖西洋餐食的番菜馆。

罗兰番菜馆和其他餐馆一样，没有把门板完全打开，但还是开出一道，以示里面的人已经开始干活了。

就算再不屑，丁松明还是有着基本的礼仪素养，走到打开一道缝的门板边，轻轻敲了三下，向里面喊道："林老板，小生丁松明，给您带生意来了。"

向店里报了名之后，两人客客气气地站在门板外。

没过一会儿，店内有了动静，一个小脑袋从打开的门板间探出来——是个身材瘦削的少女。少女穿着一身淡紫色裙装，看来是罗兰的员工，看发髻，猜年龄十五六岁。

"咦？是小晨呀。"显然丁松明是认识这个女孩的，只是觉得没有叫出那个林老板，有些失望，"你怎么还没去菜场？"

被叫作小晨的女孩全名叫庄小晨，她明显相当厌弃眼前这个装腔作势的家伙，根本没有正眼看丁松明，只是说了一句"就你管得宽，赶紧进来"，就去搬开一块门板，让两个人进来。

方霆见这么瘦小的女孩费力地去搬沉重的门板，本打算赶过去搭把手，却发现她相当熟练，已经将门板挪到一边，贴墙放好。

罗兰店内，因为没点灯，又上着一半的门板，昏昏暗暗。气味倒是有股说不上的香，对于方霆来说陌生得很。

"呵，你们一大早就开始煮咖啡①了吗？"

原来这个味道就是传说中咖啡的香气，方霆饶有兴趣地又闻了闻店内的气息。

丁松明倒是熟门熟路，一屁股坐到全店光线最好的一张桌子旁，抱着双肘，斜着脸说："小晨，你们老板娘呢？怕不会是还没起吧？"

庄小晨根本没有理他，倒是店内深处的木楼梯发出了吱吱扭扭的声音，有人从楼上走下。

"叫老板，不是老板娘。"

话音不算尖利，但足够有穿透力和魄力。

"是是是，是老板，林老板。"丁松明还是那副笑吟吟的样子，完全没有认错的态度，"林老板，小生可是专程给您带生意来的。"

湖绿色百褶长裙，盖着若隐若现的天足，上身是长袖夹裼，都是传统的中式服饰，却让这位林老板穿出一股从骨子里透出来的洋气。方霆看着，多少有些愣神，原来这就是驻德公使林寿松的独女林茼的真容。想象中，那种千金大小姐的任性和矫揉造作，

---

① 在19世纪末，"咖啡"被译为"磕肥""考非""高馡""珈琲"，等等，但为减少疏离感，本书使用当代译法"咖啡"。

竟是看不出丝毫。不过，既然能在父亲出国期间一意孤行地开了这家番菜馆，任性多少是免不了的。

就在方霆思前想后的时候，林荀已经走到了他的身边，微笑着上下打量方霆，彬彬有礼地率先发问："是广方言馆的学生吧？"

"呃、呃，是、是的。"方霆一下子结巴起来。

自己没穿馆里的制服出来，林荀是怎么看出来的……

显然心里的疑问也被她一眼看穿。

"润油和火药的味道。"林荀体贴地解释道，"你细皮嫩肉的，不是战场打仗的样子，只能是学造火炮的学生了。"

说得方霆急忙左右手地闻了半天，反倒是把林荀逗笑了。

"开玩笑的，我们家咖啡这么香，再能闻到火药味还得了？"

正反两面全让她说了，而且都颇有道理，方霆根本不知该信哪个。

"坐吧。"林荀指了指丁松明旁边的座位，化解着方霆的尴尬，说，"挺好的孩子，直接来找我们就行了。"

"哎哟，林老板，您看您这话说得。密斯托方，他自己哪知道咱们馆子预订包场的流程。"

"小晨，帮忙给两位倒些咖啡。"林荀根本没接丁松明的话茬，但眼神里还是流露出对包场客人的重视。

庄小晨早就站在丁松明一边感觉不耐烦了，正乐得清静，几乎是跳着脚去了里间后厨。

坐下来的方霆自报了姓名，林荀也认真起来。

"想包哪天的场？"

"嗯，越近越好吧。我们九个同学，下个月就要乘海轮去德国了。希望能在走之前，有一次启程晚宴。"

"下个月之前啊……"林荀像是脑中已经浮现一张时间表，"一定是晚宴对吧？那只有一个星期之后那天了。确定九个人？"

"确定。"看林荀在脑中排时间，方霆多少有些紧张，不过听到说下周就有空闲，松了一口气。

"嗯，反正是包场，场地就这么大，最多只能有五桌，一桌四人，二十人是极限。"

"了解，具体人数，我已经确认再三，请林老板放心。"

"真乖，"林荀像个大姐姐，"别和某些人那样，动不动就叫什么'老板娘'，不中听。"

突然被说到，丁松明脸上尴尬地凝固住了。

这时，庄小晨从里间端出一碟托盘，托盘中是三只盖碗杯和一个烧得滚烫冒着热气的咖啡壶。咖啡壶容量不小，小姑娘端着它多少有点吃力。不过，看样子她早就习惯了这种端上端下的工作，咖啡没有洒出半滴，已经送到林荀三人所坐的桌上。

咖啡杯是精致的白瓷盖碗，一人面前摆上一只后，庄小晨先为客人方霆倒好了咖啡。随后，是老板林荀。最后，白了丁松明一眼，也给他倒上一杯。

和用盖碗喝龙井大不相同，晶莹白瓷里是浓黑的咖啡汤汁，还没喝过咖啡的方霆，看着杯中丝丝白絮旋转，奇妙的漩涡让他愣了神。

丁松明倒是毫不客气，刚倒好咖啡，他便端了起来，灵魂都注入鼻孔里一样，微合双目嗅了嗅，便又将咖啡杯放回桌上，说："鸡蛋咖啡，火候倒是不错。"

没有人理他，他只好转向方霆。

"我跟你说，这鸡蛋咖啡讲究的就是火候。咖啡煮到什么时候再下鸡蛋，便是煮好的诀窍。不能煮沸，要在汤汁出现细细的小泡时，把打好的鸡蛋慢慢注入。不能快，快了鸡蛋就结块。一大坨在咖啡壶底下，光是想想就知道有多难喝。只有鸡蛋花细化，再细心过滤，鸡蛋花的顺滑柔和带着咖啡的苦涩浓香，才能搭配出最佳口感。"丁松明又将咖啡端起来。"不过，你看这鸡蛋花可不算均匀，有的地方还是结了小块。"说着，鉴定师一样地抿了一口。"味道嘛，尚可。我想，你们一定是在煮的时候没有……"

"我们要提前预订菜品，"林苟无情地打断了丁松明的品评，直截了当地继续和方霆确认包场的细节，"小晨，麻烦你再把餐单拿给他。"

"不必麻烦。其实……小弟我也提前做了一点功课。"方霆说着，偷眼看了看丁松明。

林苟看在眼里，大概明白了方霆所说的"功课"来源。

"主菜，我们想订罗兰煎牛排。然后，前菜……"

方霆如同背课文一样，正要接着说，却发现气氛骤然不对，林苟已然是一双冷眼狠狠盯着自己。

被盯着，方霆立刻心里发毛，心想这"罗兰煎牛排"可是丁松明亲口跟自己说的，每家店都有自己的招牌菜，煎牛排正是罗兰番菜馆主厨陶杏云的得意之作。方才丁松明夸夸其谈的话语，还都萦绕耳边。什么一介女流之辈，竟想在番菜主厨界有所作为，简直痴人说梦，不过，要说口味，罗兰煎牛排确实有些可取之处，云云。自从方霆了解了丁松明的评判方式之后，也就明白这个言语刻薄的人，如果能给出些许正面认可，哪怕仅是只言片语，那也算得上是对评判对象的莫大认可了。

罗兰煎牛排，不会有错，必然是罗兰番菜馆招牌才是。可现在……

方霆求救一般看向丁松明，然而丁松明却继续着方才的尴尬，品尝着他手中的那杯鸡蛋咖啡，对周遭气氛变化全无察觉。

关键时刻掉链子，这是怎么回事！方霆心中暗骂。

所幸，莫名的僵局还是由林荀打破了。

"小老弟，"林荀的语气阴冷，"你是专门来找别扭的？"

比僵局更可怕了！方霆的内心在哀号。

而林荀说着，目光瞥向丁松明，意思是这个局显然是被这个家伙教唆的。喝着咖啡的丁松明，不由得打了个寒战，才注意到气氛不对。他同样感到莫名其妙。

在所有人都不知所措的时候，庄小晨已经气鼓鼓地神秘离开又归来，把一份报纸丢在丁松明和方霆的面前。

"谢谢。"林荀是在答谢庄小晨这个心有灵犀的举动。

方霆不解地拿起了桌上的报纸。是两天前的《申报》，头版上，除了国内外大事简讯，还用了不小的篇幅报道了一场事故。

就算是常年在上海紧南端的江南制造局半封闭地读书，方霆对两天前的事故也略有所知。两天前的清晨，黄浦江上连续几声狰狞巨响，惊醒了半个英美租界居民。原来是两艘远洋蒸汽货轮抢道入港，在黄浦江畔相撞沉没。两艘巨轮都没有挂大清国的龙旗，分别是英法两国的远洋货轮，老百姓们本就只是看个热闹，又注意到不是大清国的轮船，更是不大关心后续。

但因为资金全从洋人那里拿来，所以多份报纸为这起惨痛事故发声。

报道事故经过的有之，讨论杜绝同类事故发生的亦有之。

只是方霆觉得那不过是他人的热闹而已，不足为之上心，没想到竟是在此时，没来由地被一家番菜馆的老板提及。

"看来你真是一无所知。"林荀依旧面无表情，冷得可怖。

方霆确实一头雾水，而此时他手中的报纸已经被身边的丁松明拿了过去。丁松明盯着"黄浦江沉船事件"的报道，眼睛突然滴溜一转，看透了一切。

如果丁松明是个老奸巨猾的人，恐怕这个时候绝对会不动声色，所有小动作都放到背后去做。可惜他并不是，一早晨的压抑，还有刚才所遭到的冷遇，全都一时爆发。

"哎哟！林老板，原来如此，原来如此啊！"丁松明就像沙子堆里发现一粒金子一样得意，"这艘被撞沉的英国船，我可是知道它从哪来的。英国人的东印度公司。密斯托方，你懂这意思吗？"

方霆只是摇了摇头。

"让我为你细细道来——"

丁松明甚至还唱上了。林荀也好，庄小晨也好，哪怕是方霆，都不由得皱起了眉头。

"这艘从东印度公司开来的货轮，每个月一班，是住在上海洋人们的专运，嗯，说白了就是供给那些英国老爷们日常生活的。说到这里明白了吗？"

每个人都有着自己的考量，无人回应。

"煎牛排，要取最新鲜的牛肉，切长宽各两寸，厚有五分，用刀背打嫩，方可下锅。"丁松明双手在空中比画着，如同真的在切一块牛肉一般，"锅里把猪油滚沸，再下牛排，煎得滋滋作响时，加盐、酒、洋葱、白糖。火要武火，但绝不能过猛过久，必须恰到好处地翻动牛排，及时出锅。如此，肉质才能保持鲜嫩。用餐刀切开，鲜红肉汁从中溢出，更是平添几分食欲。不过，在此之上，一定要配上正宗的英国唁汁佐味，去了牛排最后一点腥味，方算完美。"

每天都对着各种大型机械进行精密计算学习的方霆，此时完全听蒙了，这和刚才说的东印度公司有什么关系……

"方老弟，你还没明白？"

怎么都变成老弟了！方霆只好继续摇头。

"那艘沉江的英国货轮，正载着罗兰番菜馆每月都要订购的正宗英国唁汁。"

"啊！"方霆忽然明白了，轻轻叫了出来。原来丁松明兜了这么一大圈，就是要说这里引以为豪的罗兰煎牛排，因为两天前的沉船事件，没了关键的佐料。听丁松明的意思，就算主厨陶杏云技艺再好，没有唁汁，一切都白搭。那么……方霆不禁明白刚才林苟为什么会有那样的反应，自己的要求可以说是一种冒犯了。

想到这里，方霆立即转过头来，看向林苟。他刚要说点什么表示歉意，结果丁松明又抢了他的话头。

"巧妇难为无米之炊啊！没有英国老爷们运来的唁汁，罗兰番菜馆，呵呵，一无是处了。"

丁松明话一说出，急得方霆直跺脚，这个丁松明是不懂人情世故还是成心挑衅！他要找事，也不该拖着自己下水啊！一时间，反倒是方霆有苦说不出，只得在心里哀号。怪不得罗兰的人对丁松明的态度都是那个样子，怨不得他人。

待到方霆真的转头看向林苟时，才发现她竟完全没有爆发的意思，虽然脸色不甚好看，但终究还是平静。

不愧是大家闺秀出身。只是接下来，林苟开口，方霆才意识到，刚才的平静，大概只是爆发前的假象。

"这是你说的？我们罗兰一无是处？"

林苟语调充满压迫感，就算本身占了上风的丁松明，都立刻缩下半截。

他只能强挺着，说了声"没错"。

"呵，有意思了。"林苟回头看看站在身后，已经气得跺脚的庄小晨，"干脆咱们打个赌，没有英国噎汁，我们照样能让江南制造局的几个小老弟吃得满意，连德国都舍不得去。"

此话一出，丁松明和方霆都睁大了双眼。

不过，毕竟丁松明自认占了上风，被威慑到也只是一瞬，转眼又神采奕奕眉飞色舞地接招了。

"打赌我喜欢啊！不过……这样太没挑战性，你们一家番菜馆，还凑不出一套可口番菜？我看，不如玩点刺激的，加上些限制，就有意思了。"

"加限制？确实有点意思。"

"林老板爽快。那就让小生来算算看。你们罗兰每个月都要向东印度公司订购噎汁，具体订多少坛，小生当然不得而知，但从频率来看，你们的噎汁必然是每个月都可丁可卯地用。然而，两天前本来能到货的噎汁，付之东流了。不过，我相信林老板不是那种做事不打富余量的人。海运万一遇到天气原因之类，迟上三四天一个星期，都算正常。所以呢，想必罗兰现在的噍汁还有余量。这就不算是小生为难诸位，我们打赌不妨就加上这一条，一个星期后，你们接待方老弟他们九个人的包场，必须要有'罗兰煎牛排'这道菜，然后再是让他们乐不思蜀，呃，不不，满意而归。怎么样，这样的提议，林老板是不是立刻兴致满满？"

"呵……"林荀沉吟片刻，"你还真是精于算计，我看写吃喝的专栏真是耽误了你的大才，你早就应该去当铺做个账房先生。"

虽然遭到了嘲讽，但丁松明知道自己又中一击，十分得意，就等着看林荀服软，甚至还想象出了她求饶时的样子。

林荀双目满是只有商人才有的犀利，方霆看在眼里，意识到这个女人绝不是一个简简单单的任性大小姐。可惜现在这种情况，恐怕只是强挺。

"别说这些虚的了。"林荀依旧没有服软的意思，这不禁让丁松明更加兴奋，现在架得越高，到时候摔得就越有趣越精彩，"要赌就加赌注吧。"

"哈！当然当然，没有赌注怎么叫赌。"

"你这家伙说话真够磨叨的，都说了加赌注，结果还是吞吞吐吐不说。我都为你害臊。"

丁松明心里咬着牙，忍下口气，就等看好戏。

林荀忽然伸出手掌，纤细的五指在丁松明面前晃了晃，说："行了，我先说，我们罗兰要是输了，全店免费五天，只要坐得下，随便点随便吃。"

"有魄力！"

这可是不小的赌注，免费五天，以番菜馆的食材成本来说，等同于破产。丁松明盘算了一下，自己都有点震惊，怕不是玩得有点大了吧。不仅丁松明被这样的赌注所威慑到，在场所有人，就算是对番菜行业一无所知的方霆，都已经是张目结舌。未免有点太逞强了！

“我看你也憋不出个子丑寅卯来。”林荀似乎是在乘胜追击一样，步步紧逼起来，“干脆我给你安排上算了。就这么定了，如果你输了，你的‘聪明小品’改名，改成……嗯，‘猪头瞎品’。”

逞口舌之快！丁松明听到这个什么“猪头瞎品”，已然气得七窍生烟。但他暗自告诫自己，这时候就要沉得住气，林荀这个女人已经把她自己逼到绝路，只要沉得住气，就能看她身败名裂！

“成交。方老弟，你是见证人，这把赌局有你第三方见证，省得到时候有人要赖不认账。”

方霆听到，无力地张大了嘴，双方都用期待的目光看着自己，完全没法推辞，事情怎么就成了这样，回去如何和其他几个同学交代！

“不过，”丁松明忽然说，“我们的赌注不算小，如果只是让方老弟他们几个学生来评判，怕会有所偏颇。”

“请董存仁董会长来呗。”林荀的语气已经颇不耐烦。

四马路诸多番菜馆近些年办了联合会，这个董存仁正是推举出来的联合会会长，原本是粤菜馆的老板，后来开始做番菜生意，去过欧洲，就连一品香的老板都要对他敬重三分，德高望重。

“大手笔。就是不知方老弟你们意下如何。”

意下如何？方霆哭笑不得，话都说到这个地步，还有什么意下不意下的。

方霆只能无奈地点了点头，说："几位学长应该不会有意见……"

"都没意见？好。"说完林荀起身，"咖啡凉了，口感差了，配不上丁大食客的口味，小晨，送客吧。我们一星期以后再见。"

林荀离席而去，方才出场时的清新全无，全身散发着令人胆寒的气息。

再看一直站在一边的庄小晨，少女没有林荀那种由内而外的气势，却也是气得脸色苍白，根本没打算送客。

幸好丁松明十分识趣，直接笑嘻嘻地站起来，跟鼓着嘴的庄小晨说了一声"回见"，拉着方霆自行离开了。

时间已经到了晌午，罗兰旁边的老虎灶门前，挤满了来买开水的人，热闹得比那蒸汽还蒸腾。

四马路开始恢复喧嚣，三三两两从大马路和黄浦滩上各大洋行、银行过来的买办、华经理们，在白日的四马路上找着吃食，有的为了和约好的洋人坐下谈些生意，有的只是为了炫耀自己可以不赶早上班。他们悠闲地走在马路上，大摇大摆，吃上一顿早午大餐①。吃饱喝足，再回大马路，继续推动全上海乃至全国的畸形金融大齿轮。

熙熙攘攘的四马路，丁方两人却一言不发，只是默默一同走向黄浦滩码头。大概两人各有心事了，只是方霆的心事，未必有多舒心。

---

① 中国人一日三餐的习惯是从西方传来的，在此之前，人们一天只吃两顿。在晚清，一日三餐、一日两餐的人皆有。当然，也因为从广州来的人，给上海带来了吃消夜的习惯。在十九世纪末，上海市民的餐饮习惯相当多样，不一而足。

2. 自己人

现实情况是，此时罗兰仅剩一坛半的暗汁。

庄小晨完全不懂老板的意图，想到突然而来的赌局，又是生气，又是害怕。

形式上送走了两个讨厌的家伙之后，她回到里间后厨，去看看自家主厨陶杏云。

陶杏云一身店里独有的厨师套装，上身白色洋人衬衫，下身红褐色百褶长裙，没有穿林苟专门为她订做的淡紫色围裙，坐在灶台旁边，拿着一本话本小说，优哉游哉地看着，和方才毫无变化。庄小晨来罗兰时间并不算长，仅一个多月而已，但自从她来到罗兰，就发现了自家主厨不大一般。

陶杏云外表看上去就是一位温柔体贴的大姐姐，可她有着各种怪癖，难以言喻。比如，她极为喜欢看小说，所谓小说还不是那种女性所喜欢的才子佳人故事，而是《冤狱缘》那样专讲杀人放火、侦查破案的故事。杀人方式越是离奇，她就越是喜欢。喜欢还不算完，看得兴起，无论抓到谁，她都要把看到的案件一口气全都讲出来才算过瘾。

另外的怪癖，也和看小说相关。从庄小晨来罗兰的第一天，她就发现陶杏云在看小说的时候，一定要打一碟唅汁放在手边，一边看着小说，一边用食指蘸着唅汁往嘴里送。不一会儿，一碟唅汁就被她这样吃光。

这个怪癖，庄小晨更是难以理解。说实话，每次为客人端上罗兰煎牛排，庄小晨都是十分自豪的，因为那牛排确实美味，足以让她产生由内而外的荣耀感。但单独吃唅汁……虽然鲜，但也太咸了，还有一点点辣，单吃一整碟，实在无法想象。

而此时更……

就算陶杏云还不知道老板刚刚下了赌约，两天前没能收到下个月的唅汁，此时也应该更加节省店里仅存的一坛半唅汁才对，她却仍然不改习惯，眼看一整碟的唅汁又被吃完。

庄小晨看在眼里，急到心里。她正在心里盘算着怎么才能把事态紧急的消息传达给自家主厨。结果，反倒是陶杏云先抬起头来，看到了站在一边抿着嘴的庄小晨。

"小晨！"陶杏云认真吸了吸自己的左手食指，"根本没想到啊！杀人的是老三。"

"……"

实话说，陶杏云现在看的这本新小说，庄小晨多少有点兴趣，结果现在，连杀人凶手是谁都知道了，兴趣荡然无存。

"更没想到的是，原来反锁上的房门是老三杀了人之后，自己一晚上重新砌上的。不过……现在想想，重新砌上的墙怎么可能看不出来，一群捕快在房子里面外面转了那么多圈，居然都没看出来，不知道是捕快蠢，还是作者蠢了。"

"……"

陶杏云说着，顿感对此书的不满，合上了小说，看了看已经吃净的唅汁小碟，起身开始收拾。

庄小晨想，大概是个时机，讲些重要的事。先说唅汁还是先说赌局？她正犹豫，陶杏云居然已经走到她的背后，笑眯眯地盯着自己白皙的脖颈，简直像是要上嘴咬了似的，吓得庄小晨连连后退。

"小晨是不是有心事？"

当然有！庄小晨心里叫苦，却咬着嘴唇说不出话。

"嘻嘻，一定是恋……"

"不是的。"庄小晨斩钉截铁地打断了陶杏云。

"好好好，姐姐不嚼舌根。"陶杏云嘴上这么说，眼神却还是那样意味深长，"小晨来罗兰多久了？"

当初还不是陶大厨你和老板一起，把逃家出来的自己带来的吗？

"一个月多一点点。"

"哦……"陶杏云眼睛转着，像是在计算着什么，"那还没吃过我的煎牛排。叶勤、沈君她们可都是吃过的呦，个个折服在姐姐的厨裙下。"

厨裙……难道是"石榴裙"的厨房版不成？

陶杏云又嘻嘻嘻地笑了起来。

笑罢，陶杏云忽然正经起来，说："择日不如撞日，不妨今晨就请庄侠领教在下的绝技如何。"

她的用词都是跟那些莫名其妙的小说学的吧！颠三倒四没五没六，庄小晨有些哭笑不得，但内心深处抑制不住地雀跃期待起来。

"其实吧，"陶杏云借着方才煮咖啡的火炉，又填了些柴进去，让火重新烧旺，"姐姐知道你在担心什么。"她像是在自言自语，又像是真的在和庄小晨说话。

原来陶杏云是意识到危机的，庄小晨不由得都为这个发现感动了。可是，如果知道，这个时候难道不该节省才对？她却反其道而行地要为自家人单独做上一次煎牛排……真是搞不懂自家主厨的脑袋里到底在想些什么了。

等火炉的火候烧到适当程度时，陶杏云穿上了她的淡紫色围裙，开始准备食材。

站在一边的庄小晨不像主厨助手叶勤那样熟练，但还是心领神会地把摆在一边的砧板摆放到厨台上。

"谢谢。"陶杏云眯着眼睛，笑得亲切。

一块脱水程度刚刚好的牛后腿肉从厨台旁边用油布封住的小坛子里取出，这是陶杏云每天晚上打烊之后必做的工作，将从菜场送来的新肉按比例切好，脱水封进坛子，以备第二天营业使用。

仅此一步，足以看出方才那个自命不凡的丁松明，炫耀式地讲煎牛排做法，是有多外行，多不着要领。庄小晨嗤之以鼻地哼了一声。

只见陶杏云已经开始用一根不长的擀面杖，轻拍着那块血红带白的牛肉，拍得声音轻柔、节奏悦耳，一面完成，又换了一面轻拍些许。

　　拍好后，陶杏云探头看了看火，不动声色，开始准备调料，从厨台一角的几个瓷罐里各捏出些香料。庄小晨并不能完全认出它们是什么，但因为自己来到罗兰后，接手了去菜场订购的工作，大概能猜出就是百里香、肉蔻之类。

　　每次香料都需要现切，这是陶杏云的坚持。陶杏云纤细的手指拿起菜刀，在砧板上切起那些香料，还真有了侠客的快意。

　　"不能乱刀，乱刀切它们，它们就死了。"陶杏云一边节奏轻快地切着香料，一边喃喃自语。

　　死了……香料们早就已经死了吧。

　　香料分别切好，一小堆一小堆地摆在了砧板与牛肉相对的另一角。

　　大概陶杏云脑中有着各种时钟，香料都准备好之后，她看也不看火炉里的火候，直接就将一只平底锅摆到了炉灶上。随后，从厨台边提起一坛子绍兴酒。她没有着急打开，而是静静等了片刻，才开启酒坛，将酒倒进平底锅内。酒只有薄薄一层，入锅立刻滋滋地翻滚起来。

　　一阵酒香扑鼻。从不喝酒的庄小晨此时都觉得酒是迷人的。

　　"其实要是用啤酒，就更好了。"陶杏云放下绍兴酒坛，又把风干得恰到好处的牛肉缓缓铺到平底锅上。

　　"啤酒？"庄小晨对这个词疑惑不解。

　　"嗯……就是洋人酿的一种麦酒，金黄色，还有气泡。"

　　气泡？麦酒？

　　"麦香加上酒香，以前小荀带我在英国总会吃过一次。"陶杏云像是都要流出口水来了，将在绍兴酒中的牛排翻了一面，方才的酒和肉混合的香气再次溢出。

只是听到那滋滋的肉声，庄小晨都已经开始咽口水，什么啤酒啦麦香啦，早就无所谓了。

"他们大厨神神秘秘的，可是姐姐我一吃就明白了，那不是绍兴酒，也不是葡萄酒，就是最开始用了啤酒。不仅有麦香，气泡还能让牛肉更鲜嫩。"陶杏云彻底陷入了回忆之中，但她手上并没有停，已经将一块黄油和上面粉，捏成了小巧精致的黄球，"可惜咱们牛排一餐只要一元，用不起啤酒……"

陶杏云满面的遗憾，将小黄球在几小撮香料和盐中滚了又滚，看了看在蒸腾的绍兴酒中色泽渐深的牛排，把小黄球摆了进去。

因为有面粉，小黄球不会像单独的黄油那样迅速融化，而是缓缓地变小，缓缓地让味道散开。黄油神秘的香甜气味一下充斥了整个后厨。

在庄小晨入神地看着小黄球缩小时，陶杏云已经切开半头洋葱，去尖去外层老皮，快刀将其切成小丁。洋葱还没来得及刺激到刀主人的眼睛，已经被切碎摆进了平底锅中。

再多了洋葱的味道，全部在平底锅中翻滚着喂进了牛排肉里。

陶杏云再翻了一次牛排，待了片刻，把锅抬起，用小铲轻巧地一推，放到了厨台上庄小晨早已准备好的盘子里。

唥汁，最重要的一步。陶杏云用舀酒一样的竹筒，从唥汁坛子里舀出，倒在唥汁专用的小碟里。加上一对刀叉，一起送到了庄小晨面前。

庄小晨已然按捺不住，立刻去拿刀叉，却被陶杏云轻轻止住。

“别急，算着自己从后厨端它到客人桌上的时间，时间到了再开动。”

庄小晨有些不解，只好静候。这个时间，一个月来也算熟知于心。静候之后，发现牛排真的有着微妙的变化。从刚出锅时热气腾腾变得平静，平静之下，所有的香气随着肉汁溢出。

原来还有这样一层的料理！

庄小晨拿起了刀叉，但还是又抬头看了看陶杏云。陶杏云笑眯眯地向她点了点头，庄小晨终于开动了。

实际上，庄小晨还不大用得惯刀叉，但一个月来看着会用的、不会用的客人，看多了自己也总结出些许方法。双手的拇指和中指各捏住刀叉的柄，食指轻压在背上，左手用叉子压住牛排，右手用刀小心翼翼切了下去。

大概是火候和肉质都恰到好处，刀根本不需要太用力，就将牛排切开，肉汁比肉的表面要红，却又不是那种血腥的样子。

庄小晨叉起这块肉，蘸了蘸唸汁，送进了嘴里。

一股难以言表的厚重感顿时从肉中涌出。原来肉汁的味道如此饱满丰富，不仅仅是吃到鲜嫩的牛肉那么简单。

庄小晨没有陶杏云那样精准无误的味觉，但仅此一瞬，她还是忍不住细细感受着。喂饱了黄油的香甜和丝丝香料以及洋葱的味道，由唸汁汇总，进而全归牛肉鲜美滋味所有。

“太好吃了。”庄小晨几乎要流出眼泪，原来自己送上的煎牛排是如此美味。

陶杏云还是那样笑眯眯的，说：“吃过咱们的罗兰煎牛排，才能算得上是罗兰的人。”

庄小晨不假思索，用力点头。

"不过……"

不过？庄小晨刚开始再切开牛排。

"既然是自己人了，不妨你试试不蘸唅汁。"

庄小晨有点疑惑，将刚好切出的一块直接送进嘴里。

味道还是那么美味呀！庄小晨正想这样说，抬眼看见陶杏云认真的眼神，只好又用尽全力仔细品尝。

真正静下心来细细体会，一下察觉到了不同。入口时确实没差别，但之后发现了方才几乎察觉不到的绍兴酒味和牛肉自身带有的一丁点腥味。原来唅汁微酸微辣的味道，竟能盖住这么多细微的不足。

眼看庄小晨发现了细微的奥秘，陶杏云不仅没有觉得不爽，还一副满足得很的样子，说："没办法呀，刚才也说了，人家用的是啤酒，咱们用不起。而且咱们用的牛也和人家的不一样，要是用了英国牛，当然味道不同，可是咱们照样也是用不起。所以呢，姐姐我试了几次之后，才发现可以用唅汁弥补。"

"原来英国人不用唅汁？"

"也不是不用，而是不用在煎牛排上。这算是因地制宜物尽其用了吧。把煎牛排和唅汁配在一起，可是陶姐姐我的发明哦。"

太让人自豪了！但好像用词又不大对劲吧！

庄小晨不禁在心里惊呼，同时又切了一块牛肉，蘸着唅汁大吃特吃起来。

啊，不对！荣耀感当然是爆棚的，可是现在不是自豪的时候啊！现在最大的问题不就是唅汁吗？

这样说来，唥汁岂不更是必不可少？方才送走丁松明他们时的不安突然间翻倍而袭。这个发明了煎牛排配唥汁的主厨，真的没发觉现在危机临头了吗？！

"哇！你们在偷吃呀。"

庄小晨陷入不安，突然被身后的声音惊醒，立刻回头去看，竟是老板林荀，假装生气地站在后厨门边，向庄小晨手中的牛排看着。

"没没没，老板……"庄小晨吓得赶紧把刀叉全都放下。

而陶杏云却一脸若无其事，说："现在起，小晨也是自己人了。"

"小晨早就是自己人了。"

两个人竟因为自己到底什么时候开始是自己人，你一言我一语说了起来。她们是不是重点又错了？庄小晨有些无奈，倒是趁老板和陶杏云辩论时，狼吞虎咽把牛排全都吃下，收拾了刀叉盘子等。

就在庄小晨迅速收拾好，打算悄悄逃离现场时，耳边突然又是老板的声音。

"小晨，我有点事要拜托你来着。"

庄小晨被吓了一跳，转头发现林荀就趴在自己身后，呼吸在自己耳根，热乎乎痒得要命。

她们俩怎么都有这种趴这么近说话吓人的喜好！

正在心中不块，手中却硬邦邦被塞进了什么东西。几枚铜板？

这几枚铜板，早就被林荀攥得温热。庄小晨立刻偷眼看向陶杏云，陶杏云又在倒一碟唥汁准备吃。

庄小晨心中一沉，耳边已经又是林荀低语，说："去菜场的时候，帮我买一点年糕，突然特别想吃，偷偷地啊。"

原来她进后厨就是找机会要自己偷买零食啊，根本不是要抓什么偷吃现形！

不过，陶姐还管她吃零食？

但庄小晨此时只想快快离开，就捏着几枚铜板，点头给老板看。

刚要出后厨，却又被林荀叫住。

"回来以后，来我房间一下，还有点事要拜托。"

和刚刚那个暗戳戳塞铜板过来的林荀完全不同，表情极为严肃一本正经。

女人太可怕了。庄小晨不知以后自己会不会变成这样的女人。

所谓菜场，英美租界里仅有虹口一处的三角地菜场，算是比番菜馆还要新鲜的新生事物。倒是因为不少洋人光顾，使得三角地菜场的菜农们日渐西化，番茄洋葱之类越发常见。包括罗兰在内的诸多四马路番菜馆，纷纷在三角地菜场采购菜品。

三角地菜场一般到了中午便会闭市，但像罗兰这样的番菜馆，并不需要直接运菜回来，只需过去和菜农谈好当天送到店里的菜品即可。煎牛排所用的牛肉，同样也是在三角地菜场新开的屠宰场订购，屠户已经相熟，不必每次都费力挑选。因此，庄小晨日常去菜场，都不必赶早。

只不过，这次还要专跑菜场的副食区，给老板买年糕，多少需要赶赶时间。三角地菜场离罗兰不算近，要穿过整条四马路，到了黄浦滩再一路向苏州河方向去，过了外白渡桥到虹口一边才能到。庄小晨小跑着赶去，才算赶到。再到回程，已经时至正午。

正午的四马路，渐渐醒来。街上充斥着小吃担子的油烟味、妓馆飘出的胭脂味、烟馆的烟臭味、苦力的汗味、去三马路的报人们的酸腐味。

庄小晨提着年糕，从熙攘人群中穿过，终于看到仍旧堆满了买开水人的老虎灶，从他们身边挤过去，一头扎进兴福里的小巷。

正看到一个女人，站在巷子正中，过于突兀，像个城门口的石狐一样，死死盯着巷口人群。

就算距离尚远看不清，庄小晨也能猜得出林荀的表情。看到自己回来的她，一定毫不掩饰地笑开了花，而且还要双手合十，像洋人一样在胸前轻轻击掌了。

"总算回来了。再不回来，我要去通知巡捕房了。"林荀声音很轻，满面关切，但眼神早就出卖了她，偷偷瞥了好几眼庄小晨手里拎的年糕，像是在数年糕的块数。

"老板……"

庄小晨想说点什么，却又不知该从何说起。在她心里，对罗兰煎牛排的自豪已经消逝，重新萦绕于心的只有对面前危机的担忧，而且似乎比起早晨更为真切。

"这孩子心可真重，怎么都快哭了似的。"林荀轻轻捏了捏庄小晨的脸，顺手把年糕接了过去，"不用去我房间了，没什么特别的事，只是想拜托你这几天跑一跑江南制造局。"

语气轻松得不像是在试图解决危机。

"跑一跑？这几天？"

想到那个满是机械轰鸣、散不掉的蒸汽机烟尘味的地方，庄小晨脸上又多了几分委屈。

"早晨的赌局你都知道的。"

庄小晨点点头，突然又摇起头来，说："江南制造局……我？"

"我觉得沈君和叶勤都不太可能去得了吧。"林荀看上去挺认真。

庄小晨想了想，沈君和自己年龄相仿，在中西女塾上学，课余时间不在罗兰上工，就一定会跑去徐汇藏书楼看书，或者是格致书院的博物展览室，一头扎进去就出不来。虽然比庄小晨早来罗兰好几个月，但沈君到现在对和陌生人说话还是惧怕得厉害。有一次看到她被迫去为客人点餐，吓得一副大大圆圆眼镜后面的脸都苍白了。确实，要是让她去江南制造局，万万不可。而叶勤……年龄差不太多，成熟稳重得多，但庄小晨从来没看懂过她，永远一副冷酷面孔，固若金汤、密不透风。让她去江南制造局，就算她人长得漂亮，怕也会把那里的男人们都吓跑了。更主要的是，除了在罗兰上工的时间，就算老板也不知道她到底在哪里，想要拜托她事情，终究不如直接找庄小晨来得方便直接。

店里只有这么几个人，她俩确实无法胜任。

"对吧，只有你了，小晨。"林荀一定是看透了庄小晨的内心，"乖乖做我的小密探吧。"

"可是，"庄小晨心里一慌，搞不清是小鹿在撞还是全无信心，用几乎听不到的声音嘀咕了一句，"我去了能做什么……"

"看看那几个小子，每天都在干些什么。"

"混到食堂看他们爱吃什么？"

"随缘啦，食堂不食堂，看你喜欢。回来跟我说说都是什么样的人就好。"

"偷偷地？"

"正大光明地。"

庄小晨皱起眉头，全然不懂。

"放心吧，'猪头瞎品'是改定了。"

林苟说完，爽朗地笑着，把一提年糕塞进早就准备好的口袋里，回了罗兰店内。

庄小晨跟在老板后面，也进了店。

嗯？又有客人？

才是中午，只做晚餐的罗兰店内，罕见地又有人坐在餐桌前。

庄小晨急忙问了一声"您好"，偷眼看了一下这位客人。是个生面孔，年龄不好判断，但看脑后辫子的稀松程度，看得出到了守不住头发的年岁。

他桌前摆着咖啡杯，回应了一下庄小晨的问好后，用手边的餐巾布缓缓擦了擦嘴角，向里间方向说了一声"那么在下先告辞了"。

"好吧，慢走。"已经进了里间的林苟应了一声。

那位客人离开后，庄小晨满脸的问号。听语气，该是番菜馆的旧相识，却是个生面孔。长得方头方脑，不苟言笑，实在看不出是个怎样的人。说话倒是有几分体面，给人感觉不差，但自己不在，沈君又还没来，他的咖啡是谁给倒上的……方才老板把他一人晾在店里，他也没有什么怨言。想着，庄小晨莫名有些不太开心，鼓起了嘴，连老板都没有理，直接回了自己在罗兰借住的小房间里。

去江南制造局，虽然不明其意，但显然是老板为解决危机做的计划中的一环。不知是不是重要一环，一番琢磨下来，却已经让庄小晨兴奋不已，有种"成为自己人"第一天的奖励，危机也好担忧也罢，不知不觉抛到了脑后。

明天一早才去江南制造局，此时的庄小晨已经忍不住，打开了自己放衣物的木箱。

离上工还有点时间，该为明天好好准备一下才是。况且箱子里一直放着一套衣服，现在终于有了穿它的机会。

这是上个月庄小晨拉着沈君和叶勤一起，在南市城隍庙那边买的一套男装。

去江南制造局那种地方，换穿男装理所应当。庄小晨认真地跟自己说。

当时正好刚发了一个月的工资，又赶上两个女孩的学校都放了春假，三人一起去逛了早已想去的城隍庙。

是自己最先提出，不如都买一身男装，穿起来感觉帅帅的，特别有趣。沈君在大眼镜后面偷偷同意，冷冷的叶勤也没有反对，庄小晨立刻雀跃地拉着两人去了街边一家看上去还算不错的裁缝铺，把还没在手里捏过半天的工资全都花了个精光，订了自己心仪已久的西式男学堂学生装。

买回来以后，这还是第一次穿，庄小晨有点兴奋，也多少有些紧张。她累了半天把衣服穿好后，又拆开发髻，重新盘好塞进鸭舌软帽里去。最终忐忑地用屋里唯一的小镜子上下照了许久，生怕哪里穿得不对。

房间有一扇极为狭窄的窗，窗外的夕阳金光渐渐爬了进来。

又到了开工的时间。

庄小晨迅速换回了罗兰的制服，出了房间。

刚出门，正碰见沈君。她也换好了制服，表情躲在圆圆的眼镜后面，反倒显得有些可爱。

不要平白无故跟沈君说话，就算已经是相处一个多月的人，也会把她吓跑，这是庄小晨来罗兰后总结出的经验。但她深知，沈君是认可自己这个朋友的，从而用些肢体语言来互相鼓气。

庄小晨双手轻轻拍了拍自己的脸，一切准备就绪，率先进了餐厅大堂。

结果……一个讨厌的身影，已然出现在最显眼的桌旁。

"你们罗兰的……哦哦，罗兰的服务生，怎么比客人来得都晚。这就准备关张了吗？"坐在那里的丁松明，语调带着讥讽地说道。

"服务生"是林苟专为本店的沈君庄小晨发明的词。这个称呼庄小晨喜欢极了，但此时突然从丁松明的嘴中说出，实在让她浑身烦躁。

这个讨厌的家伙，简直是阴魂不散。到底是遭了什么罪，竟然一天看到他两次。庄小晨没好气地从柜台拿过一本餐单，走到丁松明桌前，咬着嘴唇强忍厌恶，礼貌地把餐单放到了桌上。

结果，丁松明毫不领情，把餐单推回到庄小晨手边，一脸恶心的笑容，说："我还需要餐单不成？不用费心，一份'罗兰煎牛排'，finish（结束）。"

他真的是能把每个字都说得这么让人厌恶……然而老板没有交代过停止供应煎牛排，后厨确实还在准备今晚的日常份额。但明知罗兰的危机困难，还要在当天晚上跑来点煎牛排，显然就是成心找茬。

庄小晨瞪着眼睛，却是没辙。在丁松明得意扬扬的注视下，退去了后厨，交上点餐单。

　　此时端起热气腾腾的罗兰煎牛排，庄小晨的感受与之前全然不同，那种油然而生的自豪感让她心情更是百感交集。大概这真的是"成为自己人"的感觉了吧。

　　丁松明没要前菜、汤品，单点主菜，但上了罗兰煎牛排后，这家伙竟只是盯着配在牛排旁边的一碟珍贵唅汁看了许久。眼看牛排都凉了，他也没有动一下刀叉，态度简直恶劣。

　　"我说。"

　　丁松明突然说话，作为服务生，庄小晨当然要立刻过来询问情况。

　　"我说，唅汁是不是比以往少了两分？"

　　庄小晨一时语塞，保持着微笑，强硬地问："您用完了？"

　　丁松明不置可否地耸了耸肩，把刀叉交叉放到没有动的牛排上。就算庄小晨只做了两个月的服务生，也知道这表示用餐结束。

　　竟然用这种方式来浪费我们的唅汁，这个家伙简直不可理喻。庄小晨把冷掉的煎牛排和一碟唅汁收走，心如刀割。

　　幸好接下来的客人一如往常，整晚除了丁松明以外，算是平静度过。

　　唯有唅汁，又耗半坛，此时仅存一坛不满。

3. 阿姆斯特朗大炮

新的一天到来。

不用去菜场，庄小晨一大早就穿好了她的男学生制服，踏上了依旧睡眼惺忪而又清静的四马路。

江南制造局离四马路相当远，距离法租界以南的上海县城还要有六里的路程。和方霆、丁松明过来的路线相同，庄小晨步行穿过整条四马路，到了因为沉船事件仍旧一片狼藉的黄浦滩，找一艘私渡舢板，一路顺黄浦江而上，就能从水路直达江南制造局。

庄小晨搭上舢板一路，真可谓是看尽上海兴衰景致。从英美租界沿岸一栋栋高楼大厦，到法租界林荫闲逸间的气派洋房。租界河道异常繁忙，冒着黑烟的巨大蒸汽货轮出出入入，拉着震人的汽笛。在巨轮舷边翻起的巨浪上，舢板颠簸前进，渐进华界。华界岸边顿时萧瑟，没有了大型的货轮码头，零零星星有些沙船停靠。岸上则是杂乱破旧的棚户，看上去都是勉强度日的人们。

继续顺流而上，棚户渐渐稀松，或是田地，或干脆就是荒地无人打理，没过多会儿，房屋骤然密集起来。房屋都是矮房，更凸显出江边岸上冒着滚滚黑烟的庞然大物，如同独占一方的魔王。

所谓魔王，便是全国的希望——江南制造局了。江南制造局有自己的大型码头，现在则是空的，从江上远远望去，依稀看到码头边几间半开放式厂棚里，有着如同巨兽骨架一样的船骨以及各种不明其意的机械。

舢板在黑烟笼罩下的市南城镇随意挤进一个野鸡码头停靠。

庄小晨跳上岸，仰望一下高低错落的乌黑烟囱，确定了方向，在杂乱无章狭窄泥泞的棚户小巷间快步穿行，终于到了江南制造局的大门口。

之所以在江南制造局周围又出现了一片棚户式城镇，是因为住在这里的人，多数都是直接被制造局雇用上工的，住在附近自然是最佳选择。庄小晨来得尚早，还有不少工人在急匆匆赶进大门。

江南制造局的砖石大门，可能要比上海县城的城门还气派。庄小晨站在大门前，多少有些胆怯。大门内到底有多大，自己全无概念，有多少制造枪炮轮船的工厂，更是一无所知。而那一批学生，实际上并不完全属于江南制造局，是把早些年的上海同文馆并入局里，重新命名为广方言馆，专门培养朝廷需要的西方科技人才。所以，庄小晨猜这个广方言馆，会在几百亩地的某个角落别院里吧。

更何况老板为什么要叫自己来这里，也是无法理解。疑问越多，庄小晨心里就越慌。

庄小晨正犹豫不决是不是要找个人问上一句，结果却听到一个比自己更犹豫不决的声音。

"密、密斯……庄？"

太巧了吧！庄小晨回头一看，果然是方霆——一切危机降临的根源。

方霆还是穿着那身朴素无奇的长衫，手里一捆用一张《申报》纸包着的油条，热气腾腾，七八根的样子，大概是给其他同学带的早餐。

"是你呀。"庄小晨落落大方地说，结果刚刚回了这一句才突然想起自己穿着男学生制服，在背后却还是被一眼认出，顿时脸一红低下了头。

方霆显然想用西方礼仪，和庄小晨握手，但伸出手来才发现，手上全是从报纸渗过来的油，连报纸上的字都印在了手上，只得不好意思地把手缩回，又尴尬地想用油手挠头，却再一次刚刚伸出到一半又缩了回来。

庄小晨偷偷看了一眼他手里的油条，慌乱中多露出半截，上面也都满满被印上了当日新闻。这些学生真是要把新闻当饭吃才放心吧，不知道沈君她们会不会也是这样，庄小晨想着想着不留神笑出了声。

这一笑，方霆更是不知所措，愣是干站在那里一动不动。

干脆将计就计，让他带自己去广方言馆就好了，老板也没强调必须暗中观察不是？

"你来得正好，带我去你们馆里看看可好？"

"我、我叫方霆……"

"知道啦，昨天你已经说过一次。"

他终于用油手挠头了。

"密斯庄……"

"叫我小晨就好。"

"这……还是'密斯庄'礼貌一些。"

真是死脑筋。

"密斯庄,昨天真的……实在不好意思。没想到会把事情弄成这样……"

"哼。"庄小晨想到就忍不住生气,"不过,不能怪你,都是那个猪头丁存心找茬。"

庄小晨差点把当天晚上丁松明又来罗兰的事也说出来,但转念一想,完全没有跟这个方霆说的必要,又忍了回去。

随即,又是一阵让人无措的静默,所幸制造局里的工厂都已开工,各厂房里的大型机械纷纷隆隆作响,冲淡了一点尴尬。

正如庄小晨所猜,广方言馆不在江南制造局的主厂区,位于西南角。一栋三层洋房,楼层皆有拱廊,颇为洋气。虽说洋房不含什么院落,但洋房四周种了几排玉兰树,自然独立成院。正值玉兰花开时节,层层叠叠的玉兰花如同百十来只洁白小鸟站在枯木枝头,映在广方言馆的红墙和灰蒙蒙的天色中,颇有一种上海独有的春意。

方霆他们九人的教室在洋房的二层,楼梯正对的位置。

推开教室门,庄小晨多少有些惊讶。原来教室是长成这个样子的,除一面墙全是玻璃窗采光以外,另外三个方向的墙上全是黑板。几个和方霆同样不拘小节穿着宽松长衫的学生,正站在各自黑板前,用粉笔在黑板上写写画画,做着庄小晨完全看不懂的演算。

大概都有些饥肠辘辘，几个人听见教室门打开，纷纷扭过头来看等待多时的油条，结果看见方霆身边身材娇小穿着男学生装的庄小晨，一时间全都愣住。

方霆立刻将油条塞给了几个人，掩盖自己慌张的情绪，同时颠三倒四地把庄小晨介绍了一下。

庄小晨一边被介绍着，一边仔细数了一下，加上方霆，果然一共九个人。当下倒是对预订时的人数放心下来。

一个根本没有去接油条的文质彬彬的人，听了庄小晨的来历，上前一步，伸出右手，行握手礼。

"在下贺冉，本班的班长，也是方霆同学的学长。欢迎来我们这个犄角旮旯的地方做客。"

这个人看起来沉稳得多。庄小晨欣然与他握手。

握着手，庄小晨扑哧一笑，说："所以，他们都叫你好人学长咯？"

贺冉一同笑了起来，倒是大方。

"小晨姑娘是第一次来我们广方言馆？"

"是。"反倒是方霆抢先回答了贺冉。

"既然如此，"贺冉并不介意，只是向自己的学弟使了个眼色，"不妨今天我们休息一天，带难得来一趟的小晨姑娘逛一逛咱们广方言馆吧。"

教室里除方霆以外的其余几人一起欢呼起来。

不，其实我明天还会来的。庄小晨心里反驳着。

"其实，"庄小晨早就好奇起来，"能不能先讲讲你们在黑板上画的都是什么？"

"弹道验算。"贺冉自豪地说，忽然又把声音压得很低，"我们在研发改进阿姆斯特朗火炮。"

火炮之类，庄小晨确实听不大懂，只是想起老板昨天说这些学生身上都有润油和火药的味道，或许就是这种感觉了。

然而只是须臾之间，贺冉又变得忧心忡忡，说："不过，朝鲜的局势越来越紧张。阿姆斯特朗火炮威力是足够了，但射速太慢，真要和日本开战，怕是……"

"怎么会？"其他几个人七嘴八舌地说了起来，看上去还挺乐观。

"所以李中堂才忧心忡忡，要派我们去德国学习克虏伯火炮。不过，这次去德国，恐怕学习几个月后就要回国，直接入伍北洋水师，以备朝鲜战局恶化，怕是那时候也才学到个皮毛而已。"贺冉说得不紧不慢，意不在与学弟们辩论。"哦，对了，小晨姑娘，"他像是说得入神才想起庄小晨一样，把她叫到一面黑板前面，"我们九个人中，现在只有小方一个人，率先开始研究克虏伯火炮了。"

大概他们每人都有自己专属的一块黑板。这一面便是方霆的？

上面同样圈圈线线，半是图画，半是写着加减乘除之类看不懂的算式。

这个呆头鹅还挺有本事。庄小晨看了一眼已经低下头的方霆。

"小晨姐姐有没有在上学？"

九人里最小的那位，方才自我介绍说了名字，叫肖敬。他看上去只有十一二岁，一双大眼睛扑哧扑哧地眨着，透着天真和聪明。结果，开口就问了这么愣头青的问题。大概也只能归结为他太过单纯了。

庄小晨咬了一下嘴唇，没说出话来。

上学……她何曾不羡慕在中西女塾上学的沈君，就像生来就能有女校可读一样，自己倒是也上过学，但多是学些《女儿经》《列女传》，枯燥无聊，只算是学会识字。幸好自己有个开明的哥哥，总偷偷教她些西学知识。但去年开始，父亲催婚，还加上了一大堆传宗接代是义务的歪道理。谁管得了那么多，她干脆直接离家来到上海，图个清静，只可惜断了西学学习。所幸遇到了罗兰的林苟，还有大家。

"我说，"贺冉不愧是众人之首，很是懂得为人处世，见气氛又变得尴尬，立刻岔开话题，"眼看就要到午饭时间，小晨姑娘可是番菜馆的……"

"服务生。"庄小晨又恢复开朗的笑容，说出了自己最喜欢的词。

"服务生，好词！好词啊！小晨姑娘是番菜馆的服务生，咱们也可都是不甘示弱的角色，是不是也该展示一下咱们食堂的特色？"

食堂的特色？这又是什么鬼名堂？单听贺冉的言辞，怕是会误解为他在挑衅，但是贺冉独有的亲和力，反倒让庄小晨觉得一定有什么特别之处，让人不禁好奇。

只是见方霆面露难色，又不好多问，庄小晨心里打着鼓，一歪头爽朗地说了一声"好呀"。

广方言馆的食堂距离本馆有点路途，远离江南制造局的主厂区，独立于制造局中，专供广方言馆人员用餐。

林苟老板没说必须把客人们的食堂都考察到，但探查一下又不会损失什么，何况这九人，即便是方霆，庄小晨都能看出在暗自兴奋着什么，她更加好奇起来。

由贺冉领头，带着一群人穿过玉兰树林，沿着黄浦江畔走了一阵，到了一间如同缩小版厂房车间的平顶旧房，这便是他们的食堂了。

因为食堂只是供应广方言馆，面积不大，只有十来张方桌。大门正对的尽头，是打菜的窗口，窗口后面有多大的后厨，很难判断，只能看到在窗口左侧，有一排冒着蒸汽的柜子，看来是供自带午餐的学生们热饭的。

食堂里已经坐了些人，三三两两的学生，还有几位教书先生。

他们见九人组带着庄小晨进来，全都意识到大概要发生什么。或许这是什么特定节目，有些人兴奋起来，也有些人，比如食堂的大厨，如临大敌一般盯着门口。几位教书先生样子的人，互相交头接耳一番，唯有一位面相圆润穿着考究的先生有些不明缘故，问了问身边的人。身边人毕恭毕敬说了几句，那位圆润先生开怀笑起，貌似也甚是期待。多年以后，庄小晨才意识到这位面相圆润的先生，便是刚刚从欧洲考察归国主持自主研发制造战舰的徐建寅。此时，她还一无所知。

率先雀跃起来的是年龄最小的肖敬。他突然跳到橱窗前，面向所有在座用餐的人，天真活泼地大声唱道："玉兰九君子驾到。"

啥玩意儿？庄小晨皱着眉头笑出了声。

被这么一吆喝，窗口后面的大厨不情不愿地出来，嘴里嘀咕着"怎么突然又搞这一出，徐大人可在呢"，却还是推出了一辆小车，小车上摆着各式餐具。

九个人训练有素地迅速瓜分了小车上的餐具，又不知从哪弄出来线绳和架子，把长短不一的刀叉穿了一串架成了一排编钟。方霆到了刀叉编钟前，贺冉拿起一口汤锅，肖敬蹦蹦跳跳跑到一边，点燃一盏蜡烛，又用一面镜子反射烛光到橱窗前的八位同学身上，嘴里嘟嘟嘟有节奏地哼着，把光线上下左右一通乱晃，像是为了炒热整场气氛。随后把镜子放下，又跑回到八人身边。

　　贺冉率先开始，手指轻巧地在汤锅背面击打，节奏鲜明，抑扬顿挫，竟是超乎想象的好听。随后，其余几人也开始敲敲打打自己的“乐器”。

　　原来是餐具乐队嘛。庄小晨跟着节拍，轻轻拍手。

　　可是就在庄小晨以为看透他们的表演时，贺冉忽然节拍强烈地带着唱腔说起话来，或者更准确地说，是问起话来。

　　“今天吃什么？”

　　音乐停顿片刻，方霆以及其他几个立刻如同连珠炮一般接话：

　　“维他命。”

　　“甲。”

　　“乙。”

　　“丙。”

　　“丁。”①

　　“氧化氢。”

　　“什么？”

　　“就是水啊。”

---

① 维他命甲乙丙丁，即现在的维生素 ABCD。

什么啊？庄小晨又想笑，又觉得好像有点尴尬。

"同学，一起来。"

被叫的同学向后缩了缩，但贺冉不会放过他，立刻再次唱腔发问："今天吃什么？"

同学条件反射低头看了一下自己的餐盒，说："青……哦，纤维素。"

贺冉叮叮咚咚轻巧地敲了几下锅底，表示认可了他的回答。

接下来，发问者换成肖敬。

他一跃到乐队前面，大声向用餐众人问："今天吃不上什么？"

问完做出倾听的动作。结果众人都没有回答，只有那位徐大人无声地笑得开心，等待后续。

显然每次都不会有人应答，肖敬又转身问乐队："今天又吃不上什么？"

乐队众人用哀声齐声唱道："脂肪卡路里。"

脂肪知道是什么，可是卡路里又是什么？虽然词很奇怪，但姑且猜出个大概。

"脂肪卡路里"一旦唱出，便开始不断重复唱起，大概唱了七八遍，渐入高潮，也逼近尾声。庄小晨估摸了一下时间，没准已经闹了半个小时。

且不论这个什么玉兰九君子的节目是不是有点太傻，但他们能有这么默契且肯一起犯傻的伙伴，着实让人羡慕。

结束了，就连那位徐大人都为几个人鼓了掌，却也没多做什么表示，和几位同僚起身离席。同时，属于他们九人，以及特意为庄小晨加上的饭菜送了上来。

"一菜一汤，有点……不好意思。"方霆坐到庄小晨旁边，擦着额头上的汗，倒是没有了最初的生硬。

"挺好的。"

一菜只是酱菜，一汤更像是有一丝油水的清水。

没想到广方言馆的饭菜竟能清贫到如此地步。不过，既然从大厨到学生，还有教书先生都能接受他们九人的随性胡闹，看来没有肉吃，并不是食堂的问题，而是全广方言馆的无奈了。

把酱菜夹到米粒上，翻了两下，让米粒渍到些酱汁，显得油亮晶莹些。连米带酱菜一起夹起，送进嘴里。不得不说，酱菜酸咸中有点甜味，口感清脆，配着米饭算是不错。大厨多少还是尽力在最贫瘠的食材上，让这帮希望之才吃出些滋味。

庄小晨默默咽下一口广方言馆的清苦。

"是不是有点傻……"方霆竟主动说话。

"没有，挺长知识的。"庄小晨努力挤出一个笑容。

"别担心，我们只是在自家食堂才敢这么自娱自乐一下，不会跑到你们罗兰闹的。"

那天大概不需要你们，就已经足够闹了。

饭后，九个人在庄小晨前前后后，带着她把广方言馆的三层洋房逛了个遍。翻译馆、印书馆、试验馆、讲学馆，样样都有。待到庄小晨由他们送出江南制造局，登了回程的舢板，她都觉得一天之行，收获颇丰。

虽然依旧搞不清自己的这些收获到底对罗兰能起到什么样的帮助。

4. 解决麻烦是老板的担当

回到四马路的罗兰, 已是傍晚。

在门口, 庄小晨正碰见急匆匆从学校赶来的沈君。

离开始营业尚有一段时间, 庄小晨本想拉住这个将业余时间全投入到鼓捣机械中的古怪少女, 跟她聊上两句在江南制造局的见闻, 大炮啦图纸啦算式啦之类, 顺便撺掇她也赶紧试试早就买好的男装。结果和沈君正面相视的片刻, 庄小晨就意识到好像哪里不大对劲。

就算戴着大大的眼镜, 把沈君的小脸遮挡住了将近一半, 还是能一眼看出沈君满脸的焦急和不安。

"怎么了? 发生什么了? "庄小晨一下严肃起来, 微微皱眉, 不好的预感油然而生。

可是沈君的性格, 越是被逼得紧, 她就越说不出话来。

庄小晨急得不知所措。

沈君快要哭了出来，只是塞了两张报纸到庄小晨手里。

庄小晨立刻打开报纸来看。

是当日的《申报》，并不全，仅是一页广告和一页副刊。

广告乱七八糟全是见怪不怪的药物宣传，只是夹在其中的一则广告，由于看到了"罗兰番菜馆"五个字而异常显眼。庄小晨立刻细看，竟是把罗兰和丁松明的赌局广而告之，言辞简练，仅说了时间地点，并表示希望读者诸君前去观看。

"这一定是丁松明干的好事！"庄小晨鼓着嘴说。

但沈君示意她，看看另一张报纸。

庄小晨翻过去一看，立刻明白了事态远超自己想象。

报纸当面赫然"聪明小品特别篇"七个大字，又瞅了一眼左上角，竟是《笑言》和申报馆联合出版。

丁松明是使了什么手段，竟抱上了申报馆的大腿！

庄小晨没好气地开始看这单页的特别版，结果是越看越气。

文章开篇就说到，本特别篇专做"上海番菜怪现状"，语气极为轻佻，态度讽刺兼不屑。而怪现状第一个，就是拿林荀的罗兰番菜馆开刀。

有恶评倒不是不可以，然而丁松明的文章不是恶评而是明显的恶意。而恶意，果然是拿当下罗兰的痛点"噏汁"做文章。

这个痛点要不是昨天不慎暴露，那个该死的丁松明还一无所知。庄小晨一想到此，立刻就迁怒到了方霆身上，要不是他带着丁松明来，也不会让猪头丁有可乘之机。一时间，从卡路里直坠回最头疼的现实。

丁松明在"噏汁"上大发议论起来。而议论的起始，竟是写到昨天晚上的那顿没吃一口的晚餐。文章里写到经笔者观察发现，自从黄浦江沉船事件之后，几天来罗兰提供的噲汁量日渐减少。

简直一派胡言！原来猪头丁昨晚又来一次的目的是这个。

接下来，文章里竟还给罗兰算起账来。如果罗兰此时紧急发电报给东印度公司补订一批噲汁，那也不可能来得及接上现在的消耗。笔者查过所有货轮班次，最近一艘从印度开来的轮船，也要七天后才能启航。从孟买到上海，需要五天时间，也就是说至少十二天以后，紧急订购的噲汁才能到货。罗兰番菜馆每个月都要订噲汁的货，显然是没有超过月用量的库存，十二天将近半个月的时间，按照罗兰的正常消耗，库存绝对早已耗尽。想要坚持下来，只有偷工减料这一条路。

说到"偷工减料"，正是当今上海番菜馆的怪现状之一。从洋人那里学来的西菜，减点这个，少点那个，摇身一变成了番菜。如果仔细想来岂不可笑。

当然，也许会有人说，做生意何必这么死板？林老板总可以向其他番菜馆借来些噲汁应急。但"借"可不简单，正如前面所说，罗兰最快需要再等十二天才能有噲汁可用，这期间以罗兰的消耗量计算，至少需要借七坛噲汁才行。放眼望来，全上海只有罗兰一家在消耗大量噲汁，不会有哪家噲汁库存比罗兰更多。再言之，沉船事件，受影响的亦不止罗兰一家，多少家订购的噲汁都一同沉入黄浦江，现在哪里能借得来。

或许林老板会说，我们可以暂时不供应罗兰煎牛排。这样的做法最为明智，罗兰煎牛排没了正宗英国噲汁，就等于没了灵魂，干脆不供应才是。然而，一家番菜馆没有了招牌菜，不如趁早关张。

说到关张，罗兰番菜馆的大小姐老板还选了最为不明智的选项，竟还和笔者打起赌来，颇有种自暴自弃的失心疯感。

随后，文章中把赌约和特加上的限制统统写出。最后，还恬不知耻地写道，一周以后我们拭目以待，正所谓世上没有免费的晚餐，若一定要说有，只在罗兰。

什么东西！看到落笔处，庄小晨已经气得头顶冒烟。全篇看下来，简直是手里捏着罗兰的痛点为自己和申报馆搭上关系作敲门砖。而且竟还在罗兰是女人当老板，全店都是女人这个点上夹枪带棒地讽刺非议了半天。"竟让女人出头，可谓番菜界之耻"这种话都能写得出来，更是让庄小晨异常生气。

"他怎么没把改名'猪头瞎品'的赌注写上！通篇都是一面之词！"庄小晨手里攥着报纸，生气地说着。实际上她也没什么底气，虚张声势罢了。

宣泄片刻之后，庄小晨和沈君一下都陷入情绪低谷，噏汁的问题，除了偷工减料一条是空口白话，丁松明所言确实正中要害。

两人大概想到一起，早就没了方才的锐气，垂头丧气进了店里。

店还没开始营业，结果一眼就看到了老板和一位老人坐在桌前，说着什么。

"哦？你们俩都来啦？"林荀看了一眼打开的店门，一点紧张情绪都没有。

大概老板还没看到丁松明的文章。

"快去换了制服，难得董老来访，咱们得像点样子。"

董老？原来这位穿着西装绅士样子的老人，就是董存仁。庄小晨有点没精打采，点了点头，说了声"是"。沈君一如往常，不吭声，只是跟在庄小晨身后，一溜烟钻进里间。

"这俩孩子，真是。"林荀笑嘻嘻地跟董存仁说。

"林老板，您还笑得出来……"老绅士一脸愁容，"那个丁松明的文章你也看了，明摆着是要颠覆我们全上海的番菜馆。"

"那个猪头哪有这个本事。"林荀语调轻松。

"林大小姐，事到如今你就别再摆玩世不恭的姿态了。丁松明已经来找过老夫了。老夫真是一觉醒来，莫名就被架到了刀刃上。"

"董老，看您说笑的。老狐狸如您，还怕起这种鸡毛蒜皮的小事来？竟是亲临本店，让我受宠若惊。"

"我的大小姐啊，你就别再只图一时口舌之快了。"

"您就放心吧，到时候尽情来品尝我店佳肴就好。"

"丁松明肯定还会找其他裁判，到时老夫可不会徇私。"董存仁一脸严肃。

"您还真是不折不扣只会自保的老狐狸。"林荀却突然笑得意味深长，颇有些妩媚动人。

待到庄小晨、沈君都换好制服回到餐厅，董存仁已经离开，只有林荀一人，还坐在方才的位置，悠然自得地喝着午后咖啡。

情绪紧绷，庄小晨整晚时刻警惕着丁松明再来找茬。如果丁松明来了，她想好了一万句把他骂走的话。结果这一晚却平静得如同无事发生。不仅丁松明没有出现，客人不多不少亦如往常。而且庄小晨特意注意了一下，客人们没有一桌在意过噫汁用量。

看来丁松明的小动作根本没人买账。

一晚过去，庄小晨紧绷的情绪多少放松了些，也当无事发生过一样，又是一早就换好了男学生制服，坐了舢板去江南制造局。

一回生二回熟，这次庄小晨直接去了广方言馆。没有跑腿去买油条的方霆看到庄小晨，自是一愣，随后倒是自然许多。和贺冉打了招呼，独自带她转转制造局。

太阳西斜，一天转瞬又过。可到庄小晨赶回罗兰时，才意识到自己低估了事态的发展。

还没到营业时间，结果别说罗兰店前，整个兴福里外面，全都站满了人。人群甚至把巷口老虎灶的常客们挤得无从下脚去买开水了，气得老虎灶老板抱怨得喋喋不休。

这样的阵势，庄小晨第一次见。正在她犹豫要不要从人群缝间挤进去时，自己反倒被人群最外围的人给认了出来。

那人看到嘀咕了一句"这不是罗兰的小侍女吗"，声音不大却瞬间传开。一层层人转头过来，如同扑食一般扑向庄小晨。

这些人要么长衫要么西装，看起来都是斯文人，此时简直如同一群饿狼。

吓得庄小晨僵在原地。

幸好她马上发现其实人群另一处也有相似的骚动。她跳着脚看到，是瘦瘦高高的叶勤单手护着缩成一团的沈君，另一只手已经摆出一个骇人的架势，又收了手，有些不知如何是好。

庄小晨像个能独当一面的女强人一样，没打算退缩半步，正酝酿着大声喝开这些莫名聚来的人，叶勤率先发现了自己。叶勤见到庄小晨，动作果断地单手搂住沈君，未发一言，只是用能杀人一样的目光，就在人群中划开一条通路，直奔向庄小晨身边。

多亏叶勤，女孩们才安然钻回罗兰店内，赶紧又将店门关紧。

049

"这些人都疯了吗！"庄小晨愤愤不平地说。

叶勤依旧冷冷地一言不发，见伙伴都安然，便检查起自己的衣服有没有被撕扯出口子。

同样是被救的那个，恢复了元气的庄小晨，此时轻轻搂住了还在颤抖的沈君，像是一对落难姐妹。随后才发现林荀和陶杏云都趴在一扇窗后面，往外看着。陶杏云不寻常地表现出紧张情绪，皱着眉趴在窗后目不转睛盯着外面动态，手边还是放了一碟噿汁，手指蘸着，越吃越快。

这可怎么办，甚至连到底因为什么都搞不清楚。庄小晨越想心中越感不安。

林荀又往外观察了一会儿，终于回头面向了女孩们，走到她们身边，一个一个摸了摸头。

庄小晨抬起头，还是忍不住问了到底怎么回事，虽然她觉得老板也未必知道。

出乎意料的是，林荀无奈地耸耸肩，倒是解答了她的疑问。

"都是报馆的人，一个个追在话题后面，就是撬也要从你们嘴里弄出点独家的消息。"

"怎么会这样……"

"还不是猪头丁的文章害的，抱上申报馆，效果果然卓越。这帮二流洋场才子，整天只会追在《申报》屁股后面瞎跑。"林荀言语间只有不屑。

"该死的家伙……"庄小晨皱着眉咬牙切齿。

"没事没事，别怕。麻烦就得由老板我去打发。"

夕阳透过窗子照进来，映着林荀推开店门的背影，俨然是即将英勇就义的英雄。庄小晨不由得都有些被感动到了。

店门打开，外面的人群见正主出面，更是蜂拥而至，要不是林荀在关键时刻有着异乎寻常的气场，能镇得住场，怕是要连人一起被推回到罗兰店内了。

骤然间，外面大呼小叫，问什么的都有。挤不到前面的，就在后排拉扯着前面人的辫子，跳着脚想引起林荀的注意，喊叫得声嘶力竭。

倒是林荀处乱不惊，完全没被混乱带偏，只是用极具穿透力的声音，反复强调着两点：

其一，数日后广方言馆九名学生的包场，确有其事。

其二，赌局是广方言馆学生在现场亲自认可，并无本店强加之嫌。

不是每个人都察觉出了林荀的技巧，但混在这些二流才子之中的，终究也有些头脑机灵。在乱糟糟的提问之后，不得不钦佩林荀的回应技巧。她一方面把众人最关心的赌局，提到最显眼的位置，表示确认，让众人因为得到了确切解答而有意无意地放松了心态。同时用第二条将众人的注意力集中到了赌局的"合法性"上。这样一来，就算她对"暿汁短缺危机"不予确切回应，也没有什么人再会关注。特别是她恰到好处地提到，这次赌局还邀请了番菜联合会会长董存仁董老先生作为裁判。话音方落，又是引起一片番菜界内行的哗然，多少人的注意点统统被牵着转移，误以为抓到了真正的大新闻。董老先生可谓华人番菜界的泰斗人物，虽是没有自己的馆子，但其地位不可动摇。竟能请得动他，众人只会认为这是林荀林大小姐的面子，和那个小报专栏撰稿人丁松明并无关系。

或许机灵些的二流才子们看到了这点，但林荀已经不给他们任何机会，她的一颦一笑都能牵着这群人走了。此时要是再发出不同声音，只能被带动起来的人哄散。

"所谓赌局，也是一场游戏。咱们上海的华人，少的就是这种游戏的心态。别再紧绷着神经，每天只想些蝇营狗苟之事，届时不妨诸位都来小店，看看我们师夷长技以制夷的番菜，是否已经强于洋人。"

一锤定音，将番菜抬到了洋务兴国的高度。再言赌局胜负，不只是不解风情的问题了。

林荀力度拿捏得很到位，没有让自己的讲话发展成爱国演说，戛然而止。店门口的报人们，也都相当满足，一方面获得了不少信息，回去以后足够脱离"聪明小品"再做文章，另一方面，即使林荀没有发出正式的邀请函，但众目睽睽之下，既然这么说了，就等于发给了所有人一张口头入场券。这些报人，最擅长的就是将口说无凭变成白纸黑字。人人都觉得是满载而归，逐渐散场。

店门口终于渐渐安静下来，只有老虎灶的老板，还在大声抱怨着罗兰影响了自己的生意，但见无人理睬，又悄悄退回到自家店里。

罗兰店内，趴在窗口往外看的几个女孩，看到人群散去，都纷纷长舒一口气。陶杏云早就又把手边的一碟唥汁吃光，这次大概是她吃得最心惊肉跳的一次，白色瓷碟竟是吃得干干净净，一点唥汁的痕迹都不剩。拿着唥汁小碟，陶杏云回了后厨。叶勤和沈君纷纷去了里间，松了口气后，是要准备晚餐了。

门前清静下来，紧张气氛确实缓解。然而，庄小晨还是有着些许担忧，老板说得再漂亮，不过是解决了燃眉之急，救火仅救了眼前，日后的危机，依旧虎视眈眈。且不说三天后的赌局，即便是一会儿开店，仅剩半坛不到的唥汁，已然岌岌可危。

大概林苟也有同样的担忧吧。

要不然，她为什么站在店门外，迟迟没有回来。

5. 坐看云起时

正如庄小晨所担心的，傍晚开始营业前的报人骚乱是被老板打发掉了，可是第二天的报纸，却没法阻挡。

次日一早，本是直接去黄浦江搭舢板的庄小晨，特意绕路走了三马路，把路过的所有书摊小贩能买到的报纸统统买了一份。

上了舢板，庄小晨在同船其他臭男人们怪异的眼神下，旁若无人地一份份看起报纸。

这些一早就开始销售的晨报，多是些名不见经传的小报，一共七份报纸，有五份对罗兰赌局进行了报道。五份中，观点各异，有的言语尖锐，认为林荀这个高官独女，本身出来开番菜馆就是胡闹，现在又闹出如此闹剧，简直是哗众取宠、丢人现眼，劝诫林大小姐早日回头嫁人，相夫教子才是正道。做出这样报道的人，大概是回到报馆才意识到在现场自己的情绪是被林荀牵着鼻子走了，恼羞成怒才如此大放厥词，把话说得极端不留余地。除此之外，言语倒都算客观，多是着重爆料赌局的裁判将由番菜界泰斗董存仁先生担任，亦有把林苟最后的邀请当回事，说着届时必会亲临现场继续跟踪报道，望读者诸君持续关注，勿要错过。

不过，就算那些只讲董存仁云云的报道，也都看出，这些报人早就对林苟以及全是女孩子的罗兰看不顺眼。他们决不能忍受这些女人抛头露面，而且还真能做出些名堂。话题一时爆发，一方面是因为《申报》的影响力，也不乏因为他们早就想等这么个机会，好好教训一下这些自不量力的女人。

庄小晨把报纸统统撕了个乱七八糟，一把就丢到黄浦江里，引得同船人惊愕一番。她不予理睬，哼了一声，侧倚在舢板破旧的船舷上，看着远处冒着滚滚黑烟的江南制造局缓缓靠近。

从舢板停靠的野鸡码头到江南制造局之间，没有卖报的书摊或者小贩，庄小晨只好一路先到广方言馆再说。

其实方霆他们多少是预料到这个小姑娘会再来，但当庄小晨推开他们九人的教室门时，她还是感受到了教室内突如其来的异样气氛。

是都倒吸了一口冷气吧！

庄小晨心想自己哪有这么可怕。

几个人见到庄小晨，都立刻埋头到自己面前的黑板里，用粉笔在算式上沙沙地乱写乱画起来。

掩饰得未免太刻意了些。

九人里，倒是有一个颇为与众不同。肖敬见到庄小晨进来，第一时间开始呱呱乱叫起来，什么"妈呀来了来了还是来了""完蛋了这下要被打翻了"之类的怪话，在教室里成了个飞转的陀螺，四处乱窜逃不出去，还吵个不停。

贺冉保持着一贯的沉着，向庄小晨微微点头示意后，一把抓住了肖敬，颇为严厉地说了一声"安静"。

肖敬被抓到，没有挣扎，向庄小晨吐了吐舌头，跑到了一边。

"小晨姑娘，"贺冉正言道，"不是在下小气，但也请姑娘告知一下，这日日前来，其意为何呢？"

突然被问到，庄小晨一愣，情不自禁先看向方霆，方霆默默低着头，而其他人还是刚才的样子，个个埋头到自己的算式之中，宛如一只只把头插进沙地里的鸵鸟。

"不是我们不欢迎你，"贺冉见庄小晨不作答，继续说起，"或许说来，我们大家都很喜欢你，最希望的当然是你能每天都来。"

被突然说"喜欢"，庄小晨顿时脸红，同时，心中竟气了起来，气自己不是林苟。此时要是林苟在自己的位置，一定早就有一万句得体大方的回答，让贺冉这家伙无话可说。

"我也可以喜欢大家的。"

等等！什么叫作"可以"？

说完这句，庄小晨更是懊恼不已。

贺冉呵呵一笑，并没有因为庄小晨说了奇怪的话而乱了自己的阵脚，说："事态发展，始料未及。倘若我们早知道隐汁的危机，必然不会如此鲁莽地去预订包场，还找了丁松明那个没有操守的人作为引荐者。"

"说这些，怕是都晚了吧。"

"确实如此，不过，起因在我们，我们之所以选了罗兰作为告别故乡的晚宴餐馆，自然是因为对罗兰十分认可。事到如今，却成了关系到罗兰存亡的赌局，我们当然于心不忍。或者说，我们不能坐视不管。所以，我们能有什么可以帮得上忙的地方，尽管开口。"

听贺冉说到这一步，庄小晨不由得再次佩服起老板对人性的洞察力。老板没有和除方霆以外的其余八人接触过，却在听了庄小晨的描述，对"脂肪卡路里之歌"哈哈笑过之后，严肃地讲道那个贺冉一定会说类似可以帮忙云云的话。如何应对，简简单单安排一番：拒绝、赞许、强调只管吃才是包场要义，三步走即可。具体怎么实施，就自己拿捏便好。

"多谢好人学长对我们罗兰的关心。"庄小晨笑着，假意行了一礼，"不过，我们罗兰还能应付得了这等小事，不必对我们太过在意，要是耽误了去德国深造的学业，那我们罗兰可是完全担待不起。"她努力学着昨天老板面对群人时不卑不亢条理清晰的言说方式，"客人为大，就算是有所谓的赌局，客人能吃好，才是我们服务的唯一目的。至于赌局结果如何，随缘就好了。"

"随缘……"方霆此时倒是嘀咕了一声。

"既然小晨姑娘都这么说了，那在下也就不越级瞎操心了。"

庄小晨又行一礼，显得成熟稳健，或许还有了些处乱不惊的气度。

时至中午，没停歇过脚步的肖敬，又嗖的一下跑出了教室。所有人都以为他是跑去食堂抢馒头米饭回来吃，结果他很快便回来了，跑得满头大汗，手里又拿了三份报纸。

"新、新上的报纸？"庄小晨心里多少是忐忑不安的。

肖敬点点头，露出招牌的笑嘻嘻，把报纸给了庄小晨。

拿过报纸来的庄小晨，心中再度忐忑起来，迅速翻看，三份报纸果然又有两份报道了罗兰。幸好都还算中规中矩，没有说什么出格的东西，不愧是些二流才子，毫无创新之处，人云亦云尔尔。

这样看来，舆论有稳定下来的趋势，然而庄小晨仍旧不安。因为在昨天晚上闭店之时，最后的半坛唸汁已经见底。

况且此时，当日的《申报》还没开售。再多的小报报道，也抵不过《申报》的一锤定音。之前，丁松明的文章之所以能引起这么大的关注度，完全是因为他和《申报》挂上了钩，仅仅一则广告和一张临时的副刊便有了这么大的能量。在上海的舆论界，《申报》的主刊报道自然就是风向标，甚至说"不见《申报》不落锤"，亦不为过。大概每天下午三点，《申报》才会从它自家印厂发出，随即卖到全上海每个角落。三点之后，真不知事态会成什么样子。

在陷入等待的焦躁和没了唸汁之后失了魂一般的不安之中，庄小晨咬牙坚持到了两点，已然到了极限。不像往日，匆匆和九人告辞，也没有让方霆送，直奔江南制造局大门离去。

《申报》甚为好买，只要是卖报的摊位，时间一到，必有《申报》。赶回到英美租界时，《申报》已然满街皆是。

庄小晨立刻买了一份。《申报》一共四张八页，头版两页全是国内外大事，不可能有罗兰的报道。最后四页，则是千奇百怪的广告，庄小晨只是随便扫了一眼，仍旧是"电气鞋垫""止咳丸""精力丹"之类，并没有想要找的内容。从而，她将剩下的一张两页认真反复查看。

不外乎是谁家又丢了猫狗悬赏寻宠、谁家又被偷了个精光、谁家的老人又和洋人大打出手不顾颜面，等等，掺杂其中的还有些申报馆的本馆广告，多以点石斋新印的图书为主。

没有罗兰。

只字未提，宛如从未有过事件，哪怕丁松明的新专栏就开在《申报》的副刊小报上。

确认没有后，庄小晨不知自己应该是松下口气，还是因为依旧悬而未决而更加紧张不安。只有脑中一片空白，回了兴福里。

兴福里已经许久没有如此热闹过。

没有前一天蜂拥人群那么夸张，但也是各色人等都出出入入兴福里，去着久违热闹的罗兰番菜馆。

林荀称他们为"二流洋场才子"，实在有些好笑，又是贴切至极。

伴着夕阳下花灯异彩的四马路，二流才子们不再去他们心爱的妓馆，也不去听书看戏，饮酒作乐，纷纷来了罗兰门口，趋之若鹜，又个个衣冠楚楚，彬彬有礼，好像罗兰即将举办什么上流活动。而实际，他们只是怕狭小的罗兰，在开始营业之后没有空位，抓不到唾手可得的跟踪报道素材。

和前一次聚满罗兰门前不同，他们看到回来的庄小晨，并没有蜂拥而至，只是三三两两窃窃私语，议论着她的穿着或许有什么深意。不过，没谁会把自己的真实猜测说出口，全是附和一下他人的说笑而已。大家随即让开了一条通路，方便庄小晨快些回去店里准备。直到开始营业，那罗兰店内，才会是真正提刀见血的斗技场。

"说他们是二流就是二流，现在才几点，就都猴急一样堵到门口，一点都沉不住气。"

庄小晨刚刚一头钻进店里，就听到老板似乎是在和自己说着话。

林苟照常坐在下午光线最好的窗边桌前，斜着身子，像是观赏什么美景一样，微笑惬意地看着窗外那群二流才子。

"时间还早，小晨过来坐会儿。"

被叫到的庄小晨，乖乖坐了过去。刚坐下，她便不由自主地向窗外看看，发现窗外那些二流才子，一定是看得到她们坐在这里的，只是没一个敢正视林苟的目光，全都躲躲闪闪，甚是可笑。

"老板……"

"你看看你，又开始瞎担心了，这可不行。越是凡世嘈杂，就越要有坐看云起时的心境。"

林苟善变，此时又变成王维一样，玩弄权谋的假隐士。

"可是，老板，"庄小晨全然没有这份淡定，"昨晚打烊以后，我看到咱们最后一坛唔汁已经见底了。今晚明晚咱们都没有唔汁用了，更不用说到后天方霆他们包场的时候，这可怎么办呀。"

"你猜外面这些傻蛋，有几个机灵一点？"

就知道老板会在这时候岔开话题！

林苟饶有兴趣地看着窗外，没等庄小晨说话，指指点点地又说了起来："那个不戴帽子样子紧张拘谨的，是《沪报》新来的观察员。《沪报》属于字林洋行，它之前，你知道这家洋行还有什么报纸？"

老板怕不会是又跑题千里了吧？

"《字林西报》啦，名字都该猜得到。不过，《字林西报》

不是最早的，早在三十多年前，他们就办了一份叫《上海新报》的报纸。据说那可是红极一时的报纸，可惜那时候别说你了，我都还没出生。不过，这么红的报纸，才办了十一年，就死了。知道怎么死的吗？是《申报》创刊。《申报》一出手，就是一场轰轰烈烈的报界大战，一年多的时间，《上海新报》垮台。《申报》除了国家大事，还报小道消息，咱老百姓鸡毛蒜皮的事，这才是他们大获全胜的法宝。现在明白点了吗？"

庄小晨一脸迷茫。

"我们现在的报界，全是继承了《申报》的理念才能繁荣到现在这样，才会养活了外面那一群傻蛋。"

他们确实都是傻蛋，但是这些傻蛋就等着用笔杀死我们呢。庄小晨皱着眉头，没敢把话说出口。

"算了，"林荀回过头来，正视着庄小晨的眼睛，"先不说这些。我知道你在担心，会担心的都是好孩子，沈君、叶勤她们心里其实也都很慌的。我拜托沈君今天早点回来，有点不好意思，耽搁了她的学业，但咱们啊，确实要忙一下了。"

终于要开始了吗！庄小晨睁大了眼睛，第一次和老板对视，紧盯住她的眼睛。老板，虽然旁人都说她不过是一个任性大小姐，甚至还有很多人会说她开番菜馆的钱，实际上都是因为父亲出使德国常年不在家，从心疼女儿的母亲那里撒娇胡闹才弄来的，任性大小姐掌管罗兰番菜馆早晚会成为上海的一大笑话。但庄小晨知道林荀一点都不简单，仅从方才她信手拈来讲的那些典故，就能看出她的见识远超一般女性。不仅女性，显然比窗外那些傻蛋都强了太多。虽说一直以来心中惴惴不安，但她是信任老板的，老板绝对有着力挽狂澜的能力。

"所以小晨，在沈君还没回来之前，不如先做点准备工作？"

庄小晨用力点起头。

"真乖。"林荀摸了摸庄小晨的头，"那边是我中午准备好的，帮忙贴到告示牌上吧。一会儿等沈君回来了，你俩一起搬到外面就好。"

不用林荀再多安排，庄小晨已经起身去向林荀所指的方向。

"对了，"林荀叫住方走了两三步的庄小晨，"明天不用去江南制造局了。叶勤答应早点过来，沈君也会请一天假，明天店里一定忙得要死，只能劳烦大家了。"

"这本来就是我们应该做的。"

庄小晨回答得极为诚恳，并已经三步两步跑去了告示纸边。

告示纸已经写好，字体娟秀可人，四四方方的告示，还画了一圈的波浪花纹，透着几分俏皮，显然是出自林荀之手。

但当庄小晨仔细看内容时，却一下愣住。

　　罗兰煎牛排折扣告知：

　　即日起，罗兰煎牛排不再提供隐汁蘸料，价格从每份一元降至每份九角。

　　折扣力度，本店少有，诸君各位，毋错良机。

怎么回事？！

这告示是怎么回事？！

猛回头，庄小晨去看林荀，林荀却还是那样泰然自若，微微笑着，就像解决所有危机的办法早就谋划在心。但这告示，显然就是在向世人公开表明：我们罗兰的唸汁用光啦，别说后天的赌局，今天就已经用光啦。

庄小晨不敢相信自己所见所想，但白纸黑字就是这么写的，字里行间写满的只有"认输"二字吧！

不知道是委屈、不甘还是什么，庄小晨真的哭了出来。泪水拦不住，却发现往常会打趣自己爱哭的老板，竟是已经不在。事先逃走了吗？

等沈君和叶勤回来的时候，看到已经贴好在告示板上的"折扣告知"，也都是愣了许久，不敢相信。

老板不见人影，三人只好按照老板最后的指示，把沉重的告示板搬到了罗兰店门口，挂到门边。

可想而知，告示一出，同样引起外面一片哗然。

三人不知所措，只能鼠窜一般逃回店里，关好门窗，只等当日营业时，再被审判。

6. 焦躁的一夜，空白的一天

完全无法想象第二天见报时，这帮二流才子都会怎么写罗兰。

况且此时，谁都无暇去想。

告示牌早于营业时间就公之于众，从而在罗兰开始营业时，消息早就传遍租界。再到庄小晨和沈君将门板全部打开，看到店门外的景象，简直可以用惊恐来形容。

如果说前一天罗兰门前的报人骚乱，聚来了十几二十家大小报馆的报人，那么此时，因为一整天的发酵再度提高了不小的关注度，再加上又有劲爆猛料发生，几乎是全租界报馆倾巢出动。从兴福里到四马路西头，挤满了人，已然快溢到泥城浜上了。不仅仅是兴福里路口的老虎灶老板，就连四马路上的妓馆书院那些妈妈啦经理啦，都怕了这样的阵势，一边大喊大叫想从人群中分流出一星半点的客人，一边无奈地看着自家店内，空可罗雀，萧条得让人抓狂。

其实一开始，庄小晨还抱有那么一丁点儿的侥幸。下午门前，都是各家报馆来抢独家消息的。既然他们都喜欢独家，见到爆裂性消息应当会缄口不言，以免节外生枝，独家成了众家。可结果，根本不知道是哪个或哪几个缺心眼的报人二流才子，还是把消息走漏了出去。更有可能的是，有好事者看到兴福里的小小骚动，就来打听，打听完当然就散播开来。

反正，无论是哪种情况，结果都是不变的，覆水难收。

罗兰唴汁见底，煎牛排无奈折扣出售，此事满城皆知，全线坍塌拦不住了。

罗兰从开业以来，从未有过这么多客人。好好一家番菜馆，竟一夜间成了乡下流水席。一开始，排在最前面的那些报人还算斯文，各坐到各自的桌上，点着完全相同的"罗兰煎牛排"。可很快，这般斯文就被迫扯掉。已然没人记得到底是谁最先提出拼桌用餐的建议，之后拼桌热潮瞬间席卷。

关于拼桌，虽然也有人提出抗议，但因为提议过于符合大众心态，根本无人理睬，自觉自愿已然实施起来。

每张桌能坐四人，再加两张椅子，用力挤一挤，能坐到六人，甚至七人。罗兰一共仅有五张餐桌，也就是说，最大容量从二十人，提升到了三十到三十五人。报人们本就不是品尝美食而来，因此煎牛排没有一个人细细品过，皆是点上来，胡乱切两块塞进嘴里咀嚼明白，不至于第二天的报道太过离谱即可。因此，他们来得急，走得更快，尽显报人行色匆匆的本性，竟使得罗兰迎来空前热潮。

根本分辨不清他们到底都是哪家报馆的人，亦是无暇分辨。

庄小晨和沈君里里外外，每次都是端着四盘煎牛排才肯从后厨出来。左右双手各托一盘之外，在臂肘上必须再托两盘。两个小姑娘在平日斯文此时大呼小叫的人群中穿梭，宛如杂技班里的舞者。而在后厨，更是忙到不可开交。后厨一共四个灶炉，往常最多开两个来做主菜，此时火力全开，每一个火眼上都是烧得滚烫的平底锅，全不停歇地煎着牛排。叶勤左中右三个砧板，不断地切了洋葱切香料，切了香料揉黄油团，其转身速度之快，甚至都出现了残影，如同哪吒一样长出三头六臂。可是就算叶勤动作再快，砧板边的配料从未堆积过半寸。只要有一丁点的配料，陶杏云就会立即拿去放进平底锅里喂牛排。牛排熟与半熟的香气早已浑浊在一起，难以分辨。

可是就算罗兰众人再怎么拼命，结果只要有一个人喊上一声"难吃"，所有斯文人就都应声附和，个个人云亦云大喊起"没有哈汁，简直垃圾"之类。再附和着骂上两句，以表自己态度之后，就从荷包里认真数清九角钱，丢在桌上走人。服务生放下盘子，收下钱，连数都不用数，这些二流才子拿钱时全都一个做派，决不会多花哪怕一厘钱。

庄小晨深知出自陶杏云之手的煎牛排，就算没有哈汁，也是好吃得很，只有细细去品才可能察觉那一丁点儿味道上的差别。这帮家伙，甚至有的直接用手抓牛排往嘴里塞，怎么可能品得出。

他们爱怎么乱讲就怎么乱讲吧！庄小晨心中已然是破罐子破摔的态度。只要、只要丁松明不来，他们爱怎样就怎样！

因此，也多少会注意一下来宾。如果真的看到丁松明，决不给他好脸色看。

然而，一直没有看到丁松明，却看到一个小插曲一样的人物。

　　此人同样是独自一人来罗兰，穿了一身西装，戴着圆沿呢子帽。就座后，呢子帽放到手边，露出刮得利落干脆的辫子头。不知他有意为之，还是刚巧碰到，坐在了最角落的桌子，是可以看到全店的角度。一开始根本没注意，和所有人一样，不引人瞩目地点了一份煎牛排。但当庄小晨无数次从他身边走过的时候，突然被他叫住。

　　庄小晨以为他要结账，感觉这或许是一个大报馆的人，不像其他人那么浮夸，甚至结账都还有些礼貌。结果这个人却开口说，想要一壶鸡蛋咖啡。

　　咖啡？庄小晨不由得愣了片刻才意识到这个词不是牛排。表面上她点头示意记住了客人点的单，心里却发起牢骚：现在这么忙，后厨哪还有火眼给你煮咖啡，简直是来添乱的。

　　"可能会比较慢……"庄小晨犹豫再三，还是提醒了他一下。

　　"无妨。"

　　此人微微一笑，语气平和。然而，也是这一次接触，庄小晨发现他虽然表情柔和，眼神却透着如狼一样的冷光，着实有些从骨子里冒出的骇人气魄。不敢与他再对视，立刻端着几叠空盘，回了后厨。

　　大概半个多小时之后，咖啡才终于有了火眼，为那个人煮了出来。

　　迟了这么久，端着咖啡上来的庄小晨都觉得有些不好意思。但这个人仍旧若无其事，似乎要咖啡也不过是为了在罗兰消磨时间，就如往常清静时的客人一样。

确实是个怪人吧。

庄小晨不得不多注意了他几眼。这个人身材和脸都瘦得很，但不感赢弱，显出的是某种历尽沧桑才有的干练。而判断年龄，绝不是庄小晨的长项，只能从眼角的皱纹瞎猜大概有四十多岁。

又偷偷多观察了几次，还是看不出个所以然。倒是连沈君，都悄声跟庄小晨说了起来。

"那个……"沈君声音非常小，端着四盘牛排，看上去已经有些体力透支，"那个喝咖啡的人，感觉……"

庄小晨侧着脸等沈君接着说。

"感觉不像报馆里的人。"

"你也这么觉得？"

两个女孩已经分别又放下了两盘牛排，从叫器声中离开。

"嗯。"沈君认真点头。

"可是，也没办法过去问他。"

"不好问的。"

"不捣乱就算了，咱们没必要把每个客人都刨根问底。"

"嗯。"沈君又点点头。

她们还想再说点什么，结果被"快上菜！垃圾！"的叫器声打断，立刻分开，各自去制止新起的骚乱。

虽然没问，但终究还是多留意了那个人两下。

又是半个多小时之后，罗兰的客流依旧，那人好像对什么事情极为满意，随后从口袋里拿出了一元五角，放到了桌上。

不仅路过此桌准备收钱的庄小晨表示了惊讶，就连和他同桌的几个报人都为之大惊，觉得自己斤斤计较只显寒酸了。

罗兰煎牛排本晚折扣，单价九角，咖啡一般是餐后附送，但这个人点的是鸡蛋咖啡，要收一角的附加费。这些全都是在餐单上明码标出的。所以，本应一元的餐费，他却多给了五角。

拿起一元五角钱，庄小晨立刻叫住那个人。

"Just tips（小费而已）。"那人根本没有等庄小晨问出话来，就直接回应了。

庄小晨愣了片刻，才明白这个人说的是英文。自己可怜的词汇量，根本没明白那两个词是什么意思，但不用明白词意，只要观察一下气氛就能大概了解，这多出的五角钱是给自己的小费。

小费？

那人说完，已经自顾自地向店门口走去，旁若无人。

"我们没有收这个的规矩。"庄小晨一把拉住了他。

那人被小姑娘拉住，也是一愣，随即又用狼眼盯了她一下，冷冷地说："番菜馆就要有洋人的习惯。"

"没有的事。"庄小晨不依不饶。

"给你们老板，她不会拒绝。"

明显有想寒碜林荀的意思在。

"这种小钱……"庄小晨还没反驳完，那人已经走掉，根本来不及再去追。

又是讨厌的人！她只好赌着气，跑去最近一桌为那里叫喊着的家伙消火。和那个家伙比起来，好像就连这些二流才子都不太讨厌了。

不过，说是不讨厌，可是没过多久，最讨厌的人终于还是来了。

丁松明刚刚迈进罗兰店门，就把自己当成了主角一般，张开双臂向店内各位同行大呼"各位晚上好"。

然而全场只有丁松明一个人入了戏,其他所有人,仅仅因为有人在进门处大喊了一声而扭头瞅上一眼,发现原来是个无关紧要的人,立刻就又回到自己的状态中去。

丁松明本还想挽救现场的尴尬,结果发现根本没人关注自己,反倒轻松不少,收拢了做作的笑容,正好一眼看到庄小晨,叫住了她。

"小晨,叫你老板出来。"

被叫住的庄小晨,根本不想理他,白了他一眼,说了声"老板不在"。

"小小年纪,怎么睁眼说瞎话。"

"不在就是不在,你要是觉得我说瞎话,是你的自由,我要去为客人服务。"

"刚才我还看到她在巷口,和一位绅士说话。"

"绅士?"庄小晨皱了皱眉,丢出一盘牛排到手边桌上。

"可是一位不得的绅士,西装考究得很,还戴了一顶呢子礼帽。他们聊得激烈。"

呢子帽?怕不会就是刚才那个偏要给小费的怪人吧。

"既然都看见了,直接找她不就得了,干吗大费周折还跑店里来捣乱。"捣乱二字,庄小晨咬牙切齿地说出。

"等我过去,她已经说完回你们店里了啊。等等,什么叫'捣乱'?可还有贵客造访呢,这就是你们罗兰的待客之道吗?"

听到"贵客"二字,庄小晨才注意到丁松明身边果然还有其他人。其中一人,年岁五十以上,身材中等,不胖不瘦,一身缎面长衫，头顶瓜皮帽，再披刺绣马甲，看着庄小晨，笑眯眯的一张脸，里里外外都卖力透出自己是儒商的气质。庄小晨入番菜馆时间不长，仅一个月有余，但这位中年人，她还是认识的，他正是又一元的老板：孙丰年。而孙丰年之外，竟是那天来过罗兰，和老板聊了许久的董老。

孙丰年来，肯定没好事。而这个董老头子怎么也和他们混在了一起？

"算了，你们老板在不在没关系，正好现场这么多同行。该宣布的事情，直接宣布再合适不过。"

不等庄小晨做出反应，丁松明又一次恬不知耻地招呼起在座所有人。

"诸君各位，小生丁松明，'聪明小品'的唯一创作者。"根本没有人搭理他，他继续说了下去，"距离罗兰为广方言馆九名去德国深造的孩子准备的豪华晚宴，只有不到两整天的时间。罗兰与小生之间的赌约，想必各位也都有所耳闻，甚至我看到不少报馆同人都为小生写了支援文章。小生感激不尽。"全场多少有了点回应，不过多是些嘘声，"当然了，今晚罗兰的决定，让我等实在错愕不已。虽然小生不懂罗兰的用意，但怕是已经提前认输了吧。小生倒是拭目以待，如果罗兰胆敢把最后的噱汁留到后天再用，那就说明这家番菜馆已然没了最基本的信誉，那样就算赢得赌局，又有何用？"

丁松明义正词严地说着，说到这里全场已经没了嘘声。不得不说他所言在理。

"不说这些，赌约依旧，那是后天的事。后天到底如何，只

071

有到时才见分晓。而今晚，小生前来，是因为我们荣幸地请来了赌约的公证人，也就是主持公正的裁判人，董存仁董老先生。"

董存仁走到了罗兰餐厅的正中央，向四周在座所有人作了作揖。鉴于董老的地位，所有人都给出了欢迎的喝彩。

然而，接下来说话的仍旧是丁松明。

"因为各位的共同努力，让赌约成了一时爆点，但鉴于董老先生年事已高，董先生感到压力倍增，主动找到小生，希望再为赌约请一位第二裁判，协助董老做出更为公平公正的判断。第二裁判，董老提出了两个必须符合的条件。董老认为他需要具有丰富的经验——在番菜馆摸爬滚打多年，才可能做到对番菜的有所评判。而同时，他还要年轻力强，这样才能做得了董老的有力后盾。这样的番菜界年轻才俊，放眼望来，怕是唯有又一元的老板孙丰年莫属了。"

孙丰年？年轻才俊？这两个词放在一起，让本来皱紧眉头的庄小晨差点哈哈笑出声来。

或许还有不少人也与庄小晨有着同样感受，全场也是骚动片刻。

孙丰年还是那副儒商样子，走到了董存仁的身边，向所有人拱了拱手。

"多谢诸位厚爱，多谢董老先生的信任，孙某人必秉公执法，让这次众人瞩目的盛事更加公正，以便后世传颂。"

"我们老板还没同意，你这是单方面决定的！"庄小晨忍无可忍，站在人群中大喊。

这也和老板预想得如出一辙，可是预想再准确又有什么用？

遭到当面质疑的丁松明，反倒呵呵一笑，淡淡地说："你们老板？这个时候，林大小姐怕不是已经跑回林府，吓得抱着林夫人痛哭流涕呢。人都不见了，还谈得上什么同意不同意？况且，你的意思是想当面反对董老的决定？就算你们老板在现场，也不敢吧。"

他真的是信口开河的能手！刚才还说在巷口见过老板，结果现在全然改口。庄小晨气得跳脚，但真到想反驳的时候，发现全场的气势早已把自己淹没，无力而为。

林老板仍不出现，此时现场，罗兰的人无一能控得住场，眼睁睁看着事态被丁松明牵着走，再向着刹不住车的方向狂奔。女孩们只能各站一角，干着急。

大概丁松明都没预料到会这么轻松。越是轻松，他就越是得意。得意到他竟然开始现场品评没了嗞汁的罗兰煎牛排。可惜，仍是那些在文章中已经写过的陈词滥调，什么没了灵魂，丧失了对味觉的终极追求。说了几句之后，就算是二流才子们，也都备感不耐烦，边哄着他，边掏了牛排钱，速速离去。

虽然因为自己的到来，让热闹无比的罗兰渐渐冷清下来，但丁松明是十分明白的，信息已经传递得相当成功。这些对自己不屑一顾的家伙，都会像传粉的蜜蜂一样，把方才放出的消息传遍上海。明天一见报，事也就定了。

戏做足了，丁松明心满意足地和两位贵宾作揖告辞，简直给人以罗兰是他的店的错觉。

庄小晨和沈君气不过，但老板不出现，两个人无能为力，只能默默盼着丁松明赶紧走开。

总算腾出手来的陶杏云，也偷偷从后厨门缝往外看着。

"哼！狐假虎威！为虎作伥！虎头蛇尾！贼眉虎眼……"

庄小晨耳听自家主厨不停地冒着不着调的词。

"嘘——"

"啊！"耳边突然有人出声，吓得庄小晨不禁细音叫出了声。

回头看才发现老板竟从后厨偷偷露出个头，在陶杏云旁边，大大咧咧又像是在安慰庄小晨地说："其实全都敲定啦。"

说完，趁没被发现，迅速缩了回去。

啊，老板原来真的在店里。不对，重点错了。所以老板到底在搞什么？已经都弄成这样了，这个老板还有心思玩躲猫猫？！

庄小晨一头雾水胡思乱想，气也好急也罢，全都没了劲头。

所幸最为焦躁的一夜，终入尾声。再有多少人想来闹，也拦不住罗兰收摊打烊。

终于结束了。

三个最年轻的女孩全都累瘫在店里，陶杏云也摘掉围裙，从后厨走了出来。再随后，林茍终于出来了。

她一出来，立刻拍了拍手，给大家鼓劲一样，说道："姑娘们，来，我要开始安排明天的工作了，会非常辛苦。忙完之后，哦，我的意思是后天彻底忙完，我带大家一起去张园玩一整天怎么样。"

好像唿汁用尽，赌约将近，都无所谓了。

"大势已去""不战而退""出师未捷"，隔日的报纸纷纷上市，言辞皆是如此调调。同时，少不了关于又一元的孙丰年成为第二裁判的消息。

有些报纸因为发行时间相对晚些，撰稿人已经猜到早晨发行的报纸会将昨晚的所有新消息翻来覆去重复无数遍，从而打算剑走偏锋，不报道赌局新状况，而直接做起分析。不过，所谓的分析，没有谁还着重于赌局谁赢谁输上，本来就不看好罗兰的这些报人，又经历了罗兰噱汁用尽的告知，更是没人再认为罗兰还有胜算。因此，他们分析的多是关于上海番菜界本身。

而分析的切入点，自然就在孙丰年身上。

关注罗兰赌局的报人们，不是每一个都对上海番菜馆如数家珍，平时更多报道些花魁选拔或者市民杂事。完全是因为《申报》的一则广告，再加上丁松明弄出来的临时副刊，才使得这些撰稿人被临时抓包，顶上来做热点报道。

作为对番菜界一无所知的那批人，他们对报道孙丰年最为热衷。把孙丰年早年是在广州做丝绸布料生意发家，后到了上海继续做布料生意，同时开了又一元番菜馆作为扩展业务项目，诸如此类的事迹一夜间全都扒了出来。

不过，懂行一点的撰稿人，不屑于写这些众所周知的东西。而是更着力在孙丰年和上海番菜界的关系上。孙丰年的又一元番菜馆成立不到两年时间，如果从时间上来算，比起一品香那样的十几年老店，绝对属于晚辈。然而他本就有自己的产业，资金雄厚堪比老店，因此一出手就相当阔绰。店开到四马路中心地带不说，厨师也是重金从老店挖来的。不到两年时间，又一元已然成了番菜界一方雄霸，声势浩大，以至于连董存仁老先生自己一手办起来的番菜联合会，都受到过冲击。

董老年事已高，当是联合会会长让贤的时候，而接手会长一职的，必是孙丰年无疑。懂行的撰稿们正是抓住了这个点，大书特书起来。

有的说，是董老德艺双馨，以大局为重，主动找机会提携孙丰年。有的就立刻唱起反调，认为是孙丰年虎视眈眈，抓住机会，予以逼宫。

这一天，若是从一大早开始买报纸看，就会发现异常有趣。往日里，报纸报道新闻，全胜在一个"早"字。而这一天恰恰相反，对于一个热点的激烈讨论，又成了谁先发声，谁必吃亏的状况。只要先发声的，必然会遭到后刊行的几份报纸连番反驳，若是再想一辩，只能等第二天，届时自己的观点也早已凉透。

可以说对孙丰年以及上海番菜联合会日后将为之大震的各种推测，算是上海报界对热点话题的自觉走向。而对于真正的事件主角，无论是罗兰还是丁松明，甚至晚宴的真正正主，广方言馆的九名学生，不再有人关心，也属必然。更何况到底谁能赢得这场赌局，似乎已无悬念。若说单靠菜品取胜，罗兰尚可一搏。然而，从一开始丁松明就已经透露了赌局的限定条件，没有噢汁的罗兰煎牛排放到董存仁和孙丰年两大行家面前，全无胜算，还有什么持续关注下去的价值。

不过，即便赌局本身被认定没了价值，赌局当天，还是争先恐后要去现场的。

因为这场赌局，在几日的反复报道和争论中，已然被定义成了"上海番菜界新时代诞生原点"，有谁不想亲临现场见证历史。

而作为整个事件的核心，罗兰番菜馆在赌约的前一天，竟是平静得宛如风暴中心。

当然所谓的平静，只是在街巷表面，罗兰店门前。没了蹲守踩点的报人们，确实恢复了往常的样貌，但在兴福里的里弄内，简直全被罗兰的姑娘们所占据。

请了一天假的叶勤和沈君，没有再去广方言馆的庄小晨，在兴福里的院子里叮叮咚咚，用沈君连夜赶出的图纸，打着什么东西，忙得挥汗如雨。吵闹得同里的消夜馆老板抱怨连连，林荀只好在邻里间四处道歉赔不是。只是她那道歉的态度……总让人觉得像是当成了某种好玩的游戏在做。

这一天，根本没人再去关注什么报纸的报道。

甚至连晚间营业后，来了什么人，有没有再对不提供噫汁的打折煎牛排有异议，都不在意了。对世人来说，简直如同赌局前空白的一天。

一切只等赌局的当天。

7. 盛宴

太阳刚刚西斜，染红半边的阴霾，四马路就已经完全苏醒。

电气路灯还未亮起，几辆气派的马车已然到了。只是兴福里的巷子对于双马四轮的马车来说，实在太狭窄了，几辆马车都只得停到巷口，冒着滚滚蒸汽的老虎灶门前。

老虎灶的老板，脾气倔得要命，才不管门前来了什么达官贵人大儒富商，无论刮风下雨，只要开着门，就要站在自家已经褪了色的店旗下面大喊卖水卖茶，招揽生意。

马车里的个个都是西服革履的绅士，一下来扑面就是市井的白雾蒸汽，有戴着眼镜的绅士，眼镜瞬间一片雾气，让这些人都是一副嫌弃表情，不断地用手扇着蒸汽往巷子里钻。一幕幕看着不得不说有些滑稽可笑。

绅士们多是没有来过罗兰的，被自家小厮带到门前。大概是被旁人奉承伺候惯了，站到罗兰门前，发现竟没人接待，个个都是愣了半晌，才只好叫着自家小厮开门。

罗兰店内，空间本是不大，不过原本的五张方桌，此时一起挪到了餐厅正中，并排连成一列，并铺了一整张洁白的桌布，成了相当西化的长桌。长桌上餐具刀叉皆已摆好，两只青瓷花瓶里面插着几支白玉兰，摆在长桌中间，将长桌三等分。纵列两边各放五把椅子，而长桌两头亦是各有椅子一把。算来，刚好够广方言馆的九名学生，两名裁判以及丁松明就座。

大概也是看到长桌和座椅的摆法，那些讲究排场的绅士才意识到自己根本不是本场的主角，连受邀都没有，只是自认有现场观看重大事件的地位，就不请自来了。

庄小晨和沈君一直站在店门两侧，只是面带微笑，没有一点要接待这些人的打算。他们个个进来都会被气得恼火，却又没有理由发飙，只能狠狠地嘀咕一句"女人办事就是不行"之类。

幸好的是，丁松明早早便到了罗兰。

丁松明站在罗兰店内，只要进来一位大人物，他就会像店主人一样跑去打招呼。什么"陈大人""王经理"地叫着，甚至有的还要拉着人家的手，往罗兰餐厅侧面的座椅上带。多少算是帮绅士们缓解了一些尴尬，只是不知道他们领不领丁松明的这个人情。

听着丁松明一个一个打着招呼，倒是也能知道不请自来的这些人都是谁。

有洋行的大买办，有租界工部局、电报局等等的华人管事，而最不缺的自然是报界之人。大报的主笔都来了好几个，丁松明见到他们激动得都跳起脚来。

不过，无论来了怎样的大人物，两侧座位的主位，丁松明都有意留着，显然是有什么重要的人还没到。看着天色渐暗，隐约都能看到四马路上电气路灯的灯光，但丁松明等的这位重要人物，却迟迟没有出现。眼看将近五点三刻，距离罗兰营业时间也就是方霆预约的包场时间六点一刻越来越近。丁松明已然有些坐立不安，感觉比之后的赌局更让他紧张焦躁。

又是扑空一般迎来几个自命不凡的绅士后，忽而听到罗兰店门外乱哄哄的声音靠近。

庄小晨和沈君第一次主动打开了店门。

一群年轻人，穿着朝气蓬勃的广方言馆学生制服，有说有笑，多少有些不羁地进了门。

"哇！"一进罗兰就看到洁白的长桌和长桌上方已经点亮的电气灯，肖敬毫无顾忌地叫出了声，"好漂亮啊。"

庄小晨和沈君带着分成两列的九个学生，长桌左右入座。

贺冉自是坐在侧边的上座，他还没入座之前，看了看坐在餐厅外围的那些人们，呵呵一笑，跟自己的同学们说："看来我们的启程宴来了不少大人物捧场嘛。"

语毕，其他人嘻嘻哈哈了一阵，方才纷纷入座，毫不顾忌那些在餐馆里却没有桌子的"大人物"。

贺冉的话，倒是立刻提醒了绅士们谁才是今晚真正的主角。只是他们肯定有不少人会在心里不满，骂上一句"一群乳臭未干的毛头小子，不懂分寸"，但谁也不敢真的说出口。这帮学生，是广方言馆的人，广方言馆上面是江南制造局，江南制造局上面是李鸿章李中堂，能不得罪还是不得罪的好。

广方言馆的学生们到场后不久，董存仁和孙丰年一同到场，在店门口相互谦让了一番，董存仁率先迈进罗兰，由庄小晨领到上座，而孙丰年就座董存仁正对面，在长桌另一端。

所有人几乎都已就座，唯有孙丰年右手边的长桌末位还空着，丁松明只是焦急地向门外张望，全然忘了自己该入座了。

不等丁松明入座，林苟一身刺绣长裙华丽登场。

仅是这身长裙，就让全场亦是惊叹亦是议论纷纷。仅看长裙款式，更贴近洋装，衣裙一体，尽显身材曲线。而长裙的布料并非洋布，刺绣又纯是苏杭刺绣花纹，清淡典雅。

根本不必林苟开口，丁松明已然被施加了命令一般，直接就坐到了自己的位置上，毫不犹豫。

而就在丁松明刚刚就座、林苟准备宣布晚宴开始的时候，店门又被推开。

"Sorry（对不起），是不是鄙人来迟了？"

口音带着一点点洋人才有的语调。

丁松明看向店门，简直是手脚并用，扑过去接待。

来者一头银发，高眉骨深眼窝，一身笔挺考究的西装，手拄文明杖，真正绅士的样貌，眼神却犀利得可以刺人。

"Mr.Major（美查先生）！您终于……"

丁松明还没说完，林苟则大大方方地打断了他，说："美查先生？"虽是问句，却还是那样不卑不亢，和美查对视一笑，继续说，"您大驾光临，真是让我们罗兰蓬荜生辉。"

在座的人，包括坐在正座上的董存仁，看到这位丁松明早已安排好的姗姗来迟的不速之客，都是为之一振。美查，正是《申报》的创报人，在报界大战中手段狠辣干掉《上海新报》，从此引领整个上海舆论界的英国巨商。

或许才才还有不少人对丁松明预留位置颇有非议，此时他们都纷纷起立，请美查坐了上去。

被请到位子上的美查，向众人行了个中国式的拱手礼，便坐了下去。

"林小姐，今天的裙子非常漂亮。"坐下后美查倒是绅士地先赞美了林荀一句。

"谢谢。"林荀嫣然一笑。

见他们说话，丁松明突然打了个寒战。

林荀继续说："真是没想到，您能来。"

"番菜的事，鄙人不懂，观摩而已。"

"看来你们《申报》是定下'猪头瞎品'，哦不，'聪明小品'这个固定栏目了？"

"观摩而已。"美查又说了同样的话，笑容根本看不出他的心理活动。

"林荀！你……"丁松明立刻又蹿了起来，毫不顾忌形象地喊道。

"丁先生，你看看你，大战之前都要先消消敌方士气，这不是用兵常识？你这样沉不住气，我都觉得自己要不战而胜了。嘻嘻嘻，快请就座吧。"

丁松明"哼"了一声，坐了回去。

"大家都到齐了，时间刚好六点一刻，就请董老主持开始吧。"林荀没有入座，站到长桌一边，像个侍者。

董存仁向林荀点点头，当仁不让地站起来，向后走了几步，以便全场都在自己视野之内。

闹得整个英美租界甚至全上海沸沸扬扬的赌局晚宴，终于开始。

董存仁向在场众人拱手说道："今晚本是九位少年英雄，离开故土奔赴欧罗巴，学其技术报效国家的离乡之宴，于公于私，皆是意义非凡。或许我们几个老朽的参与，反倒让小英雄们的晚宴成了名至实归的'送别宴'，老夫亦是倍感荣幸。而这场轰动全城的赌局，更让这场送别宴别开生面，日后小英雄们学成归来，此夜必是少年踌躇时的一抹绚丽回忆，传为佳话，久为流传。"

"今夜更是高朋满座齐聚一堂。"董存仁特意看向了美查，美查极有涵养地向他微点了点头，"老夫不才，反倒被推举为裁判，实不敢当。幸有孙兄当仁不让，自愿分担老夫肩上重压，为老夫排忧解难。老夫感激不尽，代九位少年英雄，还有林苟老板、丁松明小友感激不尽。"

语毕，董存仁向坐在正对面的孙丰年拱手行礼。孙丰年立刻站起还礼。

越是地位高的老年人，说起开场词就越是又臭又长，必须把在座所有值得一提的人都夸赞一遍，才可能结束。

年龄最小的肖敬，耐性也是最差，董存仁还没说一半，他显然就已经坐不住了。又是东张西望，又是开始戳着身边的方霆，低声说："这个糟老头子，有完没完，比咱们馆里那些老酸儒都啰唆。"

方霆本来一直低着头若有所思，被冷不防戳了腰眼，条件反射地全身一抽，膝盖咚的一声撞到桌子上，引来在两旁坐着的那些旁观者不约而同的责备目光。方霆倒是无所谓，揉着膝盖，根本不关心这些。肖敬则更不开心，把那些人一个一个瞪了回去，随后还开始小声嘀咕起"饿死了饿死了"，反反复复，若有若无，魔音一般。

董存仁话不停，心里倒是觉得好笑，这帮毛头小子果然入世不深，根本不知道世间凶险，天真烂漫得很。

拉拉杂杂，又说了一大堆有的没的，终于董存仁语速缓慢地宣布，今夜晚宴就此开始。

话音刚落，以肖敬为首，学生们最先热情地鼓起了掌。

这个时候的中国人，绝大多数还没有鼓掌的习惯，因此在座众人多是一脸迷茫，只有美查和林荀也一同鼓了鼓掌。看到美查鼓掌，丁松明也赶紧跟着鼓。而孙丰年，稳稳坐在那里，倒也是一种风度。

听到"晚宴开始"，罗兰的姑娘们就知道该开始战斗了。

在前菜之前，庄小晨和沈君首先端来的是竹篮装的面包，以及配面包的黄油小碟。

面包一共两篮，将长桌分为三等分。董存仁和孙丰年所坐席位，虽然是主次两席，但其实离面包篮最远，想要吃面包，需要服务生帮忙。

全桌应该是最长者为先，但广方言馆的学生们才不管那些，这次晚宴本来就是他们预定的，就算是坐在主位上的董存仁，也只是多余人才对。

早就喊饿的肖敬，毫不客气直接去抓面包。

但当他刚抓到面包时，就发现原来两篮面包之中都插了一张花纹典雅的卡片。饥饿根本挡不住这孩子的好奇心，一手抓着面包，另一只手就把卡片抽了出来。把面包塞到嘴里，咬掉一半，同时去看那张卡片上的内容。

"哇！"刚看了一眼，肖敬就又大呼小叫起来，差点把嘴里的面包都喷了出来。

在场众人，多少已经习惯了这个咋咋呼呼的小孩子，只是看不到卡片上的内容，还是有些心急。

肖敬笑得一脸开心，把卡片塞给了身边的贺冉看。贺冉本来还是稳重学长的样子，瞅了一眼卡片，也笑出了声。只是笑得不夸张，发自内心。另一篮面包的卡片，自然也被抽了出来，几个学生一看都会心地笑了，包括方霆在内。

这帮学生因为两张卡片就能这么开心。董存仁和孙丰年，面包又够不到，卡片也看不见，被晒在两头，异常尴尬。

"小晨姑娘，你们太用心了。"贺冉拿回卡片——不知算不算帮董孙两个老头化解尴尬——挑着眉开始读起卡片的内容，"水，一二点八；蛋白质，一〇点九；脂肪，一点四；碳水化合物，七〇点八；矿质，二点五；纤维素，二点四；"读到这里贺冉有意顿了顿，学生则用期待的眼神盯着贺冉。

贺冉举起卡片，继续读道："卡路里！一九三二！"

竟是一片欢呼，肖敬差点都唱起了"卡路里"，幸好方霆悄悄拉了拉他的衣角，肖敬才吐了吐舌头没有唱。

可怜了其他所有人，一脸的迷茫，甚至有不少人都不明白他们到底读的是些什么。

"好了，孩子们，面包吃了吧。前菜都在后厨等得心凉了。"

林荀算准时机，打趣地说道。

"林老板，你们真的太棒了！罗兰就是番菜馆海上第一家！"

"别急，才刚刚开始。况且，两位老先生才是今晚的裁判，你们只管畅快地吃就好。"

林荀语气依旧得体舒缓。只是董存仁大概正心里咬着牙叫骂，你终于想起我们两个了！

九名学生手中各拿了一块面包，就像举着酒杯干杯一样，高举面包，互相撞了撞，齐声喊道："为了科学！"

喊罢，各自大口咬上一口面包，用力咀嚼咽下，又高呼道："为了卡路里！"

随后大家旁若无人哈哈哈地笑着，吃起面包来。

这些年轻人，虽然没有评判权，可是死气沉沉的气氛，一下子被带动起来，就算是坐在两边的看客们，都微妙地热络了些。

庄小晨和沈君，分别也为董存仁和孙丰年夹了一块面包到他们盘中。两人态度相同，都没有动自己的面包，直到开始收第一轮的碟子。而一直沉默不语的丁松明，面包一下没碰，宛如入定。

因为是提前一个星期预订的晚宴，再加上这段时间赌局闹得沸沸扬扬，从而桌上所有人的菜品都只能事先统一安排，这也是一开始，林荀就征得方霆同意的。

前菜上来，是冷菜盘。

庄小晨和沈君用托盘全部端出。从贺冉开始，先为真正的主角九人上菜，随后是董存仁和孙丰年，最后是丁松明。而坐在两侧的都是没有桌子的看客，管他到底有多高的地位，反正没有菜吃，只能干看着。

这回菜上到董存仁和孙丰年面前，他们便做出正式开始品评的架势。不过，皆只是点到为止，用刀叉切上一小块送进嘴里，连咀嚼的动作都很难看到，就放下刀叉，用餐巾擦一下嘴角，以示吃毕，不做评点。甚是有大师风范。

而学生们却都迟迟没有动刀叉，纷纷意味深长地看着两位服务生。两位服务生心领神会一般，已经在为所有人分发新的卡片。

"果然有，罗兰可以的。"拿到卡片的肖敬，开心地说道。

待到他打开卡片，发现竟是左右两栏。右栏仍是他们熟悉的食物营养成分表，并且还增加了维他命甲乙丙丁戊的含量，着实有趣。而左栏……

肖敬看到左栏的内容，立刻指着要让身边左右的贺冉和方霆一起研读，发现两个人都已经看得入神。

此时，丁松明也在看手中的卡片。

方才面包的卡片，他没有看到，但贺冉通篇念出。丁松明不懂学生们为什么会突然那么兴奋，气氛被炒热的情况下，只好用些"是哗众取宠的雕虫小技"之类的说辞，来劝说自己酸溜溜的内心。

而现在，看到卡片内容，丁松明更是倒吸口凉气，心想罗兰怕是把事做得有点绝了。

立刻看了看坐在手边的孙丰年。孙丰年同样拿着卡片，眉头紧锁，盯着卡片左栏，脸色沉得难看。

又偷眼看了看另一端的董存仁，也因为卡片内容，沉着脸。

呵，林荀，你这样是要把自己逼到绝路上了。本场赌局，怕是把两个裁判都得罪了。丁松明心里窃喜起来，有些得意地向坐在远端的美查看了看。

惊！罗兰的服务生在干什么？

丁松明一下被惊呆了，嘴半张着，愣住。只见庄小晨和沈君，竟分了左右两侧，在为两边的看客们分发同样的卡片。

接过卡片的看客们，不一会儿也都窃窃私语起来。这些看客，多数都是各家报馆的主笔，看一眼卡片就知道其意义，好几个小心翼翼把卡片收到了怀里或者兜里。

这张卡片的左栏，可是触了当今华人番菜界的一个雷区。而这个雷区，最怕的一点就是被外传。现在它们都已经进了那些笔下写世界的家伙的兜里……无法挽回了。

卡片左栏，数列娟秀小字，密密麻麻写得甚是详细：

青绿冷菜 Salad

成分：莴苣、水芹菜、黄瓜、番茄。

预备方法：

须于冷水内洗净以洁布抹干，留叶之最好部分以为装饰菜面之用，冷菜酱即梅效尼司①可倾佐菜上或分碟上席。

另

梅效尼司 Mayonnaise

成分：

一、生蛋黄一个

---

① 即蛋黄酱。

二、生菜油一杯（Salad oil）

三、牛乳（淡乳）

四、醋少许

五、芥末粉少许（Mustard）

六、盐、糖、胡椒少许

做法：

将蛋黄在盆内搅开，加入盐、糖、芥末粉，次把生菜油一滴一滴加进，同时用匙羹或筷子急搅之，至油加完，加入醋，调和即成。如觉太厚，可加入牛乳至厚薄适宜。

附，量杯、量匙之计算方法

三茶匙——一汤匙

十六汤匙——一杯

二杯——一品脱 Pint

二品脱——一脥脱 Quart

四脥脱——一加伦 Gallon

太详细了！问题就在于太详细了！不仅材料和做法写得清晰明确，甚至还把度量方法都写了出来。有了这样的食谱，怕是连村妇都能在家做出梅效尼司和青绿冷菜了。更可怕的是，卡片已经进了那些报馆主笔的兜里，怕是明天，食谱就将满城皆知……从此以后谁还会去番菜馆吃饭，就像魔术戏法被当场揭底一样，本来因为神秘而显得高贵的番菜，怕是从此跌下神坛。

"林……"丁松明越想越怕，咬牙刚要强烈抗议。

结果林苟却率先打断他，大方一笑，走回方才开场时的位置，说：“丁先生不是在文章里大声斥责我们番菜馆偷工减料欺骗顾客吗？我作为番菜馆老板着实气不过。既然丁先生对番菜如此内行，何不仔细尝尝看，和我们的食谱是不是大有出入，是不是偷工减料了。”

倒打一耙！

“这个黑锅，小生绝对不背！”

“哎哟，怎么成黑锅了。怕不会丁先生认为，有了这个食谱，人人都能做得出我家冷菜的味道来？丁先生，您空有‘番菜行家’的称号，太小看我们番菜馆厨师了吧。”林苟说着，把目光投向董存仁和孙丰年。两个人只好暗自苦笑着点头同意，这个时候不能让更多人轻看了番菜馆。

二老都表态了，丁松明无话可说，把刀叉交叉在碟子上，狠狠地将卡片在手中捏成了团，不再发言。

上主菜吧！花样玩得越多，就越藏不住你们心虚的本质！

只不过，冷菜之后，还不是主菜，而是汤。

和汤一起送上来的，右栏营养成分表、左栏食谱的卡片自然是有的。卡片上写着汤的名字叫“乡下浓汤 Country soup”。与冷菜的一目了然不同，浓汤中有不少食材会溶在汤里，观感上成分更神秘一些。几个学生，拿着卡片，更是兴致勃勃起来，一边吃汤，一边讨论得热烈。

真是不爽！丁松明只是用勺子喝了一小口这个乡下浓汤，食不知味。

终于，服务生们开始收拾餐桌上喝净或者几乎未动的汤碟。

收到丁松明时，他不怀好意地笑了。因为汤品之后，便是主菜。

清理干净桌面之后，果然在每人面前重新摆上了刀叉，刀是牛排刀。

全场陷入死寂，就连一直兴奋不已的肖敬似乎都被肃杀的气氛给压抑住，没了声音。

只有庄小晨和沈君还在走动，摆好桌后，回了后厨。不多时，两个女孩子各托了大大一面托盘出来。

丁松明眼尖，一下就看到托盘上是一只只白色小瓷碟，心中大笑，想过一百种情况，其中"罗兰谎报噫汁用尽"简直是最蠢、最好做的文章的一种。

丁松明立刻拍案而起，质问道："林老板，那小碟里盛的是什么！"

"嗯？"林荀一脸天真无邪的疑惑，"主菜要用到的噫汁呀。"

8.胜败皆乃家常菜

全场哗然。

竟是毫不掩饰，直接就说了出来！这一点多少让丁松明吃了一惊。

不能乱了阵脚。丁松明深吸一口气，才继续说："唥汁？林老板，你是不是需要解释一下，这是怎么回事？前天你们发出公告，说唥汁已经用尽。当晚开始煎牛排就不提供唥汁蘸料了，小生和董老孙老都到过现场，亲眼见到干巴巴没有蘸料的煎牛排上给客人。难堪之景，现在依旧历历在目。如今竟又拿出唥汁来？为了赢取赌局，做出此等欺诈顾客的事。呵！林老板，你还有什么可以解释的吗？在座诸君，皆是各方业界精英，若是贵界有此等之徒，可能容忍如此一界之耻？或是说小生太过咄咄逼人不给她一个小女人留有余地，那么就退一步讲，有如此欺世之人，赌局还有何意义，直接判输，怕也难消众怒。"

丁松明说得义愤填膺，不少看客都被感染，有的叹息，有的点头，甚至就连广方言馆的学生们，都被镇住，无话可说。只有庄小晨和沈君，不为所动，把唥汁一一摆放到每个人左手前端。

一连串檄文一般的演说讲完，丁松明自己十分满意。说到"判输"时，他看向了孙丰年，争取着最强后盾的支持。

始终未发一言的孙丰年，终于站起身，开始了他当晚的第一次发言。

"松明小友所言略重，但理确实在此。余在番菜界资历尚浅，只是深得董老以及诸位前辈厚爱提携，才能坐到今天这个位置，为堪称番菜界的一时盛事出上些许力气。余往昔身在布行，所谓士农工商，商排最末，身份卑微，全靠一个'信'字才能赢得一席之地，不至于饿死街头。深知'信'字之重要，实为立命之本。如今身在番菜，亦是商之一行，余以为，若是有人胆敢破坏整个行业的信誉，绝不容忍。"

孙丰年所言照样是字字铿锵有力，似是要将此时的罗兰直接宣斩，还在最关键时刻，顺着丁松明的势，抢在董存仁之前发言，把关注全部揽到自己身上，一锤夯实他在番菜界的地位。但若细品其言，实际上无一字实指罗兰，全都是空在理念，任听者自行对号入座，迂回老辣。

效果确实卓越，孙丰年语毕，已经引发全场窃窃私语之声。

"诸位少安勿躁，"董存仁终于发话，"老夫以为，林老板会给我们一个解释。若真的是明目张胆欺骗世人，不必诸位声讨，老夫必会以番菜联合会名义，对罗兰番菜馆严惩不贷。"

说到"以番菜联合会名义"时，孙丰年的脸色有一瞬间的变化，也不知是不是被林苟看到了，林苟笑着对董存仁无声地说了"老狐狸"三个字，之后向众人说道："我们库存的唴汁，确确实实在前天就用尽了。童叟无欺，诸位如若不信，敬请去库房检查。"

"什么叫库存唴汁！就算我们去看一堆空坛子也无济于事，你已经把欺骗世人的唴汁倒在碟子里销毁证据了。"丁松明咄咄逼人。

"我可要控告丁先生血口喷人啰。"虽然用词严重，但林苟的语气却让人感觉更像调侃而非认真，"丁先生你也是我们罗兰的老顾客，又是番菜大行家。你现在尝尝眼前的唴汁，不就清楚了。"

"尝？你说笑什么呢，有人会白嘴吃唴汁吗！"

有，我们主厨每天都能吃好几碟……庄小晨不禁心里嘀咕。

丁松明当然不会去尝唴汁，正在和林苟四目相对。

而因为丁松明的一句反驳，孙丰年迟疑片刻才准备去尝唴汁，赫然发现正对面的董存仁已然用手边的叉子，蘸了唴汁，微低头将挑起几滴唴汁的叉子送进了嘴里。

该死！孙丰年心里暗骂。居然让这老家伙抢了先。此时自己再尝也不可能加分，甚至适得其反了。孙丰年嘴角抽了一下，用责怪其多话的眼神，瞥了丁松明一眼，随后迅速把情绪强压下去。

"老夫不才，"董存仁放下叉子，用餐巾布拭了一下嘴角，缓缓地说，"自认为现在桌上的唴汁,确实比英国唴汁要略咸一点，而酸味则略弱些。"

"董老明察！"林苟轻轻拍手，"我们的唴汁真不是以往订购的那种英国唴汁，而是，我们中国人自己酿出来的。"

"一派胡言！"丁松明不依不饶，有种气急败坏的挣扎感，"噫汁可不是梅效尼司，随便弄个鸡蛋黄、生菜油就能调出来的。你想蒙人也得先看看对象吧，林老板。"

"我口说无凭，那就请酿噫汁的崔厂主自己来跟你讲吧。"

崔厂主？这又是从哪冒出来的人？

尚未有人提出疑问，那位崔厂主就已经走出里间，到了林苟身边。

这位崔厂主，正是方霆他们来预约晚餐的当天下午，造访罗兰被庄小晨看到的那个人。不过，就算是庄小晨，再次见到他，也只是在此时现场了。

"承蒙林老板关照，今夜这种场面，要是以我一个小作坊主的身份，怕是一辈子都不可能有机会来的。有幸一个星期前林老板特意到了闸北，我那个弄堂里的酱油作坊，拿了两样东西给我，一样是今晚的邀请函，另一样则是……"崔厂主穿了一身朴素的蓝衫，手里提着一个坛子和一只篮子，"噫汁的配方。"

"信口开河！"丁松明看到崔厂主手里的坛子，又知道他是酱油作坊的厂主，自然猜到坛子里是噫汁，从而情绪更加激烈了些，"你们蒙蒙外行人还行，但稍懂番菜的谁人不知，洋人的调料，对我们都是保密的，没人知道配方。林老板，你要唱双簧，也得找个贴谱的人吧。"

被丁松明恶狠狠盯着的崔厂主，别看样貌朴实憨厚，但一点没有怯场的意思，把坛子放到一边，拎着篮子过来。"我是一个干实业的粗人，嘴笨得很，自然说不过你们这些舞文弄墨的。"篮子里也是装着卡片，他开始给在场所有人发放，"我只认这些实打实的东西。"

丁松明拿着配方，看了看。上面写的是"洋葱一两五钱、丁香末四分、七里红辣椒末四分七厘"之类的原料表，以及制作方法——从"洋葱切碎，与各物混合，入高身容器，用文火使之微沸"再到"静置一星期后，布袋过滤，用焦糖着色"，等等。仔细去想了想，确实可行，并非胡编乱造临时救场之物。丁松明一时哑然。

这个狡猾的女人！丁松明愕然间发现卡片的最末端，还有那个崔厂主的厂址。对于民营的小工厂来说，厂址就等于商品销售点。而那个噲汁的制作方法中，确实有不少步骤只有酱油厂的设备才能实现……她这是在下一大盘棋吗！丁松明突然觉得有些不寒而栗。

而这个狡猾的女人，又在最狡猾的时机走回她的演讲位，向在座众人行了一礼，说："泰西调料，配方和制作方法一直被他们洋人垄断不传，造成我们即便有了自己的番菜馆，照样受制于洋人。"

噲汁配方的重要性，早就被方才一腔愤慨的丁松明给烘托起来。林荀根本不必再费什么力气，直接将话题转到了自家主厨陶杏云身上。讲到她们创店罗兰伊始，面临的简直就是铜墙铁壁的秘方迷宫，放眼望去几乎无路可走。幸好陶杏云拥有天才般的味觉，只要是尝过的东西，上手就能模仿出七七八八。再加上她自己对番菜的领悟和独创，罗兰煎牛排就这么全上海独一份地出来了。然而，噲汁必须从英国人手里订购这一点，陶杏云一直耿耿于怀，以至于她每天都在不停地尝着噲汁的味道，琢磨这佐料的配方和制作方法。

原来陶姐每天不停地吃唔汁，是为了这个？庄小晨不由得有些茫然，不知该不该信。

林苟还在讲着，讲陶杏云本来打算精益求精，希望能多试验几次，调出最地道的味道，结果一切还没开始，就发生了黄浦江沉船事件。无奈之下，只能硬着头皮先干再说。拉拉杂杂，林苟讲了许多，不过似乎有意避开赌局本身，而当她讲到一个女人做主厨有多不容易时，竟已是声泪俱下。

女人一旦流泪，必能感染全场，特别是在众男人的注目下，如此漂亮的一个女人说得声泪俱下，简直成了征服众人的利器。甚至连那个美查，都隐约显出些恻隐之心。

只有庄小晨，想到自家那个主厨，每天只喜欢看侦查破案小说，看完之后还非得把谁是凶手告诉别人，实在和老板话中的女主对不上号。

"可以了。"终于起来打破局面的是孙丰年，他皱着眉，语气却缓和得很，说道，"用餐中途被打断，也是对客人的不敬。起因不在你，无责怪之意，现在就不必一拖再拖，请立刻继续吧，不然浪费的是番菜的美感。"

孙丰年面如坚石，写满的是刚正不阿。

本来已经开始陷入绝望的丁松明，突然为孙丰年暗自叫好。变数之下，尚有胜算，方才董存仁亲口说了这个自酿唔汁口味上和英国唔汁不甚一样，那么配上煎牛排，只要孙丰年坚定认为自酿唔汁没法和煎牛排配出最佳口味，怕是董存仁也无话可说，要有异议只能自打自的脸了。

只要拉回到这顿晚宴上，不再被林苟的感染力牵着走，仍旧胜券在握！奇谋已经打出，不过就是一坛子味不正的唔汁罢了，接下来你完了，满盘皆输才是你林苟必须面对的现实。丁松明恶狠狠地想着，都没有发现庄小晨和沈君已然从后厨推出了一个什么东西。

沉重的木轮在地板上滚动，发出骨碌骨碌的声响。

初春的上海，室内多少还是湿冷的。随着木轮声，还有着一层暖意一同从后厨出来。

两个女孩竟是从后厨推出了一辆烧着柴火的车子。车子不高，就算坐着的众人也都能看得到车上的布置：两个炉眼、带两块砧板的操作台。

这……丁松明坐得算远端，只能看个大概，见小车推出，心里不屑地笑了。这不是哗众取宠的问题，堂堂番菜馆简直是自甘堕落成了街头小吃摊子。

丁松明正打算斟酌措辞再给罗兰一次压力，余光瞥见右手边的孙丰年，沉着脸，似乎是在用这种威严之气来阻止他再冒傻话破坏全局。丁松明心领神会，立刻缩了回来。

全场又是一阵窃窃私语，其中带着不少惊叹之声。

这是因为陶杏云和叶勤也从后厨走了出来。

陶杏云还是她的那身白色衬衫红褐色百褶长裙，再套上淡紫色围裙，落落大方又光彩照人。叶勤不是厨师，打扮自然与陶杏云略有不同，白色衬衫一样，下身颜色相同，却是修身长裤，也套有一件围裙，让长裤所修饰的身材，变得内敛，不那么招摇。再配上叶勤冷若冰霜的面孔，竟是透着一种英姿飒爽。

两人从后厨出来，引得董存仁都主动将自己的座椅转了九十度，面向她们。还打趣地跟林苟说："林老板，老夫表示真切的抗议。眼看你们要现场表演厨艺，你却将老夫安排在主位，是故意要老夫背对二位，无法欣赏吧。"

方才凝重的气氛，一下就被董存仁带回正餐的轻松欢愉中来。只有丁松明不敢放松，祈祷一般，心里不断地反复默念"她们赢不了""她们无力回天"。

而董存仁所称的"现场表演厨艺"，随即开始。

她们做出花来，也解决不了现在的馅汁酸味不足，掩盖不住本地牛肉腥味的问题！丁松明心中越来越笃定自己是胜利的一方。

庄小晨和沈君站在厨车两侧，随时准备将出炉的主菜送到客人桌前。

作为主厨，陶杏云一开始并不动手，叶勤将辅料纷纷从厨车里取出，摆在砧板一边。操作台上摆放出来的并不复杂，鸡蛋数只，绍兴酒、盐、面粉各一碟，仅此而已。叶勤开始打鸡蛋，动作娴熟，甚至有几分赏心悦目的味道。

或许绝大多数人并不在意叶勤摆出了什么，唯有内行的三个人，都把操作台上流露出来的不协调看在了眼里。而到叶勤把鲜红的肉从厨车里取出时，三个人都不禁惊呼。

"这、这、这……"丁松明紧盯着被叶勤平整铺到砧板上的带骨鲜红的肉，实在忍不住叫了出来，"这不是牛肉！"

随着丁松明所指，就算是不懂行的旁观者都看出了蹊跷。带骨的肉，纹理比牛肉松弛，兼带脂肪条纹，显然不是牛肉。此前，无论是丁松明的文章也好，还是后来的诸多跟风报道，都明确地说明了这次赌局的限定条件，主菜必须要用罗兰煎牛排。如若说那只是丁松明的一面之词，到了林苟应答报馆报人围攻时，对限定条件的反复询问也未有过否认，亦可视为一种认可。

可是现在……

所有人都有些搞不懂情况，把目光齐齐投向了站在一边的林苟。

林苟面对众人的目光，先是满脸天真的疑惑。随后，在叶勤从厨车中拿出数块咸饼干，放到石臼里仔细研磨起来时，才走到厨车前面，面向众人用方才说"这就是唥汁"一样的语气，又说出了可怕的话："对呀，这是猪大排，今早刚刚从三角地菜场切来的新鲜大排。"

"你、你林苟葫芦里到底卖的什么药！"无法理解就会让人产生一种发自内心的恐惧。

"卖的是番菜，不是药。"

"别岔开话题。今晚你到底在盘算什么！我们的赌局，是有限定的，早在一个星期前，我们已经达成约定，赌局的主菜必须是煎牛排！罗兰煎牛排！你突然弄来个猪大排蒙混过关，你居心何在！"

"我说丁先生，别把自己看得太重要了。"

"你……"

"赌局的限定条件确实有之，我也记在心里。但今晚，说是赌局，不更应该是咱们小英雄学子们人生重要一程的启程晚宴吗？今晚一面是你我之间的赌局，另一面是为客人们服务，让客人们能不虚此行，甚至终生难忘。孰轻孰重，一目了然。人生随时要有所取舍，在此，请允许我的任性，毅然放弃了你我之间的胜负，全心只为小英雄们饯行做到最好。"

"诡、诡辩……"丁松明咬着牙，声音却细得几乎自己都听不见。况且，林苟掐准时机地闪开，露出了身后的厨车和陶杏云。

一时间，所有人都被陶杏云的手法给吸引。

陶杏云手中拿着一根擀面杖，看似闲逸却极有节奏地拍打着砧板上的猪排。拍打的声音，堪称悦耳，简直让一些风流文人联想到了隔壁那些妓馆里，名妓正在为自己松肩捶背的场景，不由得看着那擀面杖下的猪排，想入非非。

在陶杏云一块一块拍打猪排的同时，咸饼干已经被叶勤碾成了碎屑，装到专用的小碟中，安置在砧板一边，作为其他配料的前端。

一共拍打了四块猪排，看来是一次下锅的极限。陶杏云还是那般闲云野鹤的动作，将一块拍打好的猪排分别在鸡蛋液、绍兴酒、盐中滚上一滚，放置腌渍，仿佛烹饪对她而言只是兴之所至信手拈来。

就连董存仁，现在也已经看得入神。从事番菜十几年，游历过欧洲的老江湖，可谓是见多识广，但这样处理肉的，见得也不多。倒是听说过，欧罗巴奥地利国有用面粉裹猪里脊肉油炸的猪排。所以，现在的猪排腌渍后是要裹面粉了？但不用里脊肉用大排就少见了，而那饼干屑又是何用？况且两个炉眼，一文一武，看似也各有所用。就这样，董存仁越是去琢磨，越是看得入迷了。

正如董存仁所猜，腌渍片刻后，陶杏云便开始为猪排们认真扑上了一层面粉。扑好面粉，她竟拿出一只厨房里很少见的木榔头，一边用左手拈着饼干屑均匀撒在猪排表面，一边用木榔头比方才还要轻巧地，拍打着猪排。

饼干没有碾成粉而是看似粗糙的屑，原来是为此啊。如果是粉，已经裹好面粉的猪排不可能再裹一层，只有屑才可能用这种看似轻巧实见真功夫的拍锤手法，再让肉吃进一层均匀的饼干屑。董存仁为这种想法赞叹不已，林苟这丫头能找到陶杏云这个主厨，怕真是捡到宝了。

　　一面拍好，再换一面。同时，叶勤已经在文火炉眼上架好油锅。陶杏云就像脑子里自置温度表一样，油温把握得精准至极。从听到猪排沿锅边滑进油里的声音，就能听得出油温控在了五成热，正是煎炸最佳。因为油温本就不高，又是清凉透底，肉入油中，没有早点摊炸油条之类的刺鼻味道，肉香被油逼出，竟还有缕缕咸饼干过油特有的粮食香。仅是香气已然让人垂涎。

　　坐在长桌前的九位学生，早就按捺不住，个个都直勾勾盯着油锅。结果陶杏云如同在挑逗他们一样，将两面炸至微黄的猪排捞了出来，却没一点上盘的意思，而是夹到了厨车固有的控油篮里。经过文火一炸，饼干屑已然稳稳固在猪排表面。

　　武火上的油锅已架起，叶勤转身便去处理文火油锅底残留的饼干屑。陶杏云同样没有停歇，等待武火油温的同时，她已然又给四块猪排裹好饼干屑。

　　武火的油温烧旺。陶杏云则是一手将新裹好的四块猪排下到文火油锅，一手则是将控干油的微黄猪排下到武火油锅里复炸。

　　陶杏云左右手竟都会使筷子，而且还能做出不同的翻转猪排的动作，一边看到微黄便出锅，一边严格控制时间，过油迅速炸成金黄色，就立刻夹出再放至另外的控油篮里控油。这左右开弓炸猪排，其优美甚至不亚于舞女们的翩翩起舞，又是一场难得一见的表演。

动作精彩时，引来阵阵喝彩。

终于到了上盘环节。叶勤在自己的工作砧板上，快速切了些新鲜的生菜丝摆盘装饰，陶杏云则是一边复炸第二批猪排，一边已经将已经沥干复炸油汁的猪排摆到了盘中，生菜丝旁边。青绿与金黄的搭配，再加上这次用盘特意选了墨黑色，仅是颜色上，已然赏心悦目。

一次可以炸四块猪排，也就是说每一次只能为四个人上菜。上菜顺序自然还是从九名学生之首贺冉开始，先上了贺冉一侧的四名学生。随后，另外四块炸好，上给其余学生，之后是董存仁等人。正好十二人，分三次上菜。

但眼见陶杏云又在给四块猪排拍打，众人有些不明其意了。不过，紧接着罗兰的意图明确可见，因为在陶杏云又左右开弓先后炸八块猪排的等待期间，庄小晨和沈君已经将一张一张的小桌子搬到了坐在两侧旁观者们的面前，同时摆上了刀叉餐具。

"诸位嘉宾，罗兰虽是财力薄弱，但今夜高朋满座，又是九位学子远渡重洋报效国家前的重要一夜，作为罗兰的老板，已然倍感荣幸。可惜因为无聊的赌局让晚宴看上去多少有些变味。深思熟虑之后，我做下如此决定，今夜到场诸位包括最开始预定晚宴的九位学子，全部免单。用我们最真诚热情的一面，为小英雄们饯行。"

林苟说完，那些旁观者多少想保持矜持的形象，只是暗自咽了咽早就流涎三尺的口水，而九名学生却是毫无遮掩，欢呼雀跃，个个流露出突然吃到免费脂肪卡路里的真性情。看着九名学生，

103

就连董存仁都被感染得微微笑了笑。

新的四块炸猪排也已上桌，孙丰年丁松明之后，送上的是美查，以及他左手边的一位。

这是狗急跳墙收买人心！丁松明不屑一顾，又不愿多说什么，此时他越发怕自己说什么都是为林苟助长士气，便拿起餐具，左手叉抵在猪排上，右手刀纵向切了下去。

肉排刀刚刚切开金黄表面，酥松表皮之声，像清晨破晓一般，让丁松明走了神。如果只裹一层面粉没有外面那一层咸饼干屑，绝不可能酥脆到如此悦耳的程度。刀再向下行，微红鲜肉露出，肉香竟是和肉汁一同扑鼻溢出。这又是两层包裹两种火候两次油炸的另一层绝佳利用，如果没有里层的面粉，肉不可能保持得如此鲜嫩。刀已经停不下来，切开猪排，又起就去蘸手边的唥汁。金黄包裹着微红鲜嫩，被浓黑的唥汁迅速侵蚀。这种转瞬的颜色交揉，让丁松明立刻又将猪排逃离般离开唥汁。或许正是这种对食物颜色把握的自觉，让唥汁蘸量恰到好处。把这块炸猪排送进嘴里时，丁松明已经控制不住自己的思绪，任其专注品尝了。因为是大排肉，又远比里脊肉更有嚼劲，软嫩的肉带着鲜甜的味道，加上酥松的外皮，和微酸微辣鲜咸皆备的罗兰自制唥汁，多种味道竟都不是为了互相遮丑，而成了无懈可击的伙伴，达到了相携飞升的境界。在这一瞬间，甚至让丁松明回想起了因为一道菜一种味道一次邂逅而热爱起番菜时的初心。

不行！已经不知道是多久之后，丁松明终于恢复了理智。只要再推一把，罗兰就完了，自己就是今晚的大赢家了。

学生们早就狼吞虎咽，把炸猪排吃了个精光，还拿着新发的卡片，"脂肪卡路里"地说着怪话。

简直暴殄天物，丁松明有些不悦，但立刻意识到自己的关注点又跑偏了，转头去看坐在长桌两端的两位裁判。

他们都已经吃完自己的炸猪排，不动声色，如同正在对峙都不出招的武林高手。

吃、吃完？丁松明想到前菜和汤，他们都是几乎未动……有点不妙，非常不妙啊！赌局确实有事先限定，罗兰也确实没有遵守限定，但评判权在两个人手中，以现在的气氛来看，突然宣布无视限定也绝非不可能的事。虽然……孙丰年确实早就和自己串通好，况且自己也早就答应用自己的专栏把又一元捧成超越一品香的海上第一家番菜馆。可是……

想到专栏，丁松明不自主地看向了坐在远端的美查。

美查尚未吃完他的炸猪排，刀叉在他手中，举止绅士得体。他精细地将连到骨上的最后一段肉切下，蘸了蘸唸汁，送进嘴里。最适中的速度咀嚼吞咽后，放下刀叉，用餐巾布拭了拭嘴角，竟是闭目回味起来。待到庄小晨来收他的餐具，他还用最和蔼的微笑向那小姑娘说："好吃。"

小姑娘嘻嘻嘻地说："谢谢。"

太不得体了！丁松明咬着牙，脑袋里却越发恍惚。

餐后甜点，似乎是某种布丁①，布丁之后，上了鸡蛋咖啡。所有都是食之无味，丁松明只盼着最后的裁决。

餐具全都收起，在咖啡的浓香下，所有人都在等待着这场盛

---

① 晚清"布丁"多翻译为"朴定"之类，同"咖啡"一词，为减少疏离感，用现代译法。

宴应该有的结局。

林荀属于赌局中的一方，不可能再来主持，其他人亦是不敢或不想多言。全场一时间又恢复了一开始的那种令人窒息的死寂。

直到孙丰年站起了身。

"感谢罗兰番菜馆，为我们提供了如此美味的一次盛宴。特别是炸猪排，惊艳全场，余以为口齿留香记忆多年，已然无法形容今夜佳肴。"

孙丰年说起来，就停不下来。幸好学生们吃饱了，没有开餐前那么闹，个个安安静静地打起了瞌睡。

孙丰年还在说着，已经讲到了九位学生报效国家，日后必然能在北洋水师大放异彩，届时万不要忘了远在上海引入番菜的大家。

肖敬嘀咕起来，说："怎么两个老头都一个讲话风格，又臭又长……"

方霆迷迷糊糊惊醒，立刻捅了捅他。

肖敬被捅了两次，气不过，嘀咕说："好！我和你一块打瞌睡行了吧。"

"所以，"这是话锋一转要进正题的意思了，"今夜的盛宴，又何必强行继续无谓的赌局。"

正如所料啊。丁松明心中哀号，这个孙丰年是临阵倒戈了。

孙丰年依旧是铁面无私的做派，但其实他早就意识到现场已经被林荀一步步的布局将众人全都带向了罗兰。作为在商界摸爬滚打几十年的老油条，完全依照着绝不能逆舆论而行的本能在行事。

"余作为今晚赌局的裁判，拥有评判权，却只能艰难地决定，希望赌局作废，罗兰诸位也好松明小友也罢，一笑泯恩仇，以罗兰之佳肴，松明之妙笔，共创番菜界新未来。日后回忆，今夜将是全上海番菜馆共荣壮大的关键一夜，广为流传。"

此时应该有掌声。可惜，一部分人还习惯不了用鼓掌来表示赞同，另一部分人出于种种原因，并不希望成为第一个鼓掌的人。

只有丁松明鼓起了掌，声音不大，却很坚决。既然孙丰年已经发话，就算是临阵倒戈，他也必须在场面上做足，支持到底。

在丁松明的掌声下，一些旁观者也开始发出表示认同的声音。

董存仁缓缓地站了起来。

"孙兄所言极是。"董存仁语气和缓又不容置疑，"今夜主角正是九位小英雄。一笑泯恩仇，也是说得大气澎湃。"

丁松明突然愣住，有种非常不好的预感。

"但就如孙兄在晚宴中途所言，一个'信'字是我们经商之本。我们也希望今夜是开创历史的篇章，如果不是在数日前就让世人皆知今夜赌局的情况下。既然已经公之于众，老夫认为，就不应该随意说抹便抹掉不提。"

孙丰年已经隐藏不住自己的情绪，瞪圆了双眼盯着对面的这只老狐狸。

"既是赌局，当有胜负。老夫不才，作为裁判，只能按规矩来判决。因此今夜赌局，胜者不言而喻。"

非常不妙！丁松明倒吸一口冷气。

"胜者当为丁松明丁先生。"

全场再度一片哗然，就连丁松明自己都不敢信这话出自董存仁之口。

"小友们少安勿躁。"董存仁安抚着几个跳起脚的学生，"老夫当然也为今夜的罗兰炸猪排所惊艳，然而，赌局终归是赌局。从一开始双方就约定好了限制条件，必须用煎牛排，罗兰无视限制条件，用了猪排而非牛排，老夫只得忍痛判输。"

"啥玩意呀！强词夺理！"肖敬立刻不满地喊道。

这回方霆没有捅他，一同瞪着董存仁，希望能用此逼迫他收回判决。

"好了，赌局已经结束。孙兄弃权，老夫判丁松明先生获胜，结果已出。从明天起，罗兰应该按事先约定，开放五日的免费餐饮，不得违约。"

学生们率先炸了锅，就连站在一边的庄小晨都忍不住要喊上几句。

只有董存仁依旧泰然自若，继续说着，唯有语调突然抬高，以便压过全场："不得违约，但是！"

本来都已经笑出来的丁松明，脸部突然僵住。

"但是，老夫相信今晚所有人全都被罗兰炸猪排所震撼，陶姑娘神乎其神的厨艺，简直难以用言语去赞扬，而更为难能可贵的，是罗兰为了我们不再受制于人，竟是自主研制，酿出了我们自己的嗯汁。它的意义，老夫以为，甚至都高过了炸猪排的美味。老夫不才，猜测罗兰之所以不用牛排而换了今夜惊艳四方的猪排，是因为我们自己酿出的嗯汁，味道多少与英国嗯汁不同，配上牛排，很难达到它极致的味道。为了这种极致和对味道执着的追求，罗兰才会放弃掉早已定下的限制，甚至放弃掉了整场赌局，甘愿面临破产，也要让今夜的小英雄们吃到最极致的菜肴。这种对番

108

菜的态度，还有如此决绝的作风，让老夫只感钦佩。因此，老夫也斗胆决定，不能让罗兰这家番菜界的至宝就此陨落，赌局所输的五日免费，费用全由番菜联合会集资支付。为了这种精神的延续，这是番菜联合会最应该做的事。"

董存仁语毕，美查率先鼓起了掌，随后就是全场雷鸣掌声。

"还有一件不大不小的事。"董存仁伸了伸手，掌声暂时停下，"罗兰自酿的唥汁，想必诸位也都有所察觉，与英国的唥汁不甚相同，又是我们自酿，不如冠以我们自己的名字如何？"

场下自然都是同意之声。

"崔厂主的作坊本是酱油厂，咱们自己的唥汁又比英国的略辣一点，不妨就叫'辣酱油'吧。"

崔厂主连连称好，自家厂酿的唥汁得了新名，感觉自己都为了国家自强成了民族英雄的一分子。

林荀站在一边，笑得自然而然。

仅凭一番逆转般的发言，董存仁本人同样受到了全场的认可。在场不乏各家报馆的主笔，他们不会放过如此跌宕起伏的事件。董存仁赢得本场支持，就等于赢得了舆论。孙丰年知道自己无望靠本场一举拿下董老头，坐上会长之位，一时感到无趣，在店内仍旧热腾时，随随便便打了招呼，便离开了。

丁松明依旧恍惚中，他已然搞不清本晚自己到底是赢还是输。忽而，想起美查还在现场，立刻又跑去他的身边，想要说点什么。

结果还是美查先开口了。

"丁先生，鄙人只是外行，报纸的栏目内容嘛……"

美查根本没说完，就整理了一下自己的一头银发，去了林荀身边，和她握着手聊了起来。

这意味着什么？

丁松明有点想不明白，只有在学生们咋咋呼呼终于离去之后，才明白日后的《申报》只会有"罗兰炸猪排"，没了自己的"聪明小品"。这一晚，自己确实是赢家，只不过，他是赢了赌局，输了所有。

9. 算账

赚了钱必须要及时算账，赔了钱，更要认真算账。

只不过兴奋之后，庄小晨发现她根本搞不清罗兰这一晚到底是赚了还是赔了，只是看着老板一个人，在窗边油灯下静静地算着账。

看着看着，发现老板笑了，笑得压抑不住一样，捂着嘴都漏出了笑声。

"嘻嘻嘻……"

怕不会是突然失心疯了吧？

"老板。"庄小晨还是轻声叫了林苟一下。

"呀，小晨啊。"

已经在这里好久了，你才发现啊……庄小晨有些无奈，但还是有点好奇，探头瞅了一眼账本。

看不懂……

111

“嘻嘻，小晨，咱们赚啦，一口气赚了好多。”

“今晚猪排开销不小才对。”

“挺会算嘛，今晚一共用了二十六块猪大排，原本准备了三十块，差点不够用，真是惊心动魄。三十块猪大排，就有五元，再加上其他开销，今晚的成本就有十五元。”

“这么多……”

“但还是赚啦！要算总账啊，那个猪头丁简直是咱们的财神。”

是不是有点太财迷心窍了？刚才董存仁还从大义上夸赞你那么多，结果现在原形毕露……

“我给你算算啊，那天开始打折卖煎牛排，一下子来了那么多傻书生，甘愿排队把钱给咱们。一口气就净赚二十多元，别说今天的成本都补上，就连咱们在酱油厂花的试验成本都补回来了。”

所以，那天打折的告示，其实根本不是无计可施迫不得已，而是老板吃透了那些二流才子的消费欲望，早就算计好的？在赌局前一天，老板只是说了要做卡片给可能来的旁观者们，再在他们面前表演一番，连广告费都不用花，罗兰炸猪排就能名扬天下。根本没提过，其实自己早就靠着丁松明造起来的势，为自己宣传，已经暗戳戳扩大一次销量了……

“还有呢，告诉你一个小秘密。”

看着老板的眼神，庄小晨都有点害怕了。

“那天你应该见过一个装腔作势穿了一身西装的家伙吧。”

“太不具体了……那天全是这样的人。”

"就……我想想看，对了，他总是喜欢冒几句英文，口音难听得要命，但看一眼就知道不是书呆子。"

这么一说，庄小晨立刻想起了那个让她很不爽的怪人。对了，还没和老板说他给的小费。

"看来是见到过了。他啊，是和平洋行的买办，专门卖保险。"

"保险？"庄小晨不懂这个词是什么意思。

"就是你提前给某样东西买了这个，事后万一那样东西坏了，保险公司就会翻倍赔给你钱。"

"啊？哪有这么傻的公司。"

"这种公司可不傻，其实多数都是他们在坑钱，赚得比银行高利贷还多。不过，只要懂了他们的规则，倒也能符合到'保险'二字上。我不就给咱们订购的噏汁买了保险嘛。"

保险在庄小晨的认识里，已经成了和赌博押宝差不多的事情。

"该赔的钱，估计两天后就能到账。那家伙倒是不会赖账，因为他看到有那么多报馆都在关注这次事件，非常满意。他啊，必然会自己去活动活动，拿咱们的事做做文章，着力宣传他的保险信誉。咱们就不用去操心这个了。其实我一开始打算的是靠保险赔付金来补输了赌局后五天免费的成本费，可是没想到董老狐狸用力这么凶狠，硬是一口把孙丰年给吃了下去，大概压得他几年都别想有机会上位了。哦，不管他们，反正最后咱们是赚大啦。"

最终只有丁松明是被耍得团团转一无所获的人。庄小晨忽然间，倒是有点同情丁松明了。

"你是不是突然同情起猪头丁啦？是不是，是不是？"

老板她在激动什么？！

"我跟你说，猪头丁就是猪头，就算是广方言馆的那几个学生，就说那个好人学长吧，就很有心计。"

啊？庄小晨仔细想了想贺冉，只觉得他比别人沉稳，说到心计，真的看不透了。

与此同时，被说到的学生们，正坐在回江南制造局的黄浦江舢板上，嘻嘻哈哈说笑不停，回味着刚才的盛宴。

只有方霆沉默得很。

贺冉看在眼里，凑了过来，问："没好好告别，觉得遗憾？"

"啊？呃……不是不是，只是觉得有点累了。"

"瞒不过我的。不过，劝你还是别分心的好，我们啊，未来就跟现在没差别，同在一条小船上，前路迢迢。"

方霆点点头，没说话。

"嘿，看你沉重的样子，说点别的。我问你，你知道为什么最开始我偏要选罗兰番菜馆吗？"

"因为罗兰煎牛排有名？"

"当然不是，罗兰那么小的番菜馆，再有名，能盖得过一品香、万家春？我们又不是土老帽，这个还不懂？"

"那……为什么？"方霆确实猜不透了。

"你啊，脑子里只有大炮，别的全都不懂。"贺冉望了望挂在黄浦江上的一轮明月，"林荀她爸可是现任驻德公使，咱们去德国留学之前，不去亲近他女儿，去亲近谁？那个董存仁吗？还是说那个叫什么美查的吗？就是……没想到竟这么惊心动魄，幸好结局还不错。"

方霆恍然大悟，但也说不出话来。

而回到罗兰，庄小晨反倒又再次问了关于那九个学生的问题。她相信，心计深如自家老板这样的人，必然能解答自己所有的疑问。

"老板……"

"嗯？"

"我在广方言馆时，看到他们一直在弄各种新式的大炮。他们从德国学成归来，是不是咱们大清国就能打得出胜仗了？"

"跟谁打？"

"听说现在朝鲜那边情况不太好，他们回来就去北洋水师，立刻就能学以致用了吧。"

"对了，他们那个什么食堂歌怎么唱来着？我想学，快唱给我听。"

转移话题的方式也太生硬了点吧！但庄小晨心里似乎清楚了许多事情，虽然林苟并没有给她直接的解答。

在林苟催促的目光下，庄小晨终于还是又把"脂肪卡路里"唱给了林苟听。

林苟听得起劲，又让庄小晨唱了几次，可算说自己学会了。

学会了……庄小晨有种不祥的预感。

终于，学会了的林苟也唱起了"脂肪卡路里"之歌，声音极具穿透力，却一如她每次兴致勃勃唱的歌。

难听得，整条四马路为其熄了灯。

番茄 牛肉汤

1. 极司菲尔小屋

只要听到电气路灯电弧闪烁的噼啪声，就知道四马路又活了。

刚过立夏，天就理直气壮地热了起来。这种半热不热的初夏夜晚，兴福里巷口的老虎灶冒出的滚滚蒸汽，多少还没到最恼人的时候。晚间想要用热水的周边居民们，钻在蒸汽薄雾中，为了热水吵吵嚷嚷，争抢不休，弄得四马路西口的热闹程度也不逊于中心地段。

买热水的人群堆在巷口，确实影响了巷子里商铺的生意。可是，也不至于被一个泼皮无赖样子的家伙，骂骂咧咧地推搡开来。

这个家伙一边骂着"挡道的狗东西"，一边缩着肩膀没个正形地在人群头顶上瞅着路牌，像是在特意找什么地方。

四马路最著名的不外乎是餐馆、书馆、妓馆。从老虎灶进到巷子里，只有兴福里一个石库门里弄，弄堂里倒是有粤式消夜馆，结果这个泼皮却站在了和他格调几乎截然相反的"罗兰番菜馆"

门前。

他抬头看着罗兰的招牌，先是看了又看地把"罗兰"二字确认清楚，后接着从怀里掏出一张纸，吃力地照着纸上所写，对着"Roland"的洋文招牌，在空中给字母们描了个边，才终于把纸收回，用力咽了咽唾沫，下了极大的决心一样，进了店。

进到店里，立刻有人迎客。

是穿着淡紫色裙装的庄小晨。

因为广方言馆学生包场打赌一事，前前后后被各家报纸大肆宣扬，炒得热度极高，罗兰番菜馆名气一下就响了，直到数月后的现在，每晚的客人依旧络绎不绝。

只可惜，通常座无虚席的罗兰，此时刚好有个空位。前来迎客的庄小晨，不得已只能把这个满眼猥琐目光滴溜溜上下看自己的家伙，领到空位上去。

原来只是虚张声势的家伙。近距离一看，这个泼皮竟是一脸稚气，只是身材不矮，又穿了过于招摇的褂子，才硬撑出些气势。要说年龄，怕是和庄小晨也差不太多。

这家伙哪知道自己早就被看穿了，还故作老成地又上下打量起庄小晨，希望自己能显得更猥琐些一样。庄小晨看在眼里，反倒觉得好笑。只不过，幸好是轮到自己来迎，要是赶上沈君，说不准真的会被他给欺负了。

不过他再乳臭未干滑稽可笑也罢，他腰间别的一把刀鞘花里胡哨的短刀，却是真家伙，比起外表的虚张声势，这算是有形的威胁。

庄小晨想着还是小心为妙，把菜单不卑不亢地放到他的桌上。

119

小泼皮自然抬眼去看，正和庄小晨正义凛然的目光对视，就像根本没做好准备一样，慌忙又低下头，拿起菜单就看。紧接着骂了两句不干不净的话，以遮掩眼前的尴尬。

然而罗兰的菜单，哪是这么个稚气未消虚张声势的泼皮所能看懂的。仅看名字，很多菜都无法想象到底是些什么。庄小晨又站在他的旁边一直不走，又急又气的小泼皮食指一挥，直接戳在菜单上的某个位置，用赌场压单双大小一样的手法。

"番茄牛肉汤。"庄小晨看了一眼他食指所指，有意放慢语速，一字一顿把话说得更清，"先生，就只点单品？"

"少废话！点什么你们就上什么啊！装什么行家。你们这破菜单，根本看不……"小泼皮话说一半戛然而止，突然意识到再说下去岂不要露怯。

既然点好了菜，庄小晨没有留在泼皮身边的理由，直奔后厨而去。

番茄牛肉汤，即使仅在汤品行列中，也算是没有太多繁复步骤、简单易做的一种。配菜除了番茄外，土豆、葱头、芹菜皆可随意搭配，只要切丁翻炒即可。重要的是牛肉要肥瘦相间，切豆子块大小用奶油煎，这样从新鲜的牛肉中逼出的肉汁才能既鲜又甜。最后加滚水，不像其他肉汤费时费火，烧上十来分钟即可出锅，足够浓郁香甜。

所以，过不多时，庄小晨就已经端着一碗番茄牛肉汤上来了。

大概是因为颜色，小泼皮看到汤，又是被吓了一跳，嘀咕着洋人怎样怎样野蛮嗜血，却怕被小姑娘嘲笑，拿起勺子就舀了满满一勺送进嘴里。牛肉汤表面一层肉油，着实把他烫个不轻，反倒更滑稽好笑。

不过，既然是开餐馆的，来的客人就应该一视同仁，没必要多加关注。然而，这个"没必要"到了罗兰即将打烊时，不得不变成了"有必要"。

"怎么还没走？"沈君拉着擦桌的庄小晨到店一角，声音像挤出来一样，在她耳边问。

看着店里只坐了那个小泼皮一个，番茄牛肉汤只喝了一半没再动过，庄小晨只有皱眉，无法回答。

不会是想赖账跑掉吧？沈君把身子缩得更小。

自从罗兰火了以后，泼皮无赖之流，偶尔也会接待上三两个。个个看着凶神恶煞，实际上都胆小怕事得很，耀武扬威够了，乖乖点餐乖乖吃光，最后乖乖付款走人，还没遇到过真敢来吃霸王餐的。究其原因，或许还是有赖于那些报纸在炸猪排之后越来越夸大其词的报道，甚至把林荀老板渲染成了黑白通吃八面玲珑的女魔头，简直让人闻风丧胆，又想一观真容。

但显然这个泼皮不是要赖账的。

哪有吃霸王餐只要一碗汤，而且还不喝完的。一直拖到快打烊，显眼得让店家直接记住更是奇怪。这样犹豫不决选不准时机逃跑的赖账人，该算是稀有物种了。

只是，既然他不是吃霸王餐的话……庄小晨偷眼又看了看。那个家伙坐在那里，不吃汤，也不再点菜，把那柄花里胡哨的短刀抽出来，煞有介事地削起了指甲。

"真恶心……"庄小晨没好气地说。

或许庄小晨有那么一时的冲动，想要冲过去找那个泼皮理论，

121

但沈君悄悄地拉住了她的衣角。

他有真家伙在手，确实不应该意气用事。但是，也不能无休止地耗下去。过不了一会儿，老板肯定要过来看到底什么情况，到时间不打烊，就意味着白白延长了点灯的时间。别看老板是驻德公使的女儿，从小少不了吃穿，但到了自己的生意上，简直就是一只铁公鸡，多花一厘钱，都能跳脚生气，发大半天脾气。

不要惹着老板，已经成了罗兰女孩们的基本素养，可现在，要惹老板生气的人，就大大咧咧坐在店里，还拿着小刀削指甲……

里间的门，终于还是开了。

在餐厅里的两个女孩，脸色煞白地看了过去。

不是老板？

原来还没惊动到老板，从里间出来的，是已经收拾好厨房、刚下工的主厨助手叶勤。

两个女孩松了口气。她们俩去赶那个泼皮走，多少还是胆怯的。叶勤一来，三个人一起，怎么都能壮足了胆子。庄小晨和沈君想必是想到了一块儿，互相确认了眼神，就想去向三个同龄女孩中最冷静的叶勤求助。

然而，两个女孩还没赶到叶勤身边说明情况，她俩就发现了更不对劲的事。

刚从里间出来的叶勤，必定是一眼就看到了那家伙。而后事情发生得太快，两个女孩都没反应过来。

只见叶勤一个箭步，到了泼皮桌边。小泼皮听到突然靠近的脚步声，耍着手里骇人的小刀，正要抬头大骂两句，结果刚一抬头，整个人都定住了。

两人四目相对且有须臾，小泼皮终于从牙缝里颇带些痛苦、惊恐味道地挤出一个字："姐。"

姐？！庄小晨沈君一时间都没能反应过来到底发生了什么，只能傻了一样站在原地。

而被叫姐的叶勤，依旧冷静如冰。没有说话，只是看了一眼泼皮弟弟的桌面，行云流水一般地从怀里掏出了五角钱，摆在了桌上。

一碗番茄牛肉汤卖五角钱，确实没错。而叶勤为那家伙付钱，看来更证明他们之间是真的姐弟了？庄小晨远远地站着，冲叶勤点点头。

把钱放好，再看小泼皮，早就没了一以贯之的故作威武状，已经僵住，一动不动。叶勤不管这些，直接把弟弟手里的短刀拿了过来，用纤细的手指，轻巧地将短刀在手中转了个方向，看也不看，直接一甩手，短刀已然入鞘。随后，一拎弟弟的脖领子，像拎一只小猫一样，把她的泼皮弟弟给拎出了店。

还没等两个女孩反应过来，姐弟已经没影。

泼皮弟弟名叫叶荣，别看和冰冷的叶勤，有着天上地下的差别，但确确实实是叶勤的亲弟弟，算是血缘上两个极端的表现了。

"疼，姐！疼！"

叶荣刚才残存的那一丁点耀武扬威的做派，早已不在，只剩下断断续续的哀号，惹得路人纷纷驻足看个热闹。

罗兰到深夜打烊，这时的四马路相对安静许多，老虎灶早就卖完所有开水，关店等着黎明前去打水烧火，只有几家消夜馆还有些大喊大叫吃酒的客人，书场已经落幕，妓馆门口的招牌们也都各回各屋，各赚各的钱了。

只有一盏盏电气路灯，孤零零地闪烁奢华。

从兴福里出来，拐到四马路——算是马路的西端，距离泥城浜已经很近。泥城浜这条乌漆麻黑、臭气熏天的小河，是当年小刀会围攻租界，洋人拿它做了防御河而得名的。直到四十年后的现在，泥城浜仍旧是英美租界和华界的界河。只不过在河对岸的华界，洋人根本不顾土地章程，蛮横地盖了个跑马厅，整日在华界赛马赌马，宛如自家。

四马路正对着南泥城桥，一架走在上面就会发出吱吱扭扭声响的破木桥。入了深夜，更是吵得厉害，只是没能盖住叶荣苦苦求饶的声音。

跑马厅白天喧嚣，到了晚上就是一片死寂。

叶勤拎着弟弟，到了跑马厅高围栏外的小树林里，才算松了手。

一个踉跄跌倒在地的弟弟，呻吟了两声，总算爬起来，借着树影婆娑，躲闪开姐姐能杀人的目光。静了许久，才终于开口，说："姐……就带我去见宁爷吧。我……"

"门都没有。"还没等弟弟说完，叶勤就打断了他，语气平淡却又决绝。

"姐，我这回可是手捧拜师礼的。"

"拜师礼？你看看你是个什么样子。别说宁爷，就算我都想一拳把你打死，图个静心。"

叶荣当然知道姐姐说一不二的性格，因此吓得他连连后退。

"这个。"叶荣怯生生地从怀里拿出一张最近渐渐在上海流

124

行起来的照片。

叶勤接过照片，仅是看了一眼，立刻皱起眉头。

照片上是个洋人，很难看得出真实年龄，大概三四十岁，戴着一顶英式礼帽，穿着礼服，像模像样地面对着照相机。左手肘倚在雕有欧式花纹的围栏上，而右手则挂着一根梅花头的文明杖。

"想必姐姐也认出那根文明杖了。"

叶勤没有回答。一张照片确实已经说明了一切，这根梅花头文明杖，正是害死了他们爷爷叶震球的人所独有。照片中的洋人，年龄当然不对，但恐怕正是那仇人的继承者。

"他也在上海，我把他的底细查了个底儿掉。宁爷可是和爷爷喝过齐心酒的兄弟。我这个，够不够分量？"

叶荣表情凝重得像换了个人。

一片死寂，只有树叶沙沙。

确实是仇，可是叶震球死的时候，这对姐弟连生都还没有生出来。所闻所见，全是他们父亲转述。顶多是叶勤知道的更多一些，因为她近些年一直在那位宁爷身边，听了不少的唠叨，特别是关于那根梅花头文明杖。

宁爷住在西郊，一个叫极司菲尔花园的地方。

这个地方，要是细说起来，也发生过太多的事，只是都在几十年前。当年上海开埠，花大手笔买下此处近千亩地的葡萄牙商人，早就不知去向，现在所谓的花园，已然只是一大片荒原。几十年的时间，再加上本地湿润的气候，原本作为观赏性的榉树还有低矮的灌木，肆无忌惮，纷纷长得杂乱怪异，甚至茂盛得可以遮天蔽日。很多时候洋人的想法，中国人是搞不懂的。比如那个买了千亩地的葡萄牙商人，不仅盖了花园，还专门在园子里养了很多中国看不到的动物，说什么那叫动物园。结果花园主人跑了，动物园里的动物全都放出来了。据说到现在，还有十来种稀奇古怪的动物生活在这个废弃花园里，可惜园子太大，又太过破败，地形复杂，没谁专程跑到犄角旮旯儿去探查个虚实。

且说极司菲尔花园里没有几处还能让人走动的，昔日的水池景观，已被时间侵蚀殆尽，全成了一处处淤泥水草蔓延的沼泽地。原先的建筑更是残垣断壁，只剩下一座名为极司菲尔小屋的二层别墅，还算留了个全貌。宁爷，就住在那里，而叶勤同样住在那里，为了照顾这个老头。

"明天一早，宁爷晨练的时候，你再过来。晚上，他不喜欢被打扰。"叶勤知道事情阻拦不了，只好向泼皮弟弟妥协。

叶荣一听，乐开了花，根本没有答谢姐姐的意思。他揉着后颈被勒红的地方，颠颠地又上了南泥城桥，跑回了英美租界。

他现在竟能住得起租界？叶勤无暇多想，从泥城浜回极司菲尔花园还有相当远的夜路，再晚怕是回去睡不了多久就得起床帮宁爷晨练了。

极司菲尔小屋当然不可能成为一个女孩子住得舒服的地方，可是叶勤偏偏就是个女孩子。自从有了叶荣，父母就几乎遗弃了这个女孩。幸好有宁爷，看在叶家老头是喝了齐心酒的兄弟的分上，又可怜这女孩，才把她带到了极司菲尔小屋来住。

叶勤小的时候，宁爷还没有现在这么老，算是有把子力气。到苏州河边的码头干些活计，挣了钱养着叶勤。大概难得有个伴儿，老头子对女孩竟是格外之好，不仅教了叶勤好几套自己的独门拳法，还给钱送她到城里去读书认字。

小刀会之后几十年来，宁爷的拳在上海这个地界上着实有些名气，单手捶飞洋力士之类的事迹，越传越邪乎。叶荣听说了姐姐和宁爷在一起，立刻就找了姐姐，要求拜师学拳。可是宁爷这个怪脾气老头，连原因都没说，死活就是不收兄弟的这个亲孙子。叶勤猜来，大概是宁爷嫌弟弟学拳的心术不正这种老生常谈的缘由。

一而再，再而三地耗来耗去，叶家姐弟都长大了，宁爷也老了。

终于到了叶勤反哺老头的时候。反哺之首，就是老头子的晨练。

宁爷岁数越大，脾气也就越大。眼看年近古稀，面子更要撑得起来。拳就是宁爷的面子，他每天早晨必须练拳，绝不停歇。而练拳要先用扔石锁热身，石锁的讲究就来了。

石锁顾名思义，就是锁型的石头。锁头、锁面、锁尾、锁簧，全是一整块石头打成。练的时候，一手拎锁簧，把石锁丢到空中，再用另一只手去接，接住后随之再反过来一丢一接。扔石锁练的是腕力，还有对力的感知，以及出手的力道和准确度，可以说是所有拳家的必练项目。

可是，宁爷这岁数，哪还扔得动石锁，就算扔得起来，砸下来也肯定吃不消。两年前，叶勤就发现宁爷体能在急剧下降的事实。老头子自己也肯定一清二楚，但就是放不下那个面子。叶勤只好私底下开始在石锁上做手脚，把石锁磨小磨轻，甚至到最近，已经换成了石膏。只要在晨练的时候，看上去还挺体面就行。反正整个极司菲尔花园就只有老头和女孩两个人。

日渐衰老到这种程度，晨练只能算是做做样子，硬撑着而已。

当然，除了造假造面子以外，叶勤更要时刻盯着，以免老头练到兴起，忘了自己现在的极限，受了伤。

可以说，一早的任务，绝不比晚上在罗兰做主厨助手轻松，更是提心吊胆绝不能走一丁点儿神的工作。

东方既白，又是新日的清晨。

极司菲尔花园里最先醒来的，是叶勤，随后就是树梢叽叽喳喳开始叫个不停的鸟儿们，再之后才是树丛中窸窸窣窣的不知名动物，只有太阳正高，它们才会出来。

叶荣好不容易从英美租界叫到一辆愿意跑这么偏远地方的人力车，沿着大路走，路过聚一切新奇于一处的张园，路过静安寺，又跑了很久，颠了一路才总算到了传说中那座荒废几十年的花园外围。到了花园旧围墙外，人力车夫说什么也不再往前走，叶荣无奈只好自行走进花园，去找那个什么小屋。

花园里根本没有像样的路，杂草丛生、树木已经遮天蔽日不说，走在什么地方，都是泥泞难行，怪不得人力车死活不进来。叶荣一边抱怨着，一边摸着可能算是路的路往花园深处走。竟是惊动一群鸟，喳的一声，蜂拥飞走，着实把叶荣吓得不轻。

什么鬼地方！还以为是老虎！

被吓到的叶荣骂了几句，继续往前。

说来也算缘分，幸好宁爷有坚持晨练的习惯，隔了老远，就听到老爷子嘿咻嘿咻地喊着。

叶荣顺着声音的方向，再没摸多远的树林路，从灌木树缝间，终于看到了极司菲尔小屋的影儿。

看到那座二层别墅，叶荣顾不上树枝划破自己的衣服，喊着"宁爷宁爷"就从树丛中窜了出来。

他的喊叫，貌似根本影响不了一个正在晨练的老头的专注。只见二层别墅的墙根，那晨练的人，只剩一把骨头的干瘪老头，把身子弓得像一只受惊的猫一样，喊着号子，用着全力，推着房子……

在、在推房子？

2. 杂烩焖饭

"勤丫头。"

宁爷只穿了一条长裤，光着膀子，辫子像一条枯草绳，黏在汗津津的脊背上。脊背已经皱皱巴巴有了不少白斑，褶皱下只显出一条条肋骨，肌肉松弛得就像没了米的麻袋。

"勤丫头！"宁爷松开推墙的手，从脚边拾起毛巾，擦着汗，又喊了一遍。

这次有了动静，从别墅破旧镂空的木窗，看到了叶勤走来的身影。

"这个丫头越来越不听使唤了！"知道叶勤来了，宁爷才放下心，骂骂咧咧起来，"赶紧过来给量一下！"

宁爷说每句话都是气运丹田，和他老迈的外表全然不同，气势如虹的声音回荡在整座荒园里。叶勤早就习以为常，根本不理会叫嚷的宁爷，按照自己的节奏，手里拿着一把木尺，走到破败

130

别墅满是爬墙虎痕迹的墙根下，蹲下来量了又量。

到底在量什么？看叶勤的样子，认真得简直如同洋人在做精密仪器。依旧被晒在一边，根本无人理睬的叶荣，一脑门子糊糊地愣在原地。

"本月累计向东推近一分。"量完之后，叶勤站起身，冷冷地说。

"才一分？"还是那个饱满洪亮的大嗓门，"上个月多少来着？"

"不到一分。"

听到这么不留余地的回答，宁爷狠狠咂了一下嘴，终于看到了叶荣，或者说是有必要看到他了，立刻把怒气转嫁到叶荣身上，大喊："这毛头小子是谁？怎么进来的？勤丫头，给老子把他打出园子去！"

叶荣吓得连连后退，赶紧看向姐姐。见叶勤只是双手环抱在胸前，根本没打算揍自己，才放下些心。

实际上，宁爷在早晨已经听叶勤说过弟弟的事，此时只是发发脾气，不是当真要打叶荣出去。宁爷用深陷却极为有神的眼，瞪了叶荣一下，甩了一句"都进来"，就一个人气喘吁吁地进了破败别墅。

叶荣松了一口气，不过还是先跑到姐姐身边，忍不住悄悄地问："你刚才到底量什么呢？"

"宁爷的日课。"

叶荣当然不明白是什么意思。

"宁爷要把自己占下来的房子推到英美租界去，'挺进租界

131

计划'。"

"啊？"叶荣脸上抽搐了一下，有些不知该怎么理解，只好唯唯诺诺地追问，"结果推过去多少？"

"废话……"叶勤瞥了一眼弟弟手里提的糕点，说了句"宁爷牙口不好"，扔下弟弟，也进破败别墅了。

别墅内部比外面还要破旧，且不多提几乎没有一扇完整的窗，一层大厅左右的房间，连墙都塌出三两个窟窿了。再看沿西墙的楼梯，多阶已经断掉。唯一值得称道的，大概就是破败别墅里的采光，因为顶子上也漏了一个大洞，太阳直接就射进了大厅。金色光束里，满是浮游躁动的尘埃。

一层一共四间房，宁爷在左手第一间，也就是面积最大的那间里。此时他已经穿好了衣服，坐在床榻上，调整呼吸。叶荣不敢自己去打扰宁爷，三两步跟上了姐姐，去了最里面的一间，那大概是姐姐的房间。

跟着进来，倒是让叶荣吃了一惊，竟不是卧室，而是厨房。厨房里的灶台，大概是整间房唯一不破旧的设施。

灶台下面的柴火烧得正旺，一口铁锅坐在炉眼上，锅里的水快要烧开。叶勤则站在灶台一边，在砧板上整理着食材。

叶荣一下兴奋起来，早就听说姐姐在罗兰番菜馆是做主厨助手，没想到夜叉一样的姐姐真的能有贤惠的一面。他赶紧把手中糕点往墙角一放，嬉皮笑脸没个正形地凑了过去，想看个清楚。

可结果，砧板上根本没有一样菜是他想要的。或者说，根本没有一样新鲜的菜，全都是头一天的剩菜。

一碟子蒸土豆、一碟子泛着褐色的煎肉饼、煮萝卜、煮茄子、

132

煮红萝卜……

"这都是你们番菜馆的剩菜吧。"叶荣一手支在墙上，多少带些嘲讽的语气问道。

正好水烧开了，叶勤不理会弟弟，双手垫布去端铁锅，将开水灌进了壶里备用。

见自己又被晾在一边，叶荣冷笑了一声，也不多话，只想看到底能做出什么来。

果然没有油，叶勤擦干铁锅里的水，直接将四个冰冷变色的煎肉饼贴到锅沿。火温刚好，肉饼外面包裹的面包屑，让吃进去的油都慢慢地渗了出来，不到一会儿，锅底有了一小洼的油。见油差不多了，叶勤便将那些煮菜一股脑倒进锅里。全是那一小洼油的功劳，早就黯淡无光的煮菜，竟也能在发出悦耳的滋滋声时，溢出诱人的煎炸香。本身都是熟物，不必花费太多时间，只要出了香气即可。叶勤很快就将四个肉饼也都夹到锅底碾碎，随后又将蒸土豆捣碎倒了进去，翻了两下，再从手边的米缸中小心翼翼舀了一勺米，铺在了油煎剩菜碎肉饼上面，倒进适量的开水，盖上了锅盖。

"这、这能好吃吗？"叶荣皱着眉问。

"好吃与否，有关系吗？"

"……"

"你去宁爷房间吧，我跟宁爷说过你的事了，他肯定还得给你讲一遍住在这个小屋的来历，我听过一万遍，你自己去听就好。"

叶荣吸了口气，走回墙根去拎地上的糕点。

"是酥饼？都跟你说过，宁爷咬不动，别拿过去了。"叶勤没有回头。

"啊？那岂不是白买了？"

"随你，宁爷生气起来，把你的牙都敲下来。"

在弯腰动作上定格的叶荣，又定了两秒钟，最终还是把糕点放回了地上，空着手去了宁爷的房间。

根本没有开场白，宁爷直接扯着嗓门再次说起四十年前的光辉事迹。

"又得再听一遍，躲都躲不开……"在厨房的叶勤叹了口气。

葡萄牙商人买地建园，远在五十年前上海刚刚开埠的时候，之后几经转手，再赶上了小刀会起义。园子距离泥城浜不过往西十里路，园主弃园逃跑，荒废了园子，也算情理之中。小刀会起义的时候，宁爷那些喝了齐心酒的兄弟，岁数都和叶荣相仿，不到二十，正是血气方刚的一伙。本来以为能大展宏图，结果面对洋人的枪炮和清军的夹击，只落得个英雄无用武之地，匆忙四散。

租界可以华洋混居，确实是因小刀会而被迫允许，但对于旧时那些小刀会成员来说，洋人没有赶走，住到租界还要花大把租金，照样还是一种失败。宁爷一伙寻思再搞点说得过去的事出来，不枉费兄弟们结交一场。随后，就有了占极司菲尔小屋一事。

极司菲尔花园，在早期颇享盛名。宁爷一伙——包括叶勤的爷爷叶震球在内——六个人，自然而然地盯上了这个花园，准备跟该死的洋人们大干一场。足足准备了三天，各带了自家最拿手的兵器，深夜潜入，却发现那里早就人去园空，别说洋人了，就连一条看门狗都没留。

六人扑了个空，十分气愤，但要真说杀进租界，有过之前的

134

失败，六个年轻人，打心底说都是不敢的。大概是心照不宣，六个人吵吵嚷嚷竟就住到了极司菲尔小屋里去，还在当夜烧了两间人工湖边的房子，作为"胜利"的庆祝。只可惜，洋人的房子多是砖石结构，根本烧不出什么壮丽场面，只好草草收场。

实际上这之后的事情，才是宁爷每次都必须大提特提的荣耀事件。

那时的别墅还真是一栋设施齐全、条件优良的好房子，六个人大摇大摆地住了进去，一住就是两年，直到两年后，事件终于发生。极司菲尔花园在小刀会起义之前最后一代的主人是一个英国商人，叫什么名字根本没人关心，反正一乱起来，都是夹着尾巴就往租界跑的怂货。可是真到太平下来，这个英国商人立刻又想起了自己在西郊的地产。结果回了园子一看，别墅竟被六个中国人给占了，一时间勃然大怒。但这个英国商人天生胆小，又见六个中国人个个都是地痞流氓样子，根本不是善茬，又一次仓皇而逃。不过，这次他跑回租界，寻求英国领事讨回花园。

或许是因为不久前才平定小刀会，又刚刚拟了新的《土地章程》，英领事的态度更倾向于多一事不如少一事。所以领事自然不会为了一个商人出兵讨伐，而是把商人和极司菲尔小屋六人全都拉到专门仲裁纠纷的租界工部局。

一向害怕上公堂的中国人，甚至包括那时血气方刚的宁爷，全都心里打鼓，唯有叶勤的爷爷叶震球，挺身而出，愣是和那个英国商人在公堂上对峙起来。

叶震球堪称一战成名，工部局本就是英国人自己的机构，又加上他们几个私占民房，本就理亏，结果叶震球在公堂上提出两点，让英国人哑口无言。叶震球所提，其一：地处租界之外，所谓私属地产，不符合《土地章程》，当属无效；其二：该英国商人，两年后才发现有人住在别墅里，说明该处对于他根本就是可有可无之地。因此，既然是一处不符章程的遗忘之地，为何还要争之毫厘，此举岂不无理取闹？

大概宁爷正是看到叶震球振振有词的发言，才意识到读书有多重要，所以后来养着叶勤，拼死拼活也要让她读书认字。只是，这样被反反复复念叨了几百遍的事迹，却从来没有说过结局。六个人名正言顺住在了抢来的别墅里，当然算不上结局，最后为什么又散了，叶震球怎么就英年早逝了，宁爷从来没有提过一个字，仅仅不断强调着那个拿着梅花头文明杖的人，是他们六人的死敌。

现在，宁爷再次把故事讲到了这里，戛然而止。

叶荣早就听得不耐烦，什么《土地章程》、遗忘之地，跟自己一点关系都没有，直到亲眼见识了宁爷对梅花头文明杖的憎恨，才算放下心来。想必叶勤已经一五一十地跟宁爷说了那张照片，但这个干瘪老头子，念念叨叨说了这么久，自己手往怀里伸了好多次了，但根本没机会插话，更不用说拿出那张照片当作拜师礼，正式拜师。

想磕个头都这么难吗？！叶荣甚至想立刻抽刀架在干瘪老头脖子上，强行要他收自己为徒了。但这只是随便一想，假若叶荣真能做得到这样的一连串动作，最终还威胁到了宁爷，那还拜宁爷这种隐居在郊区的臭老头为师做什么？况且宁爷确实深不可测，谁知道他现在到底还能单拳打倒几个。

干脆趁老头子停顿的片刻，一不做二不休，直接拿出照片，亮牌算了。叶荣这样想着，立即从怀里掏出那张照片，说："宁爷，您看是不是这……"

叶荣还没说完，吓呆了，怪不得刚才喋喋不休的宁爷停顿了下来，老头子已经耷拉着脑袋闭着眼，与世隔绝了。

"姐！姐！老头怕不会是死了吧！"

叶荣把照片塞回怀里，怪叫起来。但无论怎么叫，宁爷都没有睁开眼。

这下，他更慌了。

比起真慌了神的弟弟来，叶勤冷静得可以说是冷酷无情了。在叶荣的怪叫声中，她只是端着一碗杂烩烩焖饭，从外面走进来，同时，还拎了那提酥饼过来。酥饼塞回给叶荣，端着碗走到了宁爷面前，说着"死不了"，缓缓蹲下。

一碗杂烩焖饭，就像有什么招魂魔力一样，碗在老头脸前一端，老头忽然就动了，流起了口水，本能一样哼了两声，睁开了眼睛。

看得叶荣撇着嘴连人带凳子往后退了半步。

宁爷当然只是因为晨练消耗太大，老生常谈的故事讲着讲着，自己就睡着了。在半睡半醒之际，老人还口齿不清地说起了胡话，什么"可算逮到你了""父债子还，天经地义"。

听了宁爷嘟囔的话，叶荣连忙问："连那是咱们死敌他儿子，你都跟师父说了？"

"谁跟你是'咱们''咱们'的。"

据说是害死爷爷的人，但对于叶家姐弟来说，爷爷本身就没什么概念。

叶勤看一碗焖饭还一时叫不醒宁爷,只好先把碗放到了一边,转过身来,看向了叶荣。

"人到底在哪儿,直接跟我说就行了。"

"姐,你该不会是要单刀赴会,手刃仇敌吧?"叶荣警惕地问。

"不用你管。"

"算了,"叶荣又把照片拿出来,"只看照片也能知道一二吧。"

此时再看这张照片,自是比前一天晚上仔细得多。把注意力从文明杖上挪开,随后,注意到了这个洋人身后的背景。由于是白天拍摄,背景略有些曝光过度,泛着惨白,然而透过欧式雕纹围栏,还是能看得出他的身后是一大片空场。空场不是一般的空旷,没有树木,也没有园林景观,隐约间倒是能看到空场上有着宽阔的环形跑道。

跑道、空场、洋人……几条信息加一起,地点只有一处了。

"跑马厅?"

"没错。"叶荣嘻嘻笑着,"他现在就在跑马厅,是英美跑马会的头头哦!对了,叫霍特,霍特·霍格,随便去打听一下就知道。"

"你的消息什么时候这么灵通了?"

"姐……有吃的吗?小弟我饿得不行了。"

叶荣摆出满脸哀求的样子,却没有回应叶勤的质疑。

"锅里有的是锅巴,你自己去起下来吃吧。"冷面的叶勤,难得说话柔和了些。

"……我的意思是,这酥饼干脆让我吃了算了,不然浪费。"

"本来就是你的东西,吃不吃随你的便。"语气又骤降了二十度。

"怎么还是这么冷淡……"叶荣说着，已经拿起一块酥饼塞进了嘴里。

叶荣吃起酥饼，叶勤腾出空来又看了看再度睡着的老头，见管不了这两个人，便去想自己的事了。

大概吃了两块酥饼后，叶荣已经觉得噎得慌，不停地打起嗝来。

真是一个从头到尾没出息的弟弟。叶勤更加叹气不已。

"姐，嗝……我看宁爷一时半会儿醒不过来了，嗝……你看我现在，嗝……"

"行了行了，你憋着气别说话赶紧走。"

"是，嗝……嗝……"

得了姐姐的许可，叶荣打着嗝拍屁股就走，就像私塾下了课撒欢的小孩。

"姐，嗝……晚些我再来，嗝……"

"别来，晚上我要去餐馆。"

没有回应，叶荣已经一溜烟跑了。

"咱们得搞出点动静了。"

突然，宁爷浑然有力地说起话来。

叶勤立刻回头去看，宁爷已经在吃那碗明显放多了水，焖得软趴趴就像粥一样的焖饭了。

这老头，到底什么时候是真睡，什么时候是装睡，完全搞不懂。

"英美跑马会……那个霍霍的儿子还叫霍霍，能干得很啊。"

霍霍……老头还真能简略。

"勤丫头。"

139

"嗯。"叶勤回应得并不积极。

"麻烦你跑几个地方了。"

"宁爷,您该不会是想……您现在这身子骨……"

"老夫身子骨怎么了?!"

宁爷听了极为不乐意,一下从床榻站起来,用拳头捶了捶胸。然而,不捶则已,一捶竟是引起一阵咳嗽。

叶勤一步上去,熟练地给宁爷顺气。大概是叶勤的手法得当,没顺两下,宁爷就不咳了。

老头子又缓了缓,继续说:"别以为老头子我不中用了,吃点好的,就都回来了。"

叶勤默不作声。

"几十年的唯一念想了!什么都拦不住老夫。你照办就行。"

叶勤只是把焖饭再塞回到宁爷手中。

"你这个丫头一点女孩子的样儿都没有。"

叶勤不予理睬,只是盯着宁爷让他把焖饭吃光。

宁爷皱着眉头三口两口就把饭吃完。吃完之后,想起刚才说的"吃点好的",便又意气用事一样去抓叶荣留下来的酥饼。

抓起一块酥饼,看了又看,试探着往嘴里送,送到一半又停了手。上左手,双手用力掰了一下,掰了一小块饼子酥皮到指间,但见露出完好的馅子,纹丝不动,一丁点都没被掰下来。老头子看着裸露出来的饼馅摇摇头,连同掰下来的一点点酥皮一同放了回去。

3. 公司和工厂

庄小晨和沈君一同扒在后厨门外，睁大了眼睛往里看。忽而，她们觉得身后又有什么人扒了过来。回头一看，竟是老板林荀。

反正已经打烊，老板过来就过来吧。庄小晨和沈君不约而同食指抵嘴，怕老板出声，被屋里人发现。

三个人就这样高低有序地扒到门边，一起悄咪咪看着后厨里。

通常的打烊流程是，林荀结算一天流水，两个服务生收拾用餐区卫生，叶勤收拾后厨卫生以及盘点全天食材用量，而陶杏云负责为全体成员准备晚餐。

做餐馆确实就是这么不容易，在大家都是吃饭的时间，员工谁也不可能有空吃饭，只能等到餐馆打烊。也因为打烊时间比较晚，所以大家是喜欢在餐馆吃完也好，直接带回家去吃也罢，皆无所谓。

打烊晚餐一般都做得比较简单，就像叶勤带回去给宁爷做的焖饭食材，几种煮菜，再蒸些土豆，换着种类煎些带油水的肉食，无须叶勤帮忙，陶杏云一个人简单弄弄即可。

可是此时，所有人都看得出不大一般。

叶勤就像营业时一样，在砧板上给陶杏云备菜。已经切好了土豆丁、芹菜丁和红萝卜丁，正在切葱头。但陶杏云却和平时不同，她没有用助手备菜的空当去动火烹饪什么，而只是站在叶勤身边看着她切菜。叶勤的刀工，堪称精湛，垂直落刀，心静手稳。切葱头，最怕就是辣眼睛。叶勤用清水淋湿菜刀，葱头去头去尾，在水珠还都挂在刀身上的瞬息，根本来不及辣到人的眼睛，葱头已然同样成了小块，摆到一边。

至少庄小晨和沈君是第一次全过程地观赏叶勤的刀工，都被她精湛的技艺所折服，不禁连连发出了低沉的赞叹声。陶杏云听到，立刻露出求救一般的眼神，看向门外三人。结果只得到了三人一同握拳为她无声鼓劲的回应。她也只好投以生无可恋的眼神回敬，默默转回了头。

转回头去，则见叶勤已经干净利落把牛肉都切成了豆子大小的方块，一切准备就绪。

"噢，好，都备好了哈？"陶杏云见状慌忙说道，"水也烧开了，那什么，把炒锅架上烧热。"

"是。"

"不用这么紧张，又不是营业时间。"

"是。"

"……"

陶杏云看了一眼锅热起来的情况，好像听见身后有笑声。

142

"锅温可以啦，不用太热，不然奶油会烧焦。"陶杏云只好自顾自地舒缓气氛，"真的不需要我来？没两下就做好，这汤简单得很。"

这次叶勤没有回答"是"或者"不是"，只是用不动声色的目光看着陶杏云。

"啊，好，知道了，快，下奶油吧，不然……"

一块奶油已经出现在了热锅里，金黄色的奶油，底部慢慢融化，奶香溢出。

根本不需要陶杏云指导，叶勤已经站在灶前开始下一步。

用木铲将奶油均匀挂在锅壁上，待奶油完全融化，豆子大小的牛肉随即下锅。鲜红的牛肉块，在滋滋声中让肉香带着奶油的香甜四溢。牛肉块煎好，便直接倾进旁边的滚水锅中。因为出锅的时机掌握得算是不错，煎过牛肉的锅里残留的奶油，不糊不黑，融进了牛肉的油汁，味道变得更为浓郁。

一旁看着的陶杏云都连连点头，又回头去看门外三人，三人竟都随着肉香，飘乎乎进到后厨里面来了。

葱头丁、土豆丁、芹菜丁、红萝卜丁一股脑倒进肉汁和油汁混合的锅中。此时，陶杏云成了助手一般，为叶勤打开一坛子番茄酱，舀出一勺，放进被爆香的四丁里。锅中立刻烧出了番茄酱的红汁。随后，叶勤将烧好的牛肉汤再倒回锅中。撇去浮在汤上的油沫，加盐和胡椒。静候。

"对了，"陶杏云忽然想起什么来，"我应该再教你一下这个番茄酱怎么弄，以后你自己烧汤就更方便了。"

叶勤点点头，竟是流露出满眼的求知欲。

这可非比寻常，陶杏云看在眼里，知道自己更是该认真讲解。

"其实也很简单，看你用量。我大概一次烧七八斤番茄，一口锅刚刚好的量。洗好拣净，放锅里烧就好了。烧的时候，看番茄的酸度，酌情放两三勺盐。然后，盯着火，烧一个钟头就行了。烧好后，根据喜欢，用布包些香料末调味。完成。"陶杏云拍了拍手，就像现在又完成了一坛子番茄酱一样，"怎么样，简单吧？"

叶勤只是继续点头，认真记忆。

"好像并不感兴趣……"陶杏云感觉又撞上了往常熟悉的叶勤的冰墙，但又肯定有些许不同，只好这样嘀咕了半句，随后又面向叶勤说，"其实也不用那么多步骤，你要是嫌麻烦，直接用水加盐烧一个钟头就行。只要番茄够新鲜，怎么弄都好吃。"

仍旧只获得了点头回应。

因为加了番茄酱，方才的牛肉汤已经煮红。牛肉的油汁和土豆的淀粉让微微翻滚的红汤更加浓稠。

番茄牛肉汤，说是番菜的汤品，实际上来源于北方的俄国。俄国那种天寒地冻的地方，人们急需的是富含足够热量的食物，却偏偏又物资匮乏，从而食物多是物尽其用，自是避免不了过于粗犷的烹饪做法。传到上海来，反倒还被弄得精细些，多增加了几种菜一起炖在汤里提味。

也是因为本质的粗犷，让汤的出锅时间都不必那么精确，看着油汁足够浓稠即可。叶勤把握不太好是不是应该起锅，转而看向陶杏云，结果看到的是四双巴巴地看着一锅红汤的眼睛，和四张几乎流出口水等不及的嘴。

叶勤愣了一下，又看了看红汤，决定这次就由自己任性地来裁决火候和时间，咬了咬嘴唇，最后撒上了盐和胡椒，起锅。

"其实胡椒可以盛到碗里以后再放。"

陶杏云从叶勤手里接过一碗番茄牛肉汤，用勺子舀起一块染上红色的牛肉，却没有急于送进嘴里。

叶勤听着陶杏云的指导，并没有再次僵硬地说"是"，而是满怀期待地等着她尝一口。

这样的心情，陶杏云太懂了，又是从叶勤那里看到，更是不该怠慢。不再多说，立刻又去舀了一勺汤，吹了吹，小小抿了一口。应该是因为土豆和牛肉都相当新鲜，没有放糖，但汤有着一股甘甜，奶油让汤足够厚重，芹菜和红萝卜又把牛肉的腥味中和，最终番茄酱将所有的味道调和到了一起，既爽口又暖心。

"好喝！"陶杏云是发自内心地夸赞。

不用再夸，单单只是那酸甜浓郁的牛肉汤味，另外三个人都早已按捺不住，端好了碗，站在了叶勤面前。

叶勤还是先看了看陶杏云，宛如师徒的眼神交流后，才开始为其他人盛汤。

"喂，小勤今晚很不一样啊。"端着汤碗的林苟悄悄跟陶杏云说。

毕竟陶杏云与叶勤相处时间最长，她立刻提醒老板，不能当着叶勤的面讨论她，不知道是因为她太害羞，还是什么其他原因，反正不要让叶勤发觉其他人看出她现在很高兴才是。

不过，或许为时已晚，喜悦的表情本身，俨如闪电一样，只在叶勤脸上一划而过。随后，她又恢复了往日那个叶勤，不再有一点情感外露，拿了自己的罐子，盛了一罐子汤，去了更衣间，换衣服，走人。

干净利落得让后厨四人又都愣住。

叶勤已经出了罗兰好远，后厨才又有了声音。

沈君声音小到几乎听不见地说："好像、好像叶勤她特别在意这个汤。"

"什么意思？"林荀喝了一口自己的番茄牛肉汤，忍不住发出了"好喝"的叫声。

"她郑重其事找我写这个汤的营养成分表，维他命什么的比例来着。"

沈君说完，立刻低头喝汤，不敢再看大家。

林荀则微微皱了眉，喃喃自语："或许要发生什么吧，我们掌控不了的事。"随后看了看门外萧瑟无声的四马路，又喝起了汤。

在宁爷刚刚吃完叶勤亲手做的番茄牛肉汤之后的晌午，正碰上了匆匆赶来的叶荣。这个倒霉蛋，还没进屋，就直接被姐姐给拉了出去，要他立刻跑一趟三角地菜场，再备做汤所需食材。

叶荣一听，刚从英美租界大老远赶过来，立刻又要跑回去，跑回去还不是为了别的，去什么菜场买菜，听起来简直就像是在戏弄自己，脸色立刻就沉了下来。

"老头子一拳半脚都还没教，就他娘的把我当跑腿的使唤了？"叶荣虽然说着"老头子"，但谁都能听得出来，他就是在阴阳怪气地抱怨使唤他的姐姐。

叶勤不为所动，把一枚银圆丢给了弟弟，心如止水地转身回了破败别墅。破旧别墅已然没有了大门，可叶勤的背影，竟是比大门更拒人于外。

叶荣撇着嘴，又不满地盯着破败别墅看了一会儿，终于意识到自己手里拿着一枚面值不小的银圆。一元钱，别说食材了，一顿地道的番菜套餐都能吃得起了。想着这一层，拿着银圆的叶荣，顿时又开心了起来。

结果可想而知。只有牛肉、土豆和番茄，没有芹菜，更没有奶油。

叶荣用一元钱只买回来了姐姐交代的三样，没有找零，一副理所应当的样子。

就算罗兰的食材采购都是由庄小晨去做，身为主厨助手的叶勤对菜价也都是一清二楚。

叶勤看着交了菜后若无其事的叶荣，没有多说什么，只是一问："你在租界里靠什么生活？"

虽然语调依旧冷淡，却似乎直刺叶荣，他立即跳着脚叫了起来，"姐！你这是什么意思？难道连你都不信我？！"

"不信你什么？"

"别装了！你一定认为我在租界非偷既盗。对不对吧！"

叶勤没有给予任何反应，只是不动声色地看着他。

"我他娘的，别看我这样，"叶荣拉了拉自己的马甲，好像这样就能看起来正经不少似的，"我他娘的在公司上工！"

"公司？"

"后马路街面上的公司！说出名字吓死你。"

叶勤上下打量了一下弟弟，穿了一件马甲，戴着顶瓜皮帽，人模狗样的。唯一算得上长进的，是没再拿着那把根本不顶事只

147

是吓唬小孩用的短刀。

这种只要一有机会，就会耀武扬威的性格，宁爷怎么可能收他。

一看姐姐根本不打算知道自己上工的公司叫什么，叶荣更是来气，干脆自己把公司名说出来，长长志气。

"上荣公司！租界里，两成的地产都归我们公司管理，怎么样，知道厉害了吧。公司和我名字都有个'荣'字！不像你，在一家屁都不算的番菜馆当帮工。"

叶勤依旧无动于衷，完全没有被激怒，提着肉抱着菜往厨房去，背对着叶荣走了几步，才说起来："有事干是好事。下午我要出趟门，你来照顾宁爷。要是老爷子高兴，说不准立刻收你为徒。"

这样固若金汤的情绪，反倒让叶荣咬牙跺脚又气又急。但他也不敢再和姐姐顶嘴，只能自己赌气嘀咕："呸！臭屁什么。小爷我早晚让你们都大吃一惊，跪在小爷面前低头认错。"

小爷……叶勤对弟弟的新自称实在有些哭笑不得。

说是要出门，还是先要为宁爷把晚餐准备好，不过，并没有用叶荣买回来的食材，而只是煮了一锅稀粥，配上些咸菜。那些番茄牛肉汤的食材，显然叶勤是另有打算了。

稀粥备好，没有必要再多跟弟弟交代什么，他又不是傻子。叶勤换上一套轻便的男装，把头发盘到瓜皮帽里面，没拿任何东西，便往虹口去了。

实际上，那是宁爷告诉她的地址。在宁爷还有体力干码头工的时候，一直不忘打听当年散了的兄弟们的去向。

"虹口远洋包装厂"，就是他六七年前打听到的成果——"三

148

矛"牛二所在的工厂。

　　"三矛"牛二是他们六人里年纪最小也最勇猛的一个。被冠以"三矛"的绰号，即可窥见一斑。牛二善使长矛，无论马背上，还是陆地上，只要长矛在手，就是所向披靡。当年小刀会里，时常有人摆个擂台切磋武艺，只要牛二上台，就从来没有输过。不过，这还不是他最出奇的地方。善用长矛者多得很，但像牛二这样只要开战，就必是左右开弓，各持一杆长矛，这就高人一筹了。不说双矛的武技有多稀奇难练，就说这能用单手托矛的力气，已然吓坏不少对手了。然而，更奇的是，牛二不仅用双矛，如果是真的应敌，他还会耍起三杆长矛来。一只大手，五指指缝夹住两杆长矛。挥舞起来时分时合，时左时右，俨然是把双手双矛的武技，用蛮力给归到一掌之中。只要是见识过牛二舞三矛的，着实都会庆幸"不会成为他的对手"。

　　不过那都是几十年前的事了，自从他们在叶震球死后散了伙，宁爷能找到的线索就只有"虹口远洋包装厂"这七个字了。虽然宁爷说牛二是最好找的，人群中身材最高大的那个必定是他，但现在的牛二也是五十多近六十岁的人了，真的还能是人群中最硕壮的那个？负责去找人的叶勤不得不连连苦笑。

　　虹口远洋包装厂并不是一个厂子的名字，那里是包装厂聚集地，被怕麻烦的中国人起了这样一个统称而已。

　　因为都是给远洋货物打包装的厂子，自然是沿着黄浦江而建。不在人口密集商业繁华的英美租界中央区，而是集中在虹口北部英美租界最廉价的一块地皮上，这种节省成本的做法无可厚非，但对于远在极司菲尔花园的叶勤来说，确实是个挑战。

将近二十里的路程，马车肯定是坐不起的，原本罗兰发的工资养活她和宁爷两个人就已经紧巴巴了，从今天起伙食开销又要大幅度提高，变得更是拮据。幸好有苏州河贯穿。出了极司菲尔花园，就到了苏州河畔，远在西郊的船费还比较便宜，一艘舢板顺流直下，半个钟就到黄浦江上了。

实际上，除了在各家包装厂上工的劳工以外，没有人愿意到虹口远洋包装厂这片地界来。要不是一间间青砖厂房和各家包装厂自己的栅栏墙，仅是看街道的泥泞拥挤、狭窄杂乱程度，与租界周边随处可见的贫民窟棚户区根本没两样。

叶勤大概是在正午到的，说来也奇怪，本是难得的晴天，到了包装厂，竟是阴霾潮湿，就像这个地方从来没出过太阳一样。正午是各家包装厂都要敲钟让劳工们午休吃饭的时间，坑洼不平的泥路两旁，挨着厂房墙根坐满了休息的劳工，有的独自啃着饼子，多数都是围在一起，大呼小叫赌着骰子。

从他们身边走过，偶尔会有人抬起眼皮看上一眼，随即继续啃着自己的吃食，在胸口搓泥。

本以为在这么一大片臭气熏天杂乱无章的包装厂聚集区里找一个人，会是很艰难的事，可当叶勤在询问时，把牛二的样貌形容了一遍，被询问的那个人就已经流露出了"知道这个人"的眼神。

"牛二不牛二的不知道，你说的不就是那个看戊区仓库的肥老头。"

被问的人光着膀子，却几乎没有肌肉，粗糙黝黑的皮肤下裹着清晰可见的骨架。看着就和街上叫花子没什么差别，不过，状态还算精神。叶勤本打算再细问两句，那人却已经吃了手里的饼子，迫不及待扎进旁边一堆儿，喊着："双！双！老子押双！"再不理会叶勤。

不过，信息已经足够，去戊区找到仓库再说。

戊区要往深处走不少。叶勤刚走过一个区，就听树立在包装厂区里的七八个钟塔齐鸣。"咚咚"的钟声乱响，三两成堆的赌局就像枯叶堆，突然刮来一阵狂风，转瞬就散了。个个赤膊上阵的劳工，转眼间各归各位。

一片静默，整个厂区只剩下人们默默叠油纸、铺麻布、给货物搭竹片定型的劳作声。叶勤从他们身边走过，无一人会抬眼看上一下这位过客。

在一开始几个区，各家包装厂都有各家自己的仓库和码头。越是往深了走，包装厂的规模就越小，直到戊区，已然没了各厂自己的篱笆墙分界，只是靠厂房所建的方向角度来区分，并且使用公共仓库存放自家货物。

因为厂房建得各个方向都有，俨然成了一座厂房迷宫。本以为又要给找人平添不少难度，结果刚到厂房迷宫的边缘，一眼就看到了。

不是包装厂房，而是一座共用仓库，仓库的大门边，正坐着一具庞大的身躯。身躯似乎是坐在一只板凳上，但因为太过肥胖，屁股上的肉已然垂下把凳子完全掩盖。虽然宁爷没有给叶勤画过牛二的相，但第一眼看见，就确认无误了。

"牛爷爷。"叶勤走上前去，轻声一唤。

走近了，才清晰地看出对方确实上了年岁，因为胖，脸上虽说没有什么皱纹，眼角嘴角却都下垂，而稀松的辫子已经掺进去不少白发。更主要的是，他已经尽显老人本色，和宁爷一样，坐在这里打着瞌睡。

"牛爷爷。"叶勤又低叫一声。

老人惊醒一般，突然猛晃了一下脑袋，腮帮子左右甩动的同时，眼睛都没睁开，本能性地右手一把抓去。

出手突然，而且速度相当了得，力道更是惊人。不过，叶勤反应机敏，立刻用左手外手格挡。动作看似仓促，实则精准地避开抓取动作的手掌，沿手腕向小臂侧面发力，一压一格，便已化解。

老人这一招若是抓到人，恐怕那人已经被丢到街对面去了，而老人连眼睛都未必会睁开一下，继续打瞌睡。可现在，手被格开，而且格挡的角度和方式——

老人猛然睁开了眼，口齿不清又颇有些惊异激动地喊了一声："宁大哥？"

只是老人的视力要调整好久才能适应，再到那时才终于看清，眼前哪有什么宁大哥，只是站了一位男装打扮的清秀少女。老人再努力定睛看了半晌，缓缓叹了口气，放松下来。

"牛爷爷。"叶勤第三次叫出口。

"嗯。"只是一招，牛二已经大体明白了眼前少女和他的宁大哥的关系，点了点头，像是一个长辈的样子了。

叶勤见老人平静下来，便把宁爷交代给她的红色头巾给了牛二。

接过红色头巾，牛二顿时愣住，双手都有些颤抖，立刻问叶勤："一晃四十年啊。宁大哥他这是……"

"没有，"叶勤否认得不带一丝感情，"只是宁爷怕我认错人，拿个东西好互相识别。"叶勤只是简略地把事情解释给老人听。

152

牛二松了口气，又靠回墙上。

"不过……"

叶勤把那张照片拿了出来。

牛二接过照片，捏在两指间，在眼前调整了许久的距离之后，第一眼就看到了那根梅花头文明杖。

气氛重归凝重。

"所以，牛爷爷，"叶勤语气平和地说，"能不能再回极司菲尔小屋？"

"你先告诉我，这人是谁，那根文明杖为什么会在他手上？"

"是霍格的儿子，叫霍特·霍格。"

"好，很好，父债子还。"

说着，牛二缓缓起身。实际上，叶勤的个子不算矮，细长的身材，甚至比得过不少男人的身高，但在牛二面前，如同一棵小树苗面对着一头大象。

"小姑娘，"牛二把捏得变形的照片还给叶勤，想要弯腰和她持平，但肚子阻拦了他，只好苦笑着问道，"你叫什么名字？"

"叶勤。"简短的回答。

"姓叶？原来如此，原来如此。"

肥胖的牛二自顾自地向这座厂房迷宫外走去，步履蹒跚，甚至看得出他双腿因为长期承受过重的负担而浮肿。

4. 名为兆达里的污秽之地

宛如一阵狮吼，震彻极司菲尔花园。树丛中十来种根本叫不上名的稀奇动物四散逃窜，鸟群嗡的一声，全都飞向天空。

只不过，吼叫声并没能带来实际的效果。

"老牛，把脚踩实了！"

牛二双脚蹬出些尘土，两只大手推在极司菲尔小屋的西墙上，卖力地吼叫着。而宁爷只是光着膀子没流一滴汗地站在一旁看着，时不时喊上两声，像是指指点点传授方法。

正在厨房里的叶勤，根本不发愁房子会被推塌，因为她太明白牛二那双腿能使出多大的力气来，此外，她也完全无暇去苦恼房子的问题。两个老头，其中一个还如同一座棉花山，伙食开销骤然增加，着实让她无所适从。

本打算给宁爷连续吃几次番茄牛肉汤，补补身体。结果现在牛二来了，给不给他多做一份，都是问题。不给的话，是宁爷请来的客人，又是宁爷四十年前一起喝齐心酒的兄弟，自己爷爷的老哥们，不能怠慢失礼。给的话，问题就更大了。给叶荣一块银圆去买食材，本身就让月薪不高的叶勤感到捉襟见肘，现在增加了一张嘴，而且很可能还多了一个巨型胃袋。

现在发愁也没用，接下来要吃饭的嘴还会增加，先去找下一个再说了。叶勤想着，迅速把两个老头的早餐弄好，藏起了前一天找叶荣买来要做番茄牛肉汤的食材，离开了小屋。

显而易见的是，宁爷就是要叶勤把他那几个失散几十年的老兄弟们都召集回来，去找那个霍特·霍格偿罪。找到牛二回来，新的线索真就有了。

在宁爷追问多次之后，牛二终于支支吾吾地说，他其实知道六人中伏虎现在大概在什么地方。怎么知道的，为什么知道却没和兄弟聚聚，他却都不肯多说了。只是言语之间，透露着"都是为了死了的叶震球才说出来的"这样的态度。

到底有什么内情，宁爷没有追问，叶勤自然去找人即可。而当她知道大概地点时，多少有些吃惊。自己爷爷的结拜兄弟之一，原来一直就在四马路一带活动。

可惜自己长期在后厨，几乎没逛过四马路，对这样特点的人毫无印象。

叶勤从不表现出多余的情绪，知道了地点，即刻出发。只是出发前，多向牛二还有宁爷了解了一下这位伏虎爷爷的样貌特征。

宁爷只能描绘出几十年前他的样子，身材不算健硕，穿衣不修边幅，头顶到嘴角有一道刀疤，是参加小刀会起义时被洋人砍的，九死一生竟是活了下来。另外，伏虎是一个用飞刀的高手，也是因为善远程作战，才会吃了近战的亏，被洋人砍到。而牛二，依旧支支吾吾没能说出什么有用的信息，只是告诫一般向叶勤说他近几年变了，变得老兄弟们都认不得他了。

变了……幸好他有那道刀疤，再怎么变也是最易辨识的特点。

叶勤了解清楚后，不多说话，再度离开了极司菲尔花园。

或许是因为名字先入为主的缘故，叶勤脑中想象的伏虎，就该是伏虎罗汉那样的人物，可结果当她回到四马路，开始询问有没有见过头上有刀疤的老头后，依稀觉得恐怕要和想象有很大出入了。

罗汉虽然多是长得满脸横肉凶残可怖的样子，但普通人不会发自内心地害怕，然而问到知不知道伏虎时，无论是小业主还是路边摊老板，全都谈"虎"色变，面露恐慌，避之不及。谁都不愿意说起这个人，更不可能说出哪怕一丁点儿有用信息。

虽说四马路不过百家住户和店铺，但每天的人流量都多到吓人，特别是夜晚人头攒动，如同每夜都有庙会，路上偶遇的方法，简直妄想。

既然没人敢说，干脆找四马路上最有胆识的那位询问好了，或许反倒是捷径。

结果这位四马路上最有胆识的人——林荀，听了叶勤的询问，同样紧锁了眉头，迟迟没有说话。

见状，叶勤心中打起了鼓。

距离营业时间还远，在店里的几个，都在餐厅里打发时间。陶杏云坐在阳光最好的那桌，看着一本新的侦探小说，手边照旧摆着一碟噎汁，或者说是崔厂辣酱油，食指蘸着吃个不停——看来是养成习惯了。庄小晨则坐在餐厅角落的桌子，铺开着一叠纸，拿着一本书，正在做算式题。看起来题的难度很高，庄小晨没写几下就又是挠头又是皱眉，还念叨着"为什么沈君一下就能做对"，不服气又无奈。

阳光正好，透过罗兰店里的玻璃窗，洒落午后一如既往的一片祥和。

只有叶勤让气氛凝重起来。

"我是你老板，所以只要不影响工作，我不会干涉你的业余生活。"

林荀终于打破死寂，只是并没有正面回答叶勤的询问。老板的样子并不像平时工作之余看着那么亲切轻松，一贯大大咧咧的眼神突然深不见底。大概这才是老板的本色，叶勤忽然有些后悔跑来问老板，她与自己之间，本就是直截了当的劳务关系，说不上是什么时候，竟会有了"友情"甚至"师长"的错觉。

恐怕这种错觉，早就被老板觉察，叶勤觉得丢了人，不自觉地低下了头。

林荀没有半点安慰她的意思，瞥了一眼正偷看这边的庄小晨，坐到了最近的座位上。

叶勤觉得越来越尴尬，她最不擅长的就是处理这种场面，一时间竟是脸涨得通红，不知所措。

"兆达里。"林荀又一次打破了死寂的气氛，掏出怀表看了看，好像终于还是放弃坚持地叹了口气，"咱们七点钟开始营业，今天没什么预约，不用提前准备太多东西，你踩着营业时间点过来，就不算你旷工。"

听到老板这么说，叶勤骤然间睁大了眼睛。

"还傻愣着干吗？现在已经三点钟。你是不是太小看那个老头了。"

叶勤有些不明其意，但确实不应该在这里继续愣着，赶紧说"是"，就向店门走。

"一定要小心点，我可是花钱雇了你的那双手，我可不希望看到自己的财产有什么损伤。"

叶勤回头去看，老板已经在看账本，无暇理睬自己了。只看见角落里的庄小晨，正在悄悄给自己打气。她，大概也误解了什么吧。

兆达里。

就算几乎不在四马路走动的叶勤，也知道那个臭名昭著的地方。原来伏虎爷爷在那种地方，怪不得大家都怕他。

四马路最多的是四种馆子，妓馆、烟馆、赌馆、餐馆，其中以赌馆最乱，小赌馆尤甚。而兆达里，又正是整条四马路聚小赌馆最密集的地方——可谓是不夜之街的四马路，电气路灯都无法照亮的黑暗之处。更何况，兆达里从外观上看就和其他里弄截然不同，根本没有石库门，更没有整齐划一的单元房。塌缩在繁华的四马路一角，只是有一排破篱笆墙，就算是这处里弄的界墙了。而里面，甚至让人以为突然到了租界外的棚户区，茅草房、砖瓦房，毫无规划，东倒西歪私搭乱建。不高的房子营造出了乌烟瘴气的赌场效果。

兆达里的建筑普遍低矮，左右两边的弄堂楼房把它夹在中间，不伦不类，像座坟山。午后的阳光透过一边的弄堂楼房缝隙晒进来，一束束金黄光线，照出不知是从哪里冒出的烟尘，在空气中缓慢旋转。

叶勤推开形同虚设的兆达里篱笆门，踏步进入。和虹口远洋包装厂不同，真正的赌馆聚集地，白天是酣睡不醒的。每一间破屋，现在都是门窗紧闭，暂不开放。只是破屋里的臭气，拦也拦不住地往外飘着。

人流密集的地方难找人，空空如也的地方更难找人。放眼望去，整个兆达里竟是如同空城。想要找到伏虎爷爷，难道还得一间屋一间屋挨个敲门进去看个究竟不成？天黑下来，这里倒是会热闹起来，但现在已是初夏，天黑得越来越晚，等到那时，留给叶勤的时间就不多了。

然而，常年习武修炼心性，让叶勤从未急躁过。

叶勤观察了一下，立即找到一个拐角，既能看到兆达里的主道，又很隐蔽。一旋身，叶勤已经如同隐身一般，在了那个拐角后面。

太阳渐渐西斜，院中被夕阳照得通红。

再不多时，四马路上电弧声噼噼啪啪响起，电气路灯在昼夜交替之时亮起。兆达里同时活了起来。在兆达里内部，不可能接上电气灯照明，见天色渐暗，几个小工样子的人，从一件破屋里出来，端着火具，把主干道上三步一个的火盆全都点起。兆达里被火光照得通红，黑烟一缕缕熏着天空。再看每间破屋里，也都掌起了灯。

栅栏门第一次被推开。

进来的竟是三个人高马大的洋人。虽然没有全裸上半身，但也只是穿了一件遮掩不到多少肉体的坎肩，透过火盆的光，看得到他们的肚皮上、胸口上、胳膊上，全都是文身。还有一个光头，连头顶上都文了图案。看来是三个洋人水手。没想到，兆达里这么个污秽之地，竟还吸引到了洋人光顾。

三个水手之后，一批紧接一批的赌徒陆陆续续进来。这些人，什么样的都有，泼皮无赖自不用提，洋人也有不少，竟还有看上去像是读书人的，战战兢兢小心翼翼进到栅栏门里。把这些全看在眼里的叶勤，却无暇顾及其他，只是在想伏虎爷爷到底是哪一类。从宁爷口中没怎么听过伏虎爷爷的事迹，除了他是一名飞刀高手，英勇善战以外，再无其他。而从周遭人的反应来看，又觉得……

叶勤正在瞎想打发时间，突然就看到了头上有刀疤的人出现。

肯定没有错了，从头到嘴角的刀疤太过明显，而看岁数，同样花白头发，也正是相符。

这就是传说中的伏虎爷爷，叶勤心里确认着。

只是这个挺着滚圆的肚子，手里拿着花里胡哨的烟袋的刀疤脸老头，无论从他走路的排场还是面部狰狞的表情来看，绝非善类。

天一黑，就大摇大摆出现在众人眼前的伏虎，带着三名小弟出去了。

因为有三名小弟随行，叶勤决定先追踪看看情况，再去找伏虎爷爷说个清楚。

小弟们一直跟在伏虎身后，个个表情骇人，硬生生给伏虎撑起如同帮会老大般的排场。走在四马路上，就算对伏虎一无所知的路人，都被这样的架势给震慑，乖乖躲远让开条路。

跟踪四个人，说容易也容易，说难也难。容易在于目标非常明显，不怕跟丢。难就难在四个人都不是那种目不斜视的人，跟在伏虎身后的三个人，没一个老老实实走路，全都东张西望，四处寻摸能揩油的人，随手勒索一番。

　　三个人回头的可能性太高，虽然他们不可能认出叶勤来，但如果每次回头都看到同样的一个少女跟在身后，再没脑子的人也会起疑心了。一切谨慎起见，自然要小心躲开。幸好入夜后的四马路，嘈杂繁乱，能掩人耳目的角落随处可见，稍稍一个闪身就能混进一堆人群。

　　走走停停，终于由伏虎带着一拐弯进了四马路的一条小巷。小巷里左右各是一条里弄。石库门边的商铺多是规模非常小的茶楼或者书场，也有些个人包房的妓馆。天一黑，正是开始来生意的时候。

　　店都不大，每家店门口都有些徘徊着犹豫要不要进去的人。店家们又不敢太明目张胆出来拉客，望眼欲穿看着门外。

　　伏虎四人显然是有目标的，走到一家名叫"如意楼"的茶楼，像瘟神一样把门口徘徊的人轰散，推门大步进去。

　　叶勤侧身站在茶楼门外一根可以隐蔽的柱子旁边，静观店内。

　　店小二看到伏虎四人进来，显然害怕得不行又没办法，只好堆着笑脸来迎。

　　随从三人中的一个，率先向店小二大喊："少卖笑脸，赶紧叫你们老板过来。今天虎爷亲自来了，你们自己掂量掂量吧。"

　　被吼的店小二自是不敢怠慢，屁滚尿流地就往里间跑。另外两个随从也没闲着，凶恶地瞪了一眼身边一桌的客人。那桌人相当识趣，和店小二一样，二话不说屁滚尿流就逃出店去。见那桌人跑掉，茶楼其他客人也纷纷如鸟兽散，顺便都逃了一单。

一转眼，茶楼内杯盘狼藉空空如也，只剩伏虎四人，和姗姗来迟从里间出来的店老板。

随从三人先请伏虎坐到身边的椅子上，店老板立刻亲自给他递上个匣子。

匣子由其中一个随从接过来，帮伏虎打开，让他观看。

伏虎抽了口烟袋，只是瞥了一眼，不屑地哼了一声，终于开口，说："姜老板。"

嗓音沙哑，带足了嘲讽。

被称为姜老板的，立马应了一声，不敢多嘴。

"你这是什么意思？只有三元钱再加上几个铜板？打发要饭的？你们这家茶楼，高档茶楼啊，这几个钱怕是连你们一壶茶都喝不起吧。姜老板，你是不是太小看人了？"

姜老板"哇"的一声叫了出来，大呼："不敢哇！这个月小店生意太惨淡了，真的凑不出月钱哇。求虎爷宽容哇！"

"惨淡？"伏虎回头看看左右站的随从，"他说他们店惨淡。你们惨淡跟咱有什么关系？惨淡，当初有觉悟别来借钱啊。欠债还钱，天经地义。月钱该还多少就得还多少。这个月你自己算算已经拖了几天了。都是买卖人，这几天的利息你自己算算清楚。"伏虎把方才那个匣子又拿回到手中，撇着嘴看了看里面，把几个铜板拿了出来，丢到了地上。"几个破铜板，算是赏你们的。"

姜老板只敢低声说"谢谢虎爷"，但根本不敢去捡。

"剩下的，就算是你老姜孝敬咱出门一趟的车马费了。"伏

162

虎啪的一下把木匣子合上，递给随从。

听到这话，姜老板一下瞪大了眼睛，却是敢怒不敢言，大概双拳都攥出血了。

伏虎则是跟没事人一样，语气慢条斯理地接着说还债的事："事到如今你连本月的月钱都攒不够，干脆这样吧。"

姜老板不敢吱声。

"把你们的账本给咱拿过来，咱算算是不是这个月的月钱正好够盘下你这家店。要是够，算你们占了大便宜，店归咱，本月欠的债一笔勾销。"

"虎、虎爷……"

"怎么？"

"饶小的一条贱狗命吧。"

"这不是很好吗？"

"没了店，小的活不下去啊。"

"所以，"伏虎把烟袋放下，本来的微笑全无，"你是想说这个月要赖账？"

姜老板还没来得及回答，三个随从一起上，一个揪辫子，一个踹腿，一个扇耳光，没两下，姜老板已经跪倒在地，满脸是血。

"咱再问你一次，你是要赖账？"

被押着的姜老板不敢说话。

"他娘的问你话呢！"

二话不说，伏虎一个巴掌就打在了姜老板的脸上。可姜老板还是没有回答，确实也没法回答，是与不是恐怕都等于完蛋，而完蛋的根源都是因为想开店时去找伏虎他们借了钱。

163

巴掌忽然换成了拳头，伏虎一拳又打在了姜老板的脸上，结果反倒引得伏虎自己一声叫"妈的屁！"，揉起了拳头。

姜老板嘴角出血，却还是没有应答。

伏虎看着生气，立刻又抬手要打。这次换了一只手，不过大概因为刚才打得自己疼了，下手多少有些迟疑。

叶勤完全看不下去了，管不了该不该介入，一个健步冲进茶楼，用格挡牛二抓取的方法，一下挡住了伏虎打下来的一掌。

伏虎又是一声叫，显然这次比刚才还要疼许多。但疼痛方止，伏虎自己也愣住了。摸着自己的手腕，一时间陷入了某种思考，似乎是在记忆中挖掘什么。

突然跑进来一个女孩，还挡了老大一掌，随从三人嗷嗷叫着，就扑了上去。

见三人扑来，叶勤脚下不乱，右脚划半弧，撤步闪出击打的身位。

抬腿侧踢，正中扑上一人的膝盖窝。那人惨叫着跪在地上。与此同时，叶勤勾拳已经击中另一人的软肋。骨头"噗"的一声，整扇软肋被一拳打凹进去，那人当场昏厥。第三人本身就站得远一些，眼见两个同伴只是一瞬间就都惨叫到底，吓得没能出手，已经开始惨叫。

一片混乱，伏虎突然大喝："都他妈停手！"

所有人都如同被施了定身术，停了手。

"小妮子。"伏虎还在回味着手腕上的感觉，"你……"

"我姓叶。"叶勤直接打断了伏虎的问话。

"哈哈哈哈！怪不得了，怪不得了。这么多年，是宁老头教出来的？"

"没错。"叶勤盯着伏虎从头顶到嘴角的苍老刀疤说话。

店里突然间又是一时的冷寂。

直到伏虎再次开口说话。

"无事不登三宝殿，说吧，这么多年宁老头出什么意外了？"

叶勤对面前的伏虎还是心存几分芥蒂。不过，再不感情外露的叶勤，也逃不过伏虎这种老江湖的眼。伏虎笑了笑，说："咱没什么本事，只能靠这个讨生活。要是你嫌弃咱，尽管滚蛋。但滚蛋之前，先给咱说清楚，宁老头到底怎么了。那老头子，好歹是咱年轻时喝过齐心酒的兄弟。要是有难，咱两肋插刀也得上。"

几句话，也许只是老江湖多年来练出的场面话，但叶勤多少还是被感动到，低下头皱了皱眉，把那张照片掏了出来，递给伏虎看。

伏虎看了一眼，轻哼一声，把照片还回去，说："看来我这把老骨头又要好好活动活动了。"

语毕，他站起身，拍了拍三个随从中一人的肩膀，交代说"这家店要定了"，便如一位刚刚决斗胜利的孤胆英雄一样，背影落寞又不屈地走出了茶楼。

叶勤忽然想到，牛二为什么会知道这个伏虎的近况，却又支支吾吾一直不说清楚？怕不会他也向伏虎借过高利贷吧？

叶勤忽然又想到，自家老板开店，难不成也……

不敢再往下想，赶紧出了这家茶楼，往罗兰赶去。

5. 老赖老混蛋

极司菲尔小屋的早课雷打不动。

而现在，已然是两个老头推房子，一个老头喊号子，画面其乐融融。

作为昔日老大，宁爷自然是站在一边喊号子的那个，而在兆达里做老大的伏虎，不知从哪儿弄来了一身洋学堂体操课才会穿的套装，认认真真跟着宁爷的号子发力推着墙，和前一天晚上的他判若两人。体操套装原本是给十来岁学生设计的运动服装，伏虎硬要穿在自己身上，只显出圆滚滚的肚子，都快要把体操套装前面的盘扣给撑爆了。他稀疏又花白的辫子头，垂在背后，更是让本应该朝气蓬勃的体操套装，显得不伦不类。

牛二同样在推房子的队伍中，只是在伏虎身边推得心神不宁若有所思，根本没有按着宁爷号子的节奏发力。

"你他娘的歇脚呢！"伏虎突然向比自己大了三圈的牛二吼

道，"这是正经事！你他娘的认真一点！"

伏虎声音虽大，但沙哑得很，恐怕是长期抽烟袋把嗓子毁了。看他的身形和气色，倒是不像沾染了鸦片的人。

被吼的牛二，真跟一头受惊的牛一样，巨大的身躯缩成了一团。

"行了行了，你们第一次，还不熟悉节奏。老夫可是推了三十年，想要推好绝非一朝一夕。歇了吧，今天歇了。"

宁爷说着打圆场的话，实则不耐烦早已从脸上溢出。没有亲自推房子，却还是出了一身的汗，宁爷一手扶腰缓慢地去捡木桩上搭着的破布。拿起来，擦拭一番身上的汗，披上了褂子，谁也没理进了破败别墅，喊着勤丫头要吃早餐。

然而叶勤竟破天荒地不在厨房里，只有柴锅上烧着开水，不见人影。

幸好水已经烧开，锅的旁边还备着洗净的土豆和番茄，显然不会耽搁早餐时间，只是方才在走廊里宁爷喊了几次勤丫头都没回应，多少是丢了面子，着实让老头子心里不大痛快。

就在宁爷即将爆发之际，叶勤忽而就回来了。脑门上像是微微出着点汗，手里是一提血淋淋的红肉。宁爷瞥了一眼叶勤手里的肉，分量可不算少，女孩子能有这份孝心，他哪还有发脾气的由头，只好哼了一声，甩了句"又是牛肉"，算是把火气发了出去，坐到自己的厨房专座，等着叶勤伺候以便找回一点面子。

一般的女孩，此时应该会解释两句，而叶勤当然不是一般的女孩，根本不觉得"解释"有什么必要，直接从宁爷眼前走过，到了灶台前。

如此洒脱的女孩子，看得伏虎和牛二都有些目瞪口呆。

167

其实，叶勤心里也是想着事的，仅仅想着一件事，就是往常做的杂烩焖饭远远不够宁爷要大闹一场所消耗的体能补充。和陶姐学来的番茄牛肉汤，必须成为日常，持续给老头子补身体、养精神。

叶勤一边用沈君她们所说的脂肪卡路里来计算砧板上一切食物的营养含量，一边按照陶姐教的步骤，化繁为简地只放土豆、番茄和肉，做起汤来。好在肉足够多，脂肪卡路里含量也相当丰富，一锅红汤煮出一层油脂来，又因为加了不少土豆，整锅汤显得浓稠实在，再加上番茄酸酸甜甜，还能让老头子有点胃口，都让叶勤满意。

唯独一点不满，就是现在要吃汤的人太多了。

叶勤给宁爷盛了满满一碗红汤，端到仍旧犯着脾气的宁爷面前，说要爷爷必须多吃几块牛肉。

"不用。"宁爷哼着说，"血淋哒滴，谁要吃这种玩意。"

一直在一边等着的伏虎终于等不住了，既然大哥已经开始吃了，他就不必再谦让，探着脑袋就往锅里看。

"勤丫头，"伏虎回到极司菲尔小屋第一天就开始沿用宁爷对叶勤的称呼，而且看这亲切劲头，完全不把前一天晚上发生的正面冲突当回事，"这一锅什么玩意？看着血淋哒滴的。"

你要不要喝汤？不想喝，正好省一碗！而且竟用了和宁爷同样的形容，但宁爷可以，你伏虎不行！叶勤没好气地回头瞪了伏虎一眼。

"哎哟，宁大哥，你养的这小丫头，不光拳脚厉害，这脾气可真是倔得跟她……"

伏虎还没说完，就被叶勤给打断了，塞了一碗只盛了三块土豆的番茄牛肉汤在手里。伏虎捧着碗，也不客气，立刻吃了起来。吃得着急，汤上浮着不少滚烫的油汁，他竟一点都不怕，像喝凉水一样，就都吞到了肚子里。

"好喝哇，勤丫头，你还真有一手。给爷爷再盛一碗。"

叶勤却没理伏虎，正在给牛二盛汤。牛二虽是体型硕大，但看他那双浮肿的腿，就知道这种胖同样是一种营养不良的表现。因此，终于有机会把牛肉分出去一些，盛到了牛二的碗里。

"哇！我就说应该有肉吧！勤丫头快给我也盛……"

伏虎正像个小孩一样抢着要吃肉，眼神突然如狐狸般警觉起来，左手托碗，完全不知是从哪里弄出一支带着红缨的飞刀到右手掌心，二话不说，一抬手，飞刀已经钻过厨房墙上塌下来的洞，直奔别墅大门飞去，闷声钉在了糟朽的木门门框上。门框边，一个身影，应声坐到了地上。

"你干什么！"叶勤丢下汤勺，就往门口去。

又被甩了脸色的伏虎，一点不介意，反倒乐在其中，还主动和牛二说："这丫头真不赖，跑到什么鬼玩意儿的番菜馆当小工，太可惜了，要是跟咱干，明天就能一统大租界。哈哈哈哈！"

在伏虎的沙哑笑声中，叶勤已经赶到门口，见到弟弟还坐在原地，两眼发直，全身抖个不停，一直在手里要来要去的那把短刀，早因为一屁股坐在地上，给摔出去好几尺。

看到弟弟没受伤，叶勤放下心来，利落地把那支钉在门框上的飞刀拔下来，又检查了一下门框受损情况，看起来同样无大碍。

"姐……"叶荣声音还在颤抖，"你、你怎么关心门框比我

169

还多啊？"

弟弟满脸委屈地看着姐姐，似乎都忘了他原本的那副泼皮模样和这种眼神极不搭调。

叶勤皱着眉，把弟弟一把拎了起来。叶荣一阵哀号叫疼，就像脚已经断了一样。

"行了，宁爷在屋里。"说完，叶勤就往回走。

叶荣紧随其后，好像已经恢复了神智，开始碎碎念起来："姐，你就是话太少，又不会体贴人，要不怎么嫁不出去呢。我看你……"

刚才的飞刀嗖的一下又被丢回到叶荣手里，吓得叶荣如同拿到一块烧红的铁钎一样，又怪叫起来。

姐弟俩前后脚进了厨房，叶勤又狠狠地瞪了一眼伏虎，伏虎则是摇头晃脑，全然不在意。叶荣进了厨房，看到宁爷稳如泰山地坐在他固定的椅子上，立刻想扑过去甜甜地高喊几声"师父"，结果一眼看到了伏虎，整个人都定住了。

同样愣住的还有伏虎。

随后，两个人同时"啊"的一声叫。

其他人全都蒙了，只好静观其变。

"你小子！"虽然穿着体操套装，伏虎已然完全变回在四马路时的样子。

叶荣应声跪到地上，高喊"虎爷"。

谁都能看得出来伏虎和叶荣之间发生过什么。叶勤多少有些紧张，如果真要为了弟弟出手，不知道会不会激怒宁爷。

伏虎重重地向叶荣哼了一声，说："咱是放高利贷的，不是什么好东西，没错。但你这个老赖，他娘的还不抵咱一个小拇哥。"

必须做取舍的时候，叶勤从未犹豫过，她的拳头已经握紧。

叶荣只是跪在地上哀号着"虎爷饶命"。

"但是，在这里，"伏虎一只手按在灶台上，郑重得过分地看向宁爷，"就他娘的必须以大哥为重，你小子欠的债，咱一厘钱都不会少，全都会要回来，但现在咱就当没这回事，大哥的事完了以后，再他娘的找你算账。"

语毕，伏虎一把将叶荣手里捏着的飞刀夺了过来，转身出了厨房。

叶荣号叫一声，看自己的手心，被刀划破一道口子，再一看伏虎出了厨房，立刻爬到宁爷面前，叫着："师父给徒儿做主哇！"

"真丢人。"叶勤已经放松下来，低声说道。

叶荣还在叫，发现宁爷根本不搭理自己，眼珠子一转，话锋随之一转，说："师父！那个霍格，徒儿可是又打听出来重要信息了！徒儿要是死了，您……"

宁爷用干瘦的手，一把抓住了叶荣的衣领，低沉地说："少废话，快说。"

"是是是，"叶荣发现宁爷没有再反驳自己叫他师父的事，心里立刻乐了，"那个霍格不是英美跑马会的头头吗？他们英美跑马会定期会有跑马比赛。啊！疼、疼、疼啊！姐！"

叶勤刚把弟弟的手掌展开查看伤势，他就又嗷嗷乱叫起来，气得叶勤不再管这个没出息的弟弟。

一直沉默不语的牛二，此时说道："跑马比赛，都在跑马厅举行，那地方周围全都是红头阿三守着，别说进去处理掉那个霍格，就算靠近都难。"

别看牛二身形巨大，叶荣早就看出他是几个人里最好欺负的，跟他说起话来，立刻又嬉皮笑脸没正形了："老大爷，这您就不知道了。英美跑马会的跑马比赛，不仅限于在跑马厅里跑圈。他们还有另外一种比赛，不是在那瞎转圈，而是从跑马厅出发，跑到外面来。"叶荣卖着关子停顿下来，结果看见姐姐恶狠狠瞪着自己，急忙接着说，"就是'猎纸比赛'啊，'paperhunt'。"

叶荣用蹩脚的奇怪腔调的英文又强调了一遍，适得其反，更没人明白是什么意思。

"就是跑出来的赛马打猎运动。"叶荣不免有点着急了，"先有一个人骑着马出去在路上按要求撒红纸，等上一阵子，比赛运动员骑着马出来追踪路线，谁最先找到撒纸人决定的终点，谁就获胜了。作为头头的霍格，每次猎纸比赛他都参加，所以这回他也一定会去的。"

虽然对猎纸赛马的比赛规则听得似懂非懂，但宁爷还是陷入了自己的思考之中，隔了片刻，终于开口："下次他们什么时候比赛？路线知道吗？"

"徒儿来找师父就是要汇报这件事啊。徒儿查明白了他们的作息，下次比赛就在十天后。而猎纸比赛的全程路线，就是……跑马厅出发，往静安寺去，上极司菲尔路，最后……"

牛二瞪着眼睛，说："最后要来极司菲尔花园？"

"老大爷，您说得没错，他们这回的目标就是这片荒……"

"这真是……没去找他，他反倒自己送上门来。"牛二一拳捶在灶台上，竟是震得挂在灶台边上的灰都落了。

十天后……叶勤反倒更纠结于这个时长了。

172

"勤丫头。"宁爷叫到叶勤。

"宁爷您说。"

"把人找齐再说。"

宁爷缓缓起身，叶勤叶荣急忙上前去扶。看上去还是平静如常，但扶上去，从身子骨的力道就能感觉到，老头子已经严阵以待。

然而，剩下两位，失散几十年的人，宁爷照样没有任何寻找的线索。

把弟弟丢在宁爷这里，叶勤只好不情愿地去隔壁房间找伏虎问问。他的人脉是几个人里最广的，很可能会有什么收获。

伏虎回到极司菲尔小屋，还是住在几十年前他的房间，在二层西侧。

不知道当时是不是非常舒适，现在看来，想上到二层都有些危险，楼梯坍塌了好几阶，幸好是伏虎，要是牛二，跳过那几级台阶，恐怕都会把楼震塌。

伏虎的房间，破旧的木门形同虚设，门框边就是一块漏开的洞。因此，叶勤没有敲门，只是把那木门搬开，就进了他的房间。

"哦，勤丫头啊。"伏虎坐在床上正发呆，看到叶勤进来，竟是和蔼地打了招呼。

叶勤假借把门板放稳，没对伏虎正面回应。

"你好像对我很有成见。"伏虎的语气依旧缓和，完全就是一副老人应该有的样子。

"我憎恶专欺弱者、专会乘人之危的男人。"

"咱就喜欢你这种直言不讳心直口快的女孩子！"

"另两位爷爷在哪里能找到？"叶勤干脆不予理会，直入

173

主题。

"哈哈，要的就是你这个直率劲头。"伏虎习惯性地在手边摸索了一下，显然没有摸到自己想要的东西，才意识到不是在自家，"两位爷爷，呵呵，见到咱之前，是不是也用'爷爷'称呼咱来着？"

叶勤皱着眉默不作声。

"看来是让咱说中了。"

叶勤低下头。

"这有啥不好意思的。来来，给咱先说说，你觉得那两位爷爷是什么样的人。"

叶勤本来不想理会，但发现自己如果不说，这个伏虎就那样干等着，也不会透露一星半点线索出来，只好把多年来从宁爷那听来的拉拉杂杂说了一说，什么梅山爷爷仙风道骨，一口长剑武镇崇明，又什么宝元爷爷轻功了得，足心生毛疾走如飞，诸如此类而已。

"跟说书的似的。"伏虎不屑地笑了笑，"勤丫头，那你觉得咱是怎样的人？"

叶勤咬着嘴唇，没有说话。

"你可真不喜欢说话，咱替你总结吧：败类、废物、老瘪三……还有什么？"

叶勤摇了摇头。

伏虎呵呵笑着，依旧是长者的样子，继续说："你亲爷爷死之后，我们这帮家伙，就都不该再活着了。在这个世道活着，永远活不出人样的。"

说完，伏虎又在床上摸索起来，念念叨叨地说"烟袋怎么又找不到了"，显得老了许多。

　　"所以，到底去哪才能把人找齐？"叶勤强压着性子再问了一次。

　　"这两个老家伙啊……"伏虎不再去摸他的烟袋，"梅山，咱是真不知道，自从你亲爷爷死了，我们老几个散了，再没见过他。你直接去他老家崇明桥鼻镇找找看吧。至于宝元，呵，已经成了一条彻头彻尾的老野狗，是个比咱还不如的混蛋，劝你还是死了这条心吧。"

　　叶勤只是死死盯着伏虎。

　　"得！算咱拗不过你和你宁爷。想找宝元特别容易，英美租界有几个巡捕房，就是那帮红头阿三窜来窜去的地方，哪个巡捕房又开始闹腾了，直接去那守着，就能找见宝元。"

　　叶勤说了声谢，立即动身。看看天色，朝阳才刚刚褪去霞光，时候尚早，干脆先赶往崇明看看。当然这样的决定，或许也是内心不自觉的逃避在作祟。

　　"咱敬重你宁爷是没得说，但在这件事上，咱敢打包票，大哥他糊涂了，糊涂得认不清自己了。咱们什么时候赢过？呵，除了这栋破房子。注定是必败的复仇……"

　　叶勤已经去搬伏虎的那个门板，打算帮他把门关上。

　　"勤丫头，"伏虎还在呵呵笑着，又把叶勤叫住，简直有种念念不舍的孤寂感，"你早晨炖的那肉汤，味道够重，咱这木头舌头都能尝出味来。酸溜溜吃着开胃，老家伙喜欢吃点东西不容易了。就为了吃你的汤，咱也乐意重新在这破地方住下来，从此

175

金盆洗手了。"

"真是啰唆的老混蛋。"叶勤背对着伏虎的房间，低声骂了一句，说完走人。

房间里顿时发出一阵沙哑的笑声。

"终于说脏话了！哈哈哈哈哈……"

真是不折不扣的老混蛋。

6. 小勤过来一下

崇明在长江入海口，是一座岛，想要过去当然还是坐船最方便。路途有些遥远，一路顺苏州河黄浦江下去，花了不少时间。抵达崇明，再到桥鼻镇，已经中午。

镇子傍海，几乎全都是渔民。

到了中午，赶早潮打鱼的渔民，都已经回来，三三两两提着鱼篓，往货运码头走。镇子很小，除了海边的码头繁忙嘈杂以外，只有一条看起来整齐的主街道。街道两侧是低矮的木房，不是茅草棚，倒是看得出，这个镇子因为渔业，生活条件还算不错。

街道上，往来着推鱼去码头的独轮车，正是忙碌的时间，所有人都干着恰如其分的事，只有叶勤，站在街心，不知该从何问起。

"哎哟，小勤？"

叶勤忽然听到身后有人叫她，称呼和声音都异常熟悉。猛回头去看，竟真的是自家番菜馆的主厨陶杏云。

"陶姐？"叶勤完全没能明白过来，为什么会在这个时间这种地方遇到。

陶杏云更是一脸偶遇的惊异表情，但气喘吁吁的样子，已经暴露她是在后面拼命赶，才赶上这次偶遇的。

"嘻，这里买鱼新鲜又便宜。趁得空，偷偷过来看看，要是好，再跟老板提，加个供货点。"

"鱼？"叶勤愣在原地。

陶杏云一手挽住叶勤，兴致勃勃地说："走走走，既然都遇到了，咱们一起去逛逛市集吧。听说崇明的大小黄鱼都特别好。"

海风卷着鱼腥味拂过泥泞的黄土路，两个女人挽着手，向着街道尽头码头边的市集走去。她们的背影像一对携手远去的亲姐妹，只是叶勤的身影多少显得有些僵硬，并不自然。

镇子是个小镇子，但镇子的市集是附近闻名。

市集没有什么特别的名字，也不像上海的租界里那些被洋人们强行规划、强收租金的菜场，只是几排脏兮兮的席子，一家守着一小块摊位，席子上摆着几种当天打上来的鲜鱼。甚至因为鱼腥味，苍蝇成群，让一般人看着皱眉。但只要是行家，都会视此处是块鱼鲜采购的乐园。

一进到市集里，陶杏云立刻兴致盎然起来。全然顾不上会弄脏自己的裙裤，挨个摊位蹲下去把鱼看个遍。

"这种新鲜的黄鱼最好了，"陶杏云拎起摊位上的一条黄鱼，轻巧地扒开腮看了看，爱不释手，"清掉内脏，把鱼切段。然后架锅，煎几块意大利咸肉，咸肉油上铺鱼段，再铺碎饼，铺煎得金黄的咸肉，铺胡椒、辣椒、葱花，最后加水，把鱼烧熟。鱼段捞出来，汤再加碎饼、番茄酱，烧稠，再浇回鱼段上，就完成啦。"

陶杏云只要说起烹饪，就滔滔不绝。

"怎么样，听起来就简单又好吃吧！"她追着叶勤确认。

叶勤认真地点了点头，她是真的听进去了。

"下次你来照这个法子做做看。"陶杏云突然说道。

叶勤大吃一惊，急忙说自己不行，还差得远。

"别傻了。"陶杏云站起来，用带着鱼腥的食指戳了一下叶勤的脑门，"我顶喜欢你在为我备菜时，认真的样子。上一次，你做番茄牛肉汤的样子，更是……嘻嘻，让我着迷。"

叶勤的脸一下涨红，多少年没有听到过让她心潮翻滚的话了。

"我啊……"陶杏云欲言又止，"对了，我是来采购的，你跑这么远的地方来干吗呢？"

终于，最后一层窗户纸还是被陶杏云戳破，顿时回到了现实。

采购什么的明显就是幌子。依然什么都没说的叶勤，只是在思索着陶姐到底怎么知道自己要来这里的，最终只有一种可能，就是从她们也接触过的弟弟叶荣那儿打听到的。真是一个成事不足的弟弟。

"总压着自己的性子，这样下去，会崩开垮掉的。"陶杏云又挽住叶勤的手，"还有一点时间，我们到海边转转，就搭船回去吧。"

"我是来找人的。"叶勤突然说道，像是终于想通，放下防备。

"嘻嘻！这就对了，又不是工作时间，有什么不能和姐姐说的。还有时间，咱们赶紧啊。"

就像着急找人的是陶杏云而非叶勤一样，陶杏云拉着叶勤就

179

开始见人便打听起来。

不过，乱来归乱来，成效却显著，才逮着第三个鱼贩来问，就有了结果。

"你说的是不是那个卖药的梅半仙？"鱼贩反问道。

能对上一个梅姓，多半没错了。

叶勤点点头。

鱼贩只是瞥了一眼两个女人，哼了一声。

"请告诉我们吧，在哪儿能找到梅山先生。"叶勤毕恭毕敬地问。

"嚯，还'先生'呢。"蹲在席子摊位前的鱼贩挑起了眉，抓住旁边的另一个鱼贩说，"她们管那个卖药的梅半仙叫'先生'，要是那老头知道了，还不乐得牙都飞出去。"

清脆的一声响，鱼贩随之转头去看，正见陶杏云两指捏出一枚银圆，一下丢到自己手里。

"三条黄鱼、一条斑鱼、六只蛤蜊、两只蟹，我们都包了。"陶杏云说着，抬手叫来一个推独轮车的苦力，"来把这些都送到英美租界四马路兴福里罗兰番菜馆。车钱还有船钱最后你找这个小哥来结，一枚银圆绰绰有余。"

陶杏云突然干净利落地安排起来，鱼贩目瞪口呆，看看手里捏着的银圆，又看看自己摊上的鱼。

"哦，那条带鱼是昨天打上来的，我们不要。直接送给隔壁小哥吧。"

陶杏云催着那个苦力把鱼都打包送走，随后，用压倒性的气势向那个鱼贩说："现在你没有鱼卖了，大好的下午时光全都空

180

闲出来，干脆带我们去见见那位梅半仙，如何？"

太过理所应当，不容反驳。

鱼贩只得点头说好，等着自己的几条鱼全都被打包送走后，卷起了席子，带着一身的鱼腥味和左右摊位鱼贩的羡慕目光，走出了市集。

"陶姐……"叶勤低声说。

"什么？"

"谢谢。"

"他家的鱼都挺好的，咱们不亏。接下来，大把的时间够咱们去见见你那个梅山先生了。我也好奇这位先生，到底是何许人也，能让你跑这么远的地方来找，难道能比崇明的黄鱼更诱人？"

叶勤不知道该用什么样的表情来回应陶杏云。不要把生活和工作混为一谈，叶勤再次告诫自己，姑且跟了上去。

鱼贩三步一回头，总想和这两个女人搭话似的，一会儿说镇子的码头乱挤乱撞没个秩序，一会儿又说这条街的房子可有着年头，当年洋人大火轮开进来，都没能轰掉。叨叨个不停的鱼贩，带着两个女人走离了主街，钻进一条更加腥臭的巷子。巷子两侧的房子显然比主街上的差了不少，不过尚且还算都是木房，只是逼仄阴暗得多。叶勤想着梅山先生，这位仙风道骨的人，到底能大隐隐于何种房子里，结果鱼贩带着她们却走离了依附于主街辐射开来的住宅群。

离开海边有段距离，向崇明岛的腹地走去，里面是一片竹林。竹林间有几条看起来有些苍凉的小径，通往不同方向。鱼贩带着她们走上了一条。

原来住在远离尘世的竹林里，倒是真符合了想象。

但从竹林穿出来时，叶勤愣住了。

"就是这里了。"鱼贩说话的语气也显得有点心虚，"到底是哪个我真不知道，反正呢……"

从竹林出来，根本没见什么房子，成群的乌鸦在这里栖息。是一片乱坟岗。

"反正，好多年了。"鱼贩继续说，"那个卖药的梅半仙啊，卖的药没一样管用的，最后连他自己身上的癞都治不好，活活就那么烂死了。"

好像鱼贩还说了好多，但叶勤愣着并没再去听，脑子里只是在不停回响着上午伏虎所说的那些混账话。直到最后，听到鱼贩怯生生地说了好几遍"没我事，我就走了啊"，才意识到，自己也同样没有留下来的意义。

"走吧，还赶得上这班回上海的船。"陶杏云轻轻拍了拍叶勤的肩，故作轻松地说。

在回去的路上，叶勤一直若有所思。幸好有陶杏云陪同，不然她说不定坐着船就去了什么地方。

从泥城浜上岸，走不多远就到了兴福里。

巷子口的老虎灶，生意依旧像蒸汽一样蒸腾红火。穿过排队的人群，看到了罗兰招牌，叶勤多少回过些神来。看见店门开着半扇，想也没想，直接推门进去。

然而，一到店门口，叶勤突然就发觉气氛有些不同。离开始营业的时间还远，人怎么就都到齐了，甚至连老板都坐在了餐厅里。叶勤立刻回头去看陶姐，陶姐却是不为所动地笑着。

有问题，绝对有问题。

叶勤心里这样嘀咕着，却还保持着绝对冷静的外表，进到店里。

到底有什么猫腻，一看便知。

包括老板在内，几个人都围在餐厅的一张桌子旁，嘀嘀咕咕，像是在研究什么东西。而原本和叶勤一起进来的陶杏云，此时已经念叨着"怎么样？快弄好了吧？"就融入到那一桌人之中去了。

显然她们已经鼓捣了好几天，鼓捣什么东西自己却全然不知，叶勤心头那种和大家伙有了隔阂的凄凉感更强了一些，不过还是走近过去，想看个究竟。

在桌上，摆着几只晶莹剔透的玻璃瓶，瓶子里装着鲜有见过的橙黄色液体，瓶盖被用油布封住，油布外还拿铁丝拧紧。几个人围在桌前，嘀咕着要怎么才能把拧紧的铁丝拧开。

叶勤站在后面，伸着脖子看了一眼，皱起了眉头。桌子上不就摆着一把钳子吗？铁丝是怎么拧上，就怎么再拧开不就行了。

她心里想着，林荀突然抬头看到了她，还发出了倒吸一口凉气的惊讶声音。

"小勤，你今天怎么来得这么早？"

老板的语气，听起来就像她不该来似的。

"老板……"叶勤咬了咬嘴唇说，"需要我帮忙吗？"

叶勤的意思是，本店难道不是只有她有力气拧开那个铁丝吗。这样的想法，自然是出于好意，可是林荀却没有立刻回应，沉吟片刻，用眼神示意了一下桌前的另外几个女孩。

这时候，叶勤才注意到刚刚加入其中的陶杏云，已经和庄小晨一起，聚精会神地看着沈君。

一贯内向害羞、最怕被别人盯着看的沈君，此时竟是全然忘我，用着尺规和铅笔，在纸上画着什么东西的图样。

沈君专注起来，谁也左右不了。只见她在纸上，时而用木尺画线，时而用圆规节点量距离，图做得行云流水，好像设计早就打了腹稿，现在只是把它实现在纸上一样。

点点画画，一张图完成了。

图分别从正、俯、平三个角度，描绘了一个看上去就像麻花一样的东西，并且还在很多节点之间，用汉字数字标注了长度。就算从没接触过这种格致学问，上过学的叶勤也能大概看明白，这是在做旁边玻璃瓶口，封油布盖子的铁丝的设计。

铁丝的顶端，沈君设计了一支扁平的手柄，看起来多少有些新颖。

"完成啦。"沈君又像是检查一遍有没有错误，看了看自己的设计图，长舒一口气，"这样一来，就算是我也能用手直接拧开它了。"

一直看着沈君画图的两个人，同时发出赞叹声。

不过，林荀反倒显得冷静沉着了些，仔细看了看图纸，说："这个好是好。可是，这种图纸工匠能看懂才怪。"

刚露一丝喜色的沈君，被这样一说，立刻又低下了头。到底是委屈还是什么其他的感情，全都被眼镜给挡住了。

林荀见状，轻拍了几下沈君的头，语气极为温和地说："没事啦，我拿给崔厂主，让他想办法弄成工匠看得懂的东西就是啦。"

沈君像是被安抚的小狗一样，抿着嘴抬起了头。

叶勤此时有点站不住了，她实在更好奇玻璃瓶里装的是什么。

迟疑片刻，叶勤还是果断地到了陶杏云一边，悄悄问陶姐，瓶子里是什么。

"是我最近新琢磨出来的饮料。老板说就叫'罗兰橙汤'或者'罗兰橙汁'，让我来决定一个。"陶杏云说得非常得意，凑近叶勤，嘻嘻笑着说，"你是不是特别想知道怎么做的？"

被说到心坎里了……

"小勤，过来一下。"老板在一边叫叶勤。

忽然被叫，叶勤有些慌张。

"小勤你明天能中午之前就来店里吗？"林苟开诚布公地说，"哦，别担心，会给你加工钱的。主要是知道你平时比较忙……"

说着，林苟有意地看了看陶杏云。叶勤当然懂老板的意思。可是，白天……还有被伏虎那个混蛋老头称为野狗的宝元没有找到，怎么可能有时间提前来店里？宁爷那副臭到天际的脸已经浮现在脑中。

叶勤这样想着，却果断地点头答应了老板的请求。

"我决定了。"陶杏云忽然说道，"'罗兰橙汁'听起来更好喝。"

185

7. 霍氏？或是，祸事？

罗兰橙汁的做法，根本不用去问。打烊之后，陶杏云先把大家的员工餐做好，就开始做新的橙汁了。

庄小晨和沈君相当熟知流程，看到陶杏云去煮开水，她们便去里间，不一会儿各端了一箱空玻璃瓶过来。

"咦？小勤你还没走？"把水煮上腾出手来的陶杏云看见发呆的叶勤，立即主动问道，"不如帮忙一起准备罗兰橙汁？"

"当然好了！"叶勤立刻把打包好的员工餐放到一边，像是早就等着陶姐这句话了。

"先切一两姜末。"

"好的。"叶勤爽朗地答应。

一颗姜在叶勤手里，只是翻了几下，像做木雕一样，皮已经削了个干净。再放到砧板上，刀声清爽连续，一转眼，姜已然从片到丝，最后成了姜末。

厨房的事，庄小晨和沈君帮不上忙，她俩端来了玻璃瓶后，就站在那里，静静地看着。

在叶勤切姜末的同时，陶杏云也在备菜。

陶杏云在橙子表皮轻划两刀，完整的一颗橙肉就从皮中分离开来。橙肉放进石臼里，用小棒槌将橙肉捣碎。随后，将橙汁和捣碎的橙肉、叶勤切好的姜末、几大勺糖、两大勺酸糕和正好烧开的水，一同倒进了瓷盆里。

"怎么样，简单吧。"把瓷盆里的东西搅拌均匀后，陶杏云笑嘻嘻地问叶勤。

"就完成了吗？"

"还没有，不过今晚的工序已经完成。之后就是等汤凉了，灌进玻璃瓶里，再用太阳晒一晒，那时候就真的完成了。可不要小看晒太阳这一步哦，悄悄跟你说，咱罗兰橙汁最与众不同的就是，"陶杏云顿了顿，"加入阳光。"

在说这四个字时，陶杏云不仅语气夸张，连肢体语言都用了出来，双手在脸颊两侧，十指张开，样子就像脸已经散发出一束束阳光一样。

同时，听到了用钳子拧开铁丝扣的声音……

"啊呀！老板，你怎么把明天要送去的罗兰橙汁给喝了！"陶杏云大惊失色。

"啊？咱们没有多做一点？太好喝了呀，酸酸甜甜，爽口得不得了。"

"生意可不能这么做……"陶杏云皱着眉责怪着。

"不碍事不碍事，数数看，明天够用。"

明天……明天到底要做什么？一瞬间，叶勤从刚才那种充满好奇的清爽中落回了现实。

这个"罗兰橙汁"大概作用并不一般。

宁爷听到梅山的死讯，眼神只是一瞬间的游离，随即就喊着新住进极司菲尔小屋的两个老头立刻睡觉，早课的时间提早，不允许消极懈怠。

转眼又到清晨，早课果然被提前。不过，这并不是宁爷一时脾气所致。在宁爷的要求下，从这一天起，早课之后要加练一个钟的力量，提早完成"挺进租界计划"。

早课之后，极司菲尔小屋门前的荒芜空场，就成了老头子们的训练场。

空场正中央，原先是一处喷水池。圆形的水池里面是一尊动物雕塑，从仅存的部分来看，该动物有点像是长了翅膀的狮子，但狮子头早就残破，只剩下了不到半张脸。原本威严的狮嘴用来吐水，早已没了獠牙，只有一根锈迹斑斑的水管，楞柯柯地伸在外面，活像是一条寄生在猛兽体内的虫，终于破壳而出，结果遇光石化。而现在，这根暴露在外的狮口水管，再度被利用。一个草绳牢牢地绑在上面，草绳下坠着不知是谁扎的稻草人，像是洋人钟摆一样晃来晃去，紧实的草捆上插着六七把带红缨的飞刀。

是伏虎刚好射完手中一套飞刀。也不知道他到底想打的都是什么位置，飞刀东倒西歪，乱七八糟地插在草捆上。

牛二在伏虎身后最空旷的地方，左右手各端着一块看起来又长又重的木板，大概是在苏州河那边捡回来的破旧船甲板。木板

188

各夹在腋下，用手端着，花白稀松的辫子在脖子上只能绕半圈，光着膀子，扎着马步，眉头紧锁，汗流浃背，却又异常专注。

宁爷在老地方，扔石锁。

皆是认真得仿佛依旧有着活力。

叶勤并没有被要求参加这种加钟加点的晨练，却也并不在厨房。同样直到老头子们的晨练将近结束，才再次微微出着汗，回到厨房。

准备番茄牛肉汤时间不用太长，赶回厨房的叶勤把水烧上，看看外面老头子们的状况，算来时间绰绰有余。

熟悉的灶台，熟悉的汤。手上一步步地做着，早就不需多少注意力，而脑子里想的只是牛肉汤的营养，到底能不能对这帮老头子起到一点积极作用。

以及，天天呱呱乱叫要拜师的弟弟，今天怎么没来？

想到弟弟，叶勤又想起了昨天伏虎跟自己说的一大堆混账话。一想起伏虎，叶勤更是烦躁起来，这个人从头到脚都是彻头彻尾的混蛋，但是恐怕几个老头里，只有他看明白了什么，却又看破不说破，任由宁爷任性地干下去。竟是有种要英勇就义无怨无悔的豪迈。

呸！什么就义不就义的，太不吉利！

叶勤正暗自责怪自己胡思乱想，外面晨练的老头子们，就都进来了。依旧互相骂骂咧咧，依旧抢着要多吃两块肉。

就像都还年轻一样。

"小勤来啦？"

189

赶在中午之前到了罗兰，而店内只有老板一个人，就像恭候多时一样，正对着店门，和进来的叶勤热情地打了招呼。

叶勤"嗯"了一声，她只想知道到底是什么工作。

后厨忽而响动一番，从门后出来两个看上去还算干净的男人。罗兰的店里出现两个男人，着实让叶勤吃了一惊。不过，看到他们各抱了一箱东西，大概猜到这是从外面请来帮忙运东西的苦力。箱子里是什么东西？看起来挺沉的，还偶尔会听到叮叮当当的声音。

陶杏云从后厨追着出来，连连嘱咐："轻一点，慢一点，别把玻璃瓶碰碎了。"

看来，搬运的正是罗兰橙汁。

"小勤来啦？"

怎么和老板的话一模一样！

见陶杏云出来，林苟轻飘飘地走到她身边，说："你跟小勤说明吧。"

随后错身，去了后台里间。

刚才老板是不是拍了拍陶姐的肩？就跟打擂台交替上台的队友一样。

忽然，林苟又从里间门后探出头来："时间别太久了，第一次送，不能让客人们等。"

陶杏云皱着眉向已经关上的门吐了吐舌头，转回头来和叶勤说："咱们先把东西装上车，我慢慢跟你说。"

说是装车，实际上陶杏云和叶勤并不用亲自上手，两名苦力进进出出，一共搬了五箱，在陶杏云紧盯不放的目光下，装到罗兰店门口停放的一辆独轮车上。箱子都是扁平的矩形木箱，有盖子，所以看不到里面到底放了什么，但在装车时，陶杏云又去仔细观察了一番，里面肯定是装有玻璃瓶的罗兰橙汁了。只不过，从重量来看，每一箱只有一小部分装了的罗兰橙汁，剩下的还有什么不得而知。

独轮车的轮子左右各装两箱，两箱的高度刚好可以在轮子上面再架一箱，最后用绳子把它们绑紧。绑好以后，陶杏云还不放心，东拉拉西扯扯，试了试是否真的绑牢绑稳，才终于从精神紧绷中放松下来。

"嘻嘻，不好意思，弄得紧张兮兮的。但咱们罗兰开拓一点新业务，老板也挺上心的。第一次送，要是搞砸了，老板一定会摆臭脸给咱们看。"

"但是……到底是什么？"叶勤一脸茫然。

"什么？你还不知道？"

叶勤苦着脸摇摇头。最近每天来罗兰都是踩点到，一到店里立刻就开始忙碌地洗菜、备菜，把该烧的水烧上，该调的调料调上，再一抬眼，已经过了午夜，到了打烊的时间。打烊以后，匆匆打包员工餐，匆匆往回赶。回想起来，哪有闲暇了解店里的新业务。这样想着，叶勤不免觉得有些惭愧，抬不起头。

"后马路安仁里霍氏洋行，记得住吧？"陶杏云又在嘱咐着推独轮车的苦力，"霍氏洋行，别停在人家洋行大门口，找一个不碍事的地方再卸货。听明白了吧。"

叶勤听到这个洋行的名字，差点笑出声，这洋人的中文要是差到这种地步，干脆直接叫洋名算了，哪有给自己店铺名起叫"祸事"的，真是……忍着笑的叶勤突然意识到，难不成不是"祸事"，而是……

"小勤，你也记一下地址，以免他们走错路。"陶杏云打断了叶勤的思绪。

叶勤茫然地点头。

"最近老板一直忙里忙外地谈这笔生意。要是做成了，保不齐就是咱上海头一份了。"

"到底是什么？"叶勤看着独轮车上的五箱东西。

"嘻嘻，你说咱上海最多的是什么？"

"洋人？"

"算你说对一半吧。最多的是洋行。这些洋行呢，大大小小都是店铺，店铺就得有人来打理。有人来上工，那就得吃饭。你看看每天中午，四马路大街小巷多少洋行的人，跑来急匆匆找馆子，看上去是吃午饭，说到底都是趁着午休时间紧锣密鼓找地方果腹而已。洋行多数都在大马路、后马路或者黄浦滩，离咱们四马路少说也隔了两条街。一来一回，浪费多少午间休息的时间。咱老板立刻看到商机，这不是先谈下一家洋行，咱们罗兰专门给他们员工送午餐过去。他们全员的午餐，都在这车上了。"

"送午餐？"叶勤重新看了看独轮车。

"他们先订了一个礼拜的全员午餐，就看咱们做得如何，能不能让他们满意了。要是满意，日后长期订餐不成问题。这样一来，你看，以前咱们店中午空闲出来的时间，一下子就填补上了，而且还不用占我们的餐厅，就能赚到钱。咱们老板能想出这个点子，简直就是天才。"

"可是这样送过去，不是都凉了？"叶勤说完，才意识到自己怕不会是在泼冷水吧。

"嘻嘻，不愧是我最得力的助手，最关心的还是咱罗兰番菜的品质。我一开始也有点担心，但后来突然想到可以做三明治，一切就都解决了。黄油面包中间切开，夹上火腿、番茄、青菜、洋葱、玉米粒，最后用梅效尼司一调，就完成啦。又好吃，分量又足，还可以冷吃，简直完美。再加上咱不是还有罗兰橙汁吗，谁要是还不满足，那干脆就不做这家伙生意了，这么没品位的人，做起来也没意思……啊呀！光顾着说话了，赶紧出发吧，不然迟了。"

陶杏云惊呼着，就推着两个苦力，要他们赶紧启程。

叶勤日常总是穿着轻便的男装，看上去更像清秀内敛又有点身手的少年。她站在满载洋行午餐的独轮车旁，让陶杏云又好一阵看，且不禁赞叹地拍起手来："简直就是武功盖世押镖师啊，不不不，是俊朗少年才对。"

让陶杏云这么一说，叶勤一下不好意思起来。

"别紧张，老板把路都铺好了，你的任务只是过去打打招呼，混个脸熟。让洋行的人知道咱们也是出专人来送，就够啦。"

说完，陶杏云再次催着苦力，不许耽搁，赶紧走。

连推带念叨地赶着苦力推独轮车，看着未免有些好笑，在店门口磨蹭时间最长的不还是你陶姐吗？

只是，心里的调侃仅仅一瞬，走在独轮车一边的叶勤，更在意的是这个"霍氏洋行"，难不成只是巧合？

8. 老野狗

自从上海开埠之后，原本聚在广州、香港的大班们就纷纷往上海涌来。洋行一个接一个地开出来。一开始，主要集中在大马路和黄浦滩沿岸，之后越聚越多，逐渐蔓延到大马路周边，特别是后马路一带，成了小规模洋行的聚集地。

霍氏洋行就是这么一家规模不大的洋行，它不像怡和洋行那样有雄厚资本在黄浦滩给自己盖一栋高楼广厦，但好歹也是扎根上海已有三十年的老牌洋行，租下了后马路安仁里整个里弄作为洋行办公驻地。

后马路洋行街，和四马路的茶楼、饭馆把招牌挂得能有多显眼就有多显眼不同，在洋行街房子显得更整齐划一。多数洋行都独占一个石库门里弄，石库门口挂着自家洋行的牌子，不张扬，规矩得甚是无趣。

霍氏洋行与其他洋行亦同，有着最无趣的大门，和更无趣的装潢。石门框上雕着随处可见的天使浮雕，铁门紧锁，门口站有两个红头阿三门卫。

照陶杏云的吩咐，叶勤先找好洋行门前最不碍事的位置，让两个苦力把独轮车停好，自己到洋行门前，再看了看石库门上挂着的牌子，确认没错，便和门卫交涉。洋行的规矩基本相同，进门必须检查工作证明，即使是洋人，没有本洋行的工作证明，照样不得入内。

叶勤虽说不像沈君那样一直在女学堂上学，但之前比较空闲的时候，在庄小晨热情得过分的带动下，一起和老板学了不少英语会话。叶勤只是不喜欢主动去请求什么而已，一旦认真起来，会比任何人都要认真，况且她又是聪明的，学会这些难不倒她。

门卫看见是个中国人，还是个女孩子，本来很是不耐烦，奈何叶勤英语说得还不错，又拿出了临出发前陶杏云交给她的文书。两个门卫用根本听不懂的印度英语嘀嘀咕咕说了一阵，还是放叶勤和独轮车进去了。

石库门里面，是规整的里弄，左右皆是联排的二层楼房。

在出发时，陶杏云交代过，这次霍氏洋行的订单份额不小，因为在同一座石库门里弄里，有多家洋行自己的下属公司，人员多，订单自然大。不过，老板只谈下来一半的下属公司订购了罗兰午餐，所以在送的时候，一定要看清每个公司的门牌，千万不能送错。

有陶杏云的千叮咛万嘱咐，叶勤也多少明白为什么一定要有一个罗兰的人盯着，不然外面雇来的苦力，谁能像自己人那样上百分之百的心办事。

叶勤拿出订单，对照着里弄里联排楼房门前的牌子，指挥着苦力按份送餐。

"斯密斯公司，五份。"

苦力打开一箱，按数量取出里面的配送午餐。原来陶姐所说的三明治，是用油纸包起来的。一包三明治再加一瓶罗兰橙汁，就是一份午餐了。

盯着苦力把五份午餐送好，叶勤接着找下一家公司。

"友庆公司，七份。"

"上荣公司，四份。"

叶勤刚刚念完订单上第三个公司的名字，突然就愣住了。

上荣公司？

她看看订单列表，再看看眼前的门牌。没错，确实是"上荣公司"，一点没错。和弟弟说的正在工作的公司名一模一样。

又是巧合？

但这一天里，巧合未免多得有些过分。

此时两个苦力已经各端了两份午餐过来，看到叶勤盯着门牌发呆，一下不知发生了什么，以为自己送错了东西，手足无措起来。

叶勤意识到自己可能影响到了工作，立刻恢复常态，叫着两个苦力快把午餐送进去。不过，这一次，叶勤没有跟着进去，而是躲在了窗外，探头向里看了看。

四份午餐，代表这家公司里只有四人，屋里却有五个人。

上荣公司看起来就这么大，一间屋子，布置得像个小型公堂。五个人里没有洋人，有一个坐在正对大门的交椅上，穿着西装留着辫子，样子和那把交椅格格不入，却不难猜到，大概正是公司

196

的经理。另外四个人，三个站着，还有一个竟是跪在经理面前。

而弟弟，就在站着的三个人之中。

在苦力拿着配送午餐进去之前，看到弟弟正从跪着的那个人手里夺过去一张纸，那耀武扬威的嘴脸，全然没有他在伏虎面前低三下四的样子。

"交不上货，就要用房来换，天经地义。"弟弟拿着纸，冷笑着说。

看来是地契。

叶勤忽然想起弟弟之前说过自己的公司管了租界两成的地产，"两成"大概是吹牛，但管地产是没错了。但被抢走地契的人，留着辫子，是个华人。华人是不可能拥有租界内地契的，所以这个上荣公司是把控制地产的手伸出租界了？上荣公司只是霍氏洋行的一个下属公司而已，那么霍氏洋行除了做自己的海运生意以外，到底还有多少个下属公司在掠夺着租界外的土地？

不过，并没有更多观察的时间，两个苦力已经进到屋子里去。

经理样子的人，看到两个陌生人进来，当然是破口大骂，问是谁。两个苦力赶紧结结巴巴地回答，说是来送配送午餐的。经理继续语无伦次地骂着，倒是叶荣见到油纸包的三明治和橙汁，忽然意识到了什么，但没敢问出口，只是叫着老大，说一定是洋行本部给咱们订的，别跟这些没五没六的苦力较劲，尝尝本部的美意。

两个苦力放下配送午餐，逃了出来，只有跪在地上的那个照旧没能得到解脱。

接着送，就要到洋行本部了。本部是在另一侧的整栋楼房里，楼房门前再有一道门卫把守。叶勤再次去和门卫交涉，交涉得算是顺利，但因为刚才在上荣公司被吓得不轻，又加上本部里到处是洋人，两个苦力端着剩下的两箱配送午餐，显得战战兢兢，像两只被吓坏的松鼠。虽然成了一种麻烦，但刚好合了叶勤的意。她必须亲自进去确认一下，如果有这两个战战兢兢的苦力，反倒容易出什么岔子。

不必再和洋人们打交道，苦力们自是乐意，把剩下的两箱午餐丢下，就跑出了洋行的石库门，蹲到独轮车边上等着。

霍氏洋行本部的布局并不复杂，就是普通的石库门里弄住宅楼改建成的办公楼。而实际上，根本不需要任何深入调查，叶勤想要的答案已经尽显在她眼前。办公楼的走廊墙壁上，挂的全都是模样早就刻在叶勤脑子里的霍特·霍格的个人照片。

所谓的"霍氏"正是这个"霍氏"，看来是没错了。

弟弟所属的公司，就是在霍氏洋行旗下，而且他们在帮着洋人弄租界外的地产，又联想起弟弟最近冒出头，没来由地又来拜师，以及极司菲尔花园那片土地本身。

事情果然微妙起来。

而更直接让叶勤不适的还是墙上的照片。这些照片全都是霍特·霍格各种和马的合影，骑着马的，抚摸着马的，穿着马术套装的，穿着便服与马嬉戏的，张张得意扬扬、志得意满。

可真是够了。

就算霍特·霍格身兼霍氏洋行总经理和英美跑马会会长两职，在洋行的走廊里，挂如此之多跑马会的照片，还是让人觉得他根本就是个公私不分的自恋狂。

送餐就要一间一间办公室地亲自送进去，完全不会被人怀疑。不得不说，几间办公室送下来，果然有了新的收获。

霍氏洋行不像大马路上的大洋行都在中国有自己做实业的工厂，或者是直接有矿场，他们的主业是做海运贸易，也就是说只能充当大洋行掠夺中国资源的帮凶，赚点剩余油水。也是因此，在各间办公室的桌上摆放的，多是关于海运的航线航班安排，主要是些表格，叶勤只要把三明治送到经理的桌前就能看到。

这些乱七八糟的表格并没引起叶勤的额外关注，反倒是每间办公室里都有的架子，让她留意了。

在办公室的架子上，除了他们的日常文件以外，多是摆放了三两张照片。照片终于不是霍特·霍格，而都是摆放了该部门经理，也就是这屋子里坐着的洋人的照片。经理们统统穿着一致，马褂马裤马靴，左手马鞭，右手牵着一匹各不相同的马，背景则皆是跑马场。也有少数没有摆放照片的办公室，在架子上也或多或少有着"英美跑马会"字样的摆件。他们的老板是英美跑马会的头头，就算是为了投其所好，都去爱赛马——况且看上去，全体都是会员——比例未免有点过高了。

一开始就有的模糊猜想，越来越成型了。

不过，叶勤毕竟只是一个送午餐的，无法更深入去调查。但还有九天才到"猎纸比赛"，时间上绰绰有余。所以此时，当务之急更是要把宁爷交代下来的事先办了，猎纸比赛到底有什么问题，都排到安抚好宁爷之后再说不迟。最不济，率先把这里翻了就是，都要比宁爷发起脾气来好应付得多。

叶勤想定，就迅速把后面该送的午餐都送完，匆匆出了霍氏洋行，把空箱交给等候多时的苦力，自己接着去找宁爷的最后一个老哥们儿宝元了。

伏虎那个老混蛋只给出了"在英美租界的巡捕房找找看"的线索。没别的办法，那就在几个巡捕房门口盯着，终究能找到宝元吧。

英美租界里，正经的巡捕房只有苏州河南岸英领事馆旁边的一处和虹口那边的虹口巡捕房，但要说那些找到洋人靠山、私立起来的巡捕房，可以说随处皆是。供着一群为非作歹的家伙，仗着巡捕房的后盾，四处公然抢掠。如果只靠伏虎一句话，全英美租界十几个小巡捕房，根本无法找寻。但想到伏虎日常只是在四马路一带活动，能撞见宝元，恐怕也不会离四马路太远。

四马路周边，只有三个东倒西歪的巡捕房。全都藏在巷子里，平常看不出什么端倪，直到有要出勤的当口，巷子里就会冒出三五个甚至十个巡捕，像是要去打仗一样，号叫着往巷子外冲。要是路人看见，绝对能躲多远躲多远。实际上，他们出勤不外乎就干些龌龊的勾当，冲到打探好有闹事的茶楼酒肆，表面上维护治安，私下双方勒索，甚至亲自去绑架谁家的孩子，再上演一场出勤救人的好戏，回头去找事主索要报酬。

范围缩小到三处，叶勤来蹲守相对轻松不少。在四马路，只要等上不一会儿，就必定能听到某一处的巡捕房又敲起刺耳的出勤铃，冲出一群巡捕来。哪怕是在白天，他们也不会安分。

果然只等了大概半个钟的时间，就听到四马路中南边，接近治安最不好的五马路方向传来出勤铃声。铃声敲得急促，让人心烦意乱。叶勤听到铃声，立刻按照早就规划好的线路，不从四马路而是从小巷绕道赶去。

叶勤是从侧面赶到那处巡捕房的。巡捕房门口已经冲出六个巡捕，没有印捕、安捕①，包括巡长，全是中国人。

因为出勤铃吵得要命，也引来或多或少十来个围观群众。叶勤在不显眼的角落，迅速环视一番那些围观群众。她要做的，就是在这些人中，看能否找到宝元。

本以为在人群中找一个素未谋面的人，会有一定难度。但叶勤只是一眼，就看到了宝元。一个名副其实的野狗一样的男人。

衣着已经破烂得如同乞丐，就连辫子都是根本没有打理过的样子，蓬乱地垂在脑后，灰白枯燥。

巡捕们个个拿着棍棒，冲开围观的人，往五马路去。所有人都避之不及，只有那个乞丐一样的苍老男人，踩着一双快烂了的草鞋，尾随而去。仅此行为，已不必确认，就知道他是宝元了。

出勤铃敲得刺耳，但看巡捕们却一点不急。说是冲向某个案发现场，实际上只是大摇大摆地走，唯恐无人知晓他们出勤了。也幸亏他们没有跑起来，不然尾随其后的宝元，恐怕已然被甩掉。这个老头，不仅年老，腿脚也有什么问题，走起路来，佝偻着背，一瘸一拐。

这个时候肯定不能去拦下宝元，叶勤只好尾随其后，静观其变。

巡长带着手下，向着五马路和洋泾浜之间肮脏恶臭的街巷走去。那一带，因为是英美租界和法租界的交界处，双方全都推卸

① 印捕为印度籍巡捕，也就是前文伏虎所说的红头阿三。安捕为越南籍巡捕，因为越南被称为安南而得名。两者皆是英国人巡捕房找来干脏活累活的。如果巡捕房没有印捕、安捕，便可得知是中国人自办。最有名者，乃是法租界的黄金荣，可以说他是黑白上下通吃、雄霸一方的大流氓。

不管，成了名副其实的不法之地。

宝元尾随得十分认真，腿脚并不利落，但埋着头扶着墙，一步紧跟一步地追在后面。

大概是快到地方，巡捕们把铃收了起来，气氛立即肃杀。

巡长探着步子，轻声走到一间不起眼的破房门前。破房没有窗，巡长侧身站到门后，轻推了一下门。门上着锁没有推开。巡长示意躁动起来的队员们安静，躲在略远处的宝元随之缩了缩脖子，就像他也是巡捕之一似的。

站在门前的巡长又上下打量了一下这扇门，只是敲了三声，没有做出什么粗暴的动作。过不多久，里面传来迷迷糊糊的声音，似乎说着什么密语怪话。队员们听到，都看向巡长，以为巡长还把这里的进门暗号查了出来，结果巡长听到里面有人，二话不说，一脚就踹向了那扇破门。可惜，门太破，只能踹出一个洞，门根本没有踹开。其他队员立刻赶上来，帮着气急败坏的巡长拔脚。脚拔出来，巡捕们一拥而进，只留着坐在地上的巡长。

房间内又是打砸，又是求饶，又是哀号，乱成一片。随后是女人的尖叫声，巡捕们喊着"抓住抓住"，却不知怎么搞的，反倒让尖叫的女人跑了出来。披头散发，甚至衣衫不整，从房间里冲出来的女人，引起巷子里看热闹的人们一阵嘘声。

就算再不懂发生了什么的人，听到屋子里起伏不断的喊叫谩骂，也能明白一个大概。这间屋子八成是一家小妓馆，已经连续两个月没交管理费给这个巡捕房，因此巡捕房出勤，以"无照经营妓馆"的罪名，予以查抄。

老鸨和掌柜当场捉拿，妓女跑了两个拿到一个。财物搬出来两箱，多是些衣物和日常器皿，都算不上什么值钱东西。这次行动，看上去主要是以杀鸡儆猴为目的了。

有的押人，有的抬箱，有的扶着因为踹门受了点伤的巡长，敲起了事先准备好的锣，唯恐世人不知道他们刚才都干了些什么。这帮巡捕，来得快，走得更快。只要看不到更多油水，他们就会散掉，锣声吵闹着渐远，留下一间家具都砸到街上的破屋。

锣声更远了些，一直躲在一边的宝元，行动了。

宝元根本不顾及周围还有没有人看着，就直奔那间被砸的小妓馆。苍老的手扶在破了洞的木门上，没用力，门就又开了，佝偻着背一瘸一拐，就进去了。

看到此时，叶勤基本明白了宝元到底以何为生。

大概因为腿脚非常不便，又等了好一阵子，宝元才从里面出来，手里只拿了一件破马甲和两只茶壶。

他就是靠着巡捕们打砸各家店面，之后偷摸捡敛些财物。

简直如同一条老到全身长癞丧失基本生存能力的野狗。

叶勤皱着眉，却还是上前，拦住了满载而归的宝元。

203

9. 一群让人操碎心的老骨头

宝元见到叶勤，问都没问，直接跟着就来了。

要么是出了泥城浜，道路变化太大，要么是宝元的记忆力已经衰退得可以，直到他进了极司菲尔花园，才恍惚间明白过来叶勤到底要带他去哪儿，而见到宁爷，才终于想起了这位昔日大哥。

想起的不只是昔日大哥，还有他昔日的房间。可惜，那个房间在二楼，他只是在破败别墅的大堂里看了看塌掉一半的楼梯，便跛着脚直接去了梅山的房间，把门一关，直到傍晚才冒出个头到厨房领了叶勤留下的晚饭，活像一条野狗，叼着一口骨头，又钻回自己的狗窝。

而一旦来了极司菲尔小屋，就算是一条瘸腿的老野狗，也照旧必须完成早课。

清晨的极司菲尔花园，几乎可以说是躁动的了。

破败别墅外更加吵闹个不停，却并没有真正有成效的结果。

204

只是响着宁爷洪亮的号子和伏虎沙哑着骂人的声音。

叶勤则是和往常一样，踩着点，拎着肉赶回厨房，给这帮老头子准备早餐。

回来的时候，正是老头子们早课结束，开始力量练习的时间。

伏虎练着飞刀，牛二端着木板，宁爷扔着石锁，亦如昨日。唯有新来的宝元，不在空场上，而是躲在宁爷的视线死角处，坐在墙角卖力地哼哼着给空场上的人听。就算叶勤从他身边走过，他都没假装去比画两下。

就当他根本不存在，叶勤也是对这个宝元嗤之以鼻了。只是，令人厌恶的是，他来了，等于又多一张嘴，着实让人烦躁。

叶勤拿起新鲜的土豆，用小刀轻巧地削着皮，心情反倒平静下来。

在极司菲尔小屋做番茄牛肉汤，不可能像在罗兰那样素材齐全。牛肉和土豆可以备齐，但芹菜、红萝卜已然没余钱来买。葱头少不了，不然牛肉汤的腥味不好祛除，幸好不必太多，一锅汤，一只葱头即可。剩下的，全靠陶杏云教的番茄酱，来提色提味。特别是陶杏云说过的，在烧番茄酱的时候可以根据喜好加些香料。她记到心里，随即自我发挥，直接将葱头烧进番茄里，制成专供番茄牛肉汤的番茄酱——葱头番茄酱，同样只用一只葱头即可，前天做好封进坛子里，今天就可以用了。尝了一下，酸甜味道里多了些厚重，比之前做的那坛番茄酱更好上不少。不禁有些得意。

只是外面一阵吵闹，立即打断了叶勤的思绪，顿时让她又没了表情。

"去他娘的，饿死了！"是伏虎的沙哑嗓门。

叶勤看向厨房门，结果率先进来的并不是伏虎，而是腿脚最不利落的宝元。

宝元仍是那副衰老的野狗模样，完全无视叶勤，双眼直勾勾就向汤锅走去。灶台上已经准备好了碗筷，本来叶勤会给他们盛汤，但老头腿脚不利落，叶勤生怕他撞到自己，自己反倒会出什么意外，赶紧让开了路。干脆就都让他们自己来好了。

汤勺就摆在碗筷旁边，宝元抓着勺柄根部，几乎如同用手去锅里抓汤一样，舀了满满一勺的土豆和些许牛肉，扣在自己碗里，带着红汤的汤勺直接丢到灶台上。宝元拿筷子的动作和拿汤勺一样奇怪，手紧紧攥住的是筷子的头，像是把筷子当成手指在用，一副生怕被抢了还是怎样的模样，把脑袋整个埋进碗里去吃。

宝元吃时还在嘀咕："血淋哒滴的……"

用这样的词形容番茄牛肉汤，宝元已经是第三个了。叶勤真的不想解释，那是番茄的颜色，不是血色。

"他娘的！就知道你偷进屋吃上了。"

沙哑的嗓音，闯进来的自然是伏虎。只是随他怎么喊叫，宝元早就连抓带捏地把一碗汤吃完，把沾满红汤的手指，在裤子上擦了擦，全然不理会咆哮的伏虎。

伏虎太了解宝元的脾气，索性又骂了两句，自己解了气，就去盛汤。

叶勤本来不乐意伏虎先盛，但宝元已经吃完了，也不好拦着他，只得又躲远了些，随他去了。

和宝元一样，伏虎拿起汤勺就往汤底捞，满满一勺土豆不算，里面还带了不少的牛肉。叶勤看着生气，把自己的饭碗丢到一边，正要过来理论，却看到伏虎端着满满一碗番茄牛肉汤，说了一声"大哥"，递到了宁爷手里。

叶勤愣住了，结果正好伏虎又走到自己身边，呵呵一笑，满带得意。

这是明显的挑衅吧！叶勤一下更气了，咬着嘴唇，又不好发作。

接过碗来的宁爷，还是老样子，一言不发地吃。只要食物咬得动，他从来不做评价，多年来一如既往。叶勤甚至认为自己做出来的饭菜，根本没有味道。

接下来的一碗，伏虎是给自己盛的，中规中矩，两块牛肉，五块土豆，半满的红汤。叶勤更没缘由发作。

牛二也走过来盛汤，并且向生起气来的叶勤点了点头，默不作声坐到一边。

别看牛二长得吓人，倒真是个老实人。只是他吃起番茄牛肉汤来的样子，同样不能让叶勤心情好转。就和他的名字一样，简直如同一头牛在啃草。

"哦？今天用了新做的番茄酱？"叶勤耳边突然有个沙哑的声音说道。

她眼睛一亮，却立刻意识到这是谁在说话，心情一下复杂得更加烦乱。不过，她还是看向了伏虎，伏虎吃着最后一块土豆，面带笑容。只是这笑容，实在让人捉摸不透。

宁爷放下了碗筷，声音铿锵。

刚好是所有人都吃完的时刻，知道是宁爷要说些什么，随之纷纷把碗筷放到一边。

"人，算是又都齐了。"

宁爷坐在他吃早餐的专属椅子上，环视了一下厨房里的人。

伏虎还是穿着他那身凸显圆滚滚肚子的体操套装，跷着腿坐在灶台一角。牛二离伏虎最远，在厨房的另一端盘腿坐在地上，像一尊守着饭碗的弥勒。而宝元坐着厨房唯一的板凳，把瘸了的腿伸得笔直，斜着眼等着宁爷继续讲话。

"当年我们占了这个极司菲尔花园，荣耀风光。可惜好景不长，让黑心黑肺的洋人暗地里偷了便宜，害得叶兄弟去英国佬的衙门里讨公道，一去不返。咱们中国人都能进租界了，他们英国佬竟是抓着叶兄弟说是贼寇，直接问斩！都娘的是那个老霍霍干的好事！咳咳咳……"

宁爷突然说起了叶震球的往事，越说越激愤，一下咳个不停。本来已经开始收拾被吃得一干二净的汤锅的叶勤，赶紧放下手头的活，用灶台上的布擦了擦手，赶到宁爷身边，皱着眉捏住他的肩膀，捋着后背，一边制止老头接着说话一边帮他顺气。

顺了一会儿气，宁爷缓缓平静下来。

"兄弟们能再聚回来，老夫甚感欣慰。"宁爷的声音略有些衰弱，没有了以往的洪亮，捏着叶勤的手，似乎哪里还是在隐隐作痛，又看了看在座的几个人，停顿片刻，"可惜了我梅兄弟已经不在了。"宁爷向东北崇明方向拱了拱手，"但有勤丫头在，算是把老叶他那份给饶回来了。"

宁爷像是依赖着什么一样，又捏了捏叶勤的手。见宁爷没什么大碍了，叶勤放下他干枯的手，回到灶台边，继续收拾汤锅。

"还有八天，没想到机会来得这么快。虽然老夫已经等这一天等了三十年，把这栋破烂房子的顶子都等塌了。"

除了宝元低声哼了一声以外，没有人接宁爷的话茬。谁也没有这个颜面来接，守着这栋极司菲尔小屋几十年的，只有宁爷一个人。

一时间，厨房里死寂一片。

终于，还是有人打破了尴尬气氛。

"大哥，"伏虎从灶台上下来，双手后撑着说，"难得咱们老兄弟们都聚回来，干脆在这儿重新开个山堂吧。"

"啊？这是要开山立堂吗？"牛二听到伏虎的提议后，有些大惊失色。

伏虎嗤之以鼻地说："怎么？你还想先找当家的报告一下不成？"

牛二低着头没应答。

"报告倒是无妨，租界外乱坟岗去报告吧。当年的人，到现在还能活着几个？"

宝元打了个哈欠，全然不理会两人的争吵。

"大哥，咱敬你为大哥，就来说句话敲定吧。"

"可以。"宁爷一本正经地回答。

"行了！勤丫头，备酒来。咱们老兄弟再喝一次齐心酒。"

"哪有酒啊……"叶勤不满地嘀咕了一声，看向了宁爷。

虽然还是穿着往常的褂子，但此时的宁爷有了种正襟危坐的气势。

叶勤有些无奈，和宁爷已经一起生活了十来年，对他的脾气再清楚不过，知道此时宁爷是认真了。

"我去烧点水，以茶代酒吧。"

"以茶代酒，好！文雅，有意境，是咱们应该做的。"

真不知伏虎的兴奋点落到了什么地方。

"但不能在这里喝，不成体统。"宁爷说。

"对对对，得找个庙，有庙才能叫开山堂，人倒是齐全了，但没庙成何体统。"伏虎忽而皱了一下眉，想起了什么，"喂，对了，说到人齐全了，那个牛皮糖一样的小赤佬跑哪去了？这两天一直没来过。"

让伏虎这么一提，叶勤立即又想起了前一天在霍氏洋行的所见，要确认的事情太多，要为这帮老头子们做的事情也根本不只是每天做一锅番茄牛肉汤而已。

"那个废物，不来正好，腻腻歪歪的，闹心。"宁爷不屑地哼着，把下巴抬得比额头都要高了。

伏虎听得沙哑地哈哈大笑起来，一边笑一边看着叶勤。

叶勤瞪了伏虎一眼，转向宁爷说："这附近哪有什么庙啊，你们就踏踏实实在这里喝茶不行吗？"她一时并不想提及弟弟。

"规矩就是规矩，没了规矩，那还能算人？"宁爷越犟越起劲。

"从花园出去，向东走三里路，有个观音庙。从小屋出花园，还要走一里路。"

听叶勤这样说，宁爷不服气，但看看在揉腿的宝元，和双腿浮肿的牛二，鼻子都皱成了一团，最后只好大声宣布："哼！八天之后是场恶战，养精蓄锐要紧，开山立堂，一律从简。大仇报后，隆重补回。"

坐在灶眼上的水壶喷出了蒸汽。叶勤把刚刚刷好的碗重新摆好，碗中各放了一小撮茶叶碎渣，再用滚烫的开水一冲，茶汤立即成了淡黄色。

茶太烫，叶勤只能一碗一碗帮几位爷爷端。

牛二说了声"谢谢"，宝元缩着手，也接了一碗。伏虎根本没等叶勤去端，自己就拿了一碗，随后叶勤把最后一碗茶交到了宁爷手里。

"对不住了，这是我们几个老哥们的事。"宁爷接茶的时候说道。

这是宁爷第一次说出疑似道歉的话。在为自己没能邀请叶勤一起开山立堂而道歉？未免把事看得太重了些吧。

"勤丫头，再沏两碗茶。"

宁爷吩咐了一声，率先起身，端着自己的一碗茶，向厨房外破败别墅的大厅走去。另外三个，端着茶，没了争吵，一同去了屋顶破开、能看到缕缕朝阳的大厅。

叶勤端了两碗茶出来时，看到几位老人已经盘腿坐在大厅中央。宁爷坐在最前面，伏虎、牛二、宝元并排坐在宁爷后面，每人面前都摆了一碗茶，面目严肃。叶勤端着两碗茶过来，宁爷微微点头，让她将茶放在自己茶碗的左右。随后，叶勤退到一边。

开山立堂，一般都需要在人迹罕见的深山古庙中举办仪式。宁爷一句"一切从简"，就把仪式放在极司菲尔小屋里进行了。不过，这个荒废花园中的破烂别墅，说人迹罕见倒也没错了。

所有人都在等待宁爷。宁爷像是在等时辰，双目微闭十分沉着，等到了某一时刻，终于开口。

"窃思，"宁爷声音洪亮如雷，"国事蜩螗，正英雄建业之秋，虎踞龙盘，本豪杰立功之地。稽古帝王，乌牛白马，告天地而起义桃园，破黄巾而三分鼎足……"

不愧是被推举为正龙头的宁爷，开山立堂的进山柬，竟是出口成章。或许几天来老头子一直就在琢磨这事，早已做起了准备吧。

进山柬主要就是昭告天地的誓文，倒都是差不多的内容，四六骈文，要的只是咏诵时惊天动地的气势。

"爱国爱乡，端赖我始，恢复道德，胥在我辈……"

终于，渐进尾声。

"英雄聚会，豪杰同心，义声震山岳，仁德扇华夏，所厚望也。此处有……"

进山柬咏诵一顿，宁爷端起自己的茶碗，将茶一饮而尽："宁士勋。"

随后是伏虎，同样茶水一饮而尽："魏伏虎。"

"牛二。"

"宝元。"

"叶震球。"宁爷拿起左手边的茶碗，将茶洒到地上。

"梅山。"右手边的也洒掉，"甲午年五月十五日巳时进山，是日午时出山，此告开立。"

语毕，开山立堂仪式，就此完结。

随之气氛一下轻松下来。

原本坐得笔挺的宝元，瞬间又全身塌了下来。牛二倒是还在很认真地回味，但同样没有像刚才那样坐得端正，双手向后撑地，喘个不停。

包括伏虎在内，没一个人站起来。

一直站在一边静观的叶勤，心中冷笑一下，赶紧上前几步，

212

去扶宁爷。这次宁爷没有闹倔脾气，任由叶勤架着，才终于站了起来。

"呵，坐时间长了，腿给压麻了，不碍紧不碍紧。"宁爷站稳了脚，立刻找了说辞。

叶勤早就习惯这个为了颜面必须逞强的倔老头，只是回头看看另外三个，说了声"你们自己起来吧"，就扶着宁爷往他的房间去了。

山堂又重新开了，以茶代酒的齐心酒又重新喝了，几个老头再次聚到了宁爷的房间。

"大哥，"话最多的永远是伏虎，"进山崃咱们是开了。出山崃，不如趁热打铁也一起开出去得了。"

"这还用说？勤丫头，给老夫备纸笔去。"宁爷挺着脖子说，但从他眼神里显然能看出，出山崃这种招贤纳士的文书，他是一点都不想开。几个老头子开的山堂，真发文书出去，岂不是要丢人现眼？

叶勤当然一眼看透，立刻顺着宁爷说："咱们哪有什么纸笔！别动不动就瞎指使人。"

"啧，也罢，也罢。来日方长，你进租界，买回来再开不迟。"

"话是没错，不过……"竟是宝元在说话，"既然已经开了山堂，怎么也要做点什么，才像话。"

看着宝元那双泛着灰白色的眼睛，贼溜溜地转，显然是在打什么有利可图的主意。

"这样如何？"牛二也加入讨论，"勤丫头整天忙里忙外的，就帮勤丫头解决一点困扰如何？"

213

不要！叶勤内心哀号起来，你们全都离我远远的就是帮了大忙了！

伏虎看向叶勤，好似已经一眼看透她，笑眯眯地说起来："困扰啊，可是你日常都跟大哥在一起，能有什么困扰呢？哦对了，听说你是在一家什么什么的番菜馆上工对吧？"

一阵不祥的预感袭来。

"番菜馆……"提议的牛二，念叨着陷入沉思。

"有了！"宝元眼睛一亮，"三角地菜场你们听说过吧？净是些洋人贵妇去买洋菜的那个地方。"

"废话，谁没听说过。赶紧接着说。"

"这半个月来，菜贩肉贩们闹得凶得很。"

"因为什么？"

"谁都知道，那地方原本就是一小块空场，几个菜农收了菜就挑着担子去那里卖。结果可好，洋人愣是拿出什么病瘟呀规矩呀，这个那个各种条目，哄他们走人。不走人，就动粗的。农民都胆子小，转眼全跑了，等着风头过去再回来。结果你猜怎么着，回来一看，空场都没了，愣是让洋人盖起一栋大棚子来，带顶子带围墙。里面各有各的台子，农民们一打听才知道，原来洋人哄他们走，就是要把那块地方圈起来，从免费被农民占用，变成都得交租子才能用地做生意。你说这混蛋不混蛋。"

"……这都哪年的老皇历了，还用得着你说，赶紧说重点。"伏虎已然到了忍耐的极限。

"这不就是重点吗？重点就在于，那帮没出息的农民，一看有不少洋人来买菜，还能把菜卖高价些，尽管人家洋人收租子，好歹也算是赚了，就又都认了怂。说是相安无事了吧，可是今年，好死不死的英国人突然说要涨租子。农民当然不干，哪有说涨就涨的，这还让不让人过活？可是英国人也蛮得厉害，说了这菜场本来就是他们的，想涨租子有什么问题吗？不想缴租子就走人呗。一来二去，农民又舍不得赚钱宝地，又不乐意多缴租子，整个菜场都僵在那里了。你们说，番菜馆没地方买菜了，算不算天大的困扰？"宝元得意地说。

算什么困扰！你们哪明白我们番菜馆怎么进菜的……有没有菜场，影响没有想象的那么大。叶勤皱着眉，但不想顶嘴。

"很好！又帮了勤丫头，又对付的是洋人，很好！"宁爷大加称赞，"正好在大事之前，扬扬威名。我们走，立刻去三角地菜场。"

怎么这么容易就决定了？

叶勤心里只想着赶紧再去弟弟那里造访，弟弟绝对有问题，事不宜迟才是。可是现在……看看时间，姑且算早，又都是往租界方向去。只能先解决一个麻烦，再顾下一个了。不跟着老头子们一起，万一出什么意外，更是麻烦。

真是一群让人操碎了心的老头！

10. 古刹静安寺

去虹口三角地菜场，当然是乘船。

极司菲尔花园里面不可能找到车，要是让叶勤先出去找车再来接，时间上又要耽搁不少，况且短短的一点距离，找车开销都不值当。几个人只能步行穿过极司菲尔花园北部到苏州河。

因为常年来极司菲尔花园没人涉足，出北门的路早就是杂草丛生，树也都因常年无人修剪，而长得肆无忌惮，姿态狰狞。

叶勤扶着宁爷走在最前面，伏虎在后面像是在和宝元吵着什么，但只能听到伏虎骂骂咧咧，宝元的声音压低得只有伏虎才能听到。

在人声的聒噪下，四处窸窸窣窣声依旧可闻，生活在废园里的那些外面根本见不到的稀奇古怪的动物，受到惊吓一般，消失在整条丛林小径四周。

一行五人走在残垣断壁之间，穿过荒芜废园的杂草树丛，竟是有一种洋学堂老师带着学生去野营探险的奇妙感，只不过现在是一个纤细的女孩子带着四个其貌不扬的老头子而已了。

出了半是锈死的极司菲尔花园北栅门，正对着的就是苏州河。

华界地段的苏州河不像租界那边建着堤岸，架着一座座大桥，还保留着原始的河滩。河水波浪拍打着河滩，没有黑乎乎令人压抑的蒸汽巨轮，只有沙船在河道里行驶。大型的沙船原本是苏州河运输的骄傲，此时看来竟是带上了些许田园牧歌式的恬静。

只是十来年前，有一个不知道叫什么的传教士在附近又买下一块地，开了一个名叫圣约翰学院的洋学堂，让这个田园牧歌式的地界，多少又沾上了一点洋味。

码头距离极司菲尔花园不远，老头子一行，缓缓向码头走去。

刚开走一艘装满货物的沙船，码头上的工人们，三三两两凑在一块，光着膀子歇脚。也有两个没脱褂子的，恐怕是上一趟活儿休息的。

这个码头时常会有野鸡舢板接去租界的活儿，几个人蹒跚走近，正探着脖子找。那两个没脱褂子的人，突然凑在一起，窃窃私语了两句，一溜烟跑没影了。

一开始，以为是早些年宁爷在这边码头做工时认识的人，可是看年龄又不大像，更何况跑得这么快，就更对不上了。

反正人已经跑没影，干脆随他们去吧。宁爷哼了一声，让叶勤去叫船。

舢板载着五人顺流直下，一直到外白渡桥里面，向该处的野鸡码头停靠。

还没靠岸，就看到码头上排了一队的人，个个都面带凶相，

217

对驶来的船虎视眈眈。包括几个老头在内，见到这种架势都紧张起来。那些人显然是知道他们的船要抵达这里，提前到码头等候的。

船夫有点害怕，但架不住宁爷这个老头子强硬要求必须立刻停靠，只得在一队人的眼皮底下，战战兢兢把船靠岸了。

本来去三角地菜场，叶勤心里就是不同意的。可是她知道，要是拗着宁爷来，麻烦更大。

岸上一共五个人，身材都不算高大，但正围着码头的引桥口，现在看来，如果发生什么冲突，只能正面迎战，以一敌五……

叶勤咬着牙，想着速战速决的办法，至少先让宁爷安全登岸脱离战区。

忽然有人拍了拍叶勤的肩膀，紧张的叶勤像被泼了冰水，全身一抖，立刻回头去看，是伏虎。他笑了笑，像是在称赞，却静得异常。

船靠岸了。

"大哥，您先等等，我来。"

伏虎手扶着引桥的木桩，登上了岸。他在出发前已经换下那套晨练早课的体操套装，穿回日常的长褂马甲，从背影上看，更像是一个家境没落的老财主，一丁点昔日的英姿都没有。

完全不知道将会发生什么，没想过冲突会来得这么快。

伏虎走向了码头并排的五人，因为身位又在伏虎的后面，出手更抢不到先机，叶勤更加紧张几分。

而五人见伏虎走近，忽然一齐向伏虎深深鞠了一躬。

"虎爷，欢迎回家。"异口同声，齐得惊人。

"呵。"伏虎走到了五人面前，冷笑一声，"你们派人跟踪追查咱？"

"不敢，虎爷。"依旧异口同声。

"少他娘的装蒜，你们这群人渣。"伏虎的语气倒是略显平和。

"不敢，虎爷。"

"废话咱不想多说，从今天起，咱不再是你们的老大。"

"虎、虎爷？"连打磕巴都异口同声。

"听好了，从今天早晨起，咱就已经是宁山堂的人了。正好你们在，给咱宁山堂宣传去吧。"伏虎回身，去扶宁爷上岸，并又叫了一声"大哥"。

宁爷点点头，足有大哥的气派，只是老得有点让人可怜。

五个人看到宁爷这个干瘦的老头，似有似无地都冷笑了一下。

"虎爷，"终于不是异口同声，而是站在中间的一个单独说，"您这是要退隐的意思？"

"退隐？老子他娘的是要重整旗鼓，你们他娘的竟然说老子要退隐？"

这大概是叶勤见到伏虎后，第一次听到他不用"咱"而是用了"老子"来自称，不知道之前他是不是一直在压抑自己。这个时候，似乎有什么已经开始改变。

整个码头突然间变得肃杀。

五个人不再像一开始那样毕恭毕敬，瘪三无赖的本性显露无遗。

"虎爷的意思是，要把兄弟们弃之不管了？"

"兄弟？你们这帮瘪三人渣也配当老子的兄弟？滚啊！别让老子说第二次。"

伏虎把骇人的刀疤脸扭曲得更加狰狞。可谁会怕一张脸呢，五个人摩拳擦掌，这是要动手的架势。

"伏虎，你退后，这种事你搞不定，让大哥来。"

宁爷扯开衣扣，动作豪气，可惜露出的是骨瘦嶙峋的胸膛。

"大哥，五对五，我们一起上。"

在宁爷和伏虎已经站到码头平台上时，牛二才吃力地登上了引桥，随手拉了一把，将宝元也从船里提上了引桥。

叶勤用余光瞥了一眼引桥上的两个人，张牙舞爪煞有介事，她不由得叹了口气，心想你们两个怎么也要添乱。

就在叶勤迟疑时，宁爷大喊一声，震得叶勤的耳朵都嗡嗡直响，结果迅速动手的却是伏虎。

只见伏虎一个箭步，已经一手抓住了五人中领头那个家伙的衣领，拉到自己脸边。

随后，用近乎只有那人才能听到的声音说："老子床底铁匣子，里面全是欠条，够他娘的你们活三年五载。"

"铁匣子，呵，打开那个得费兄弟们多少力气，钥匙呢？"

"在老子的烟袋里！老子烟袋就在老子的屋里！滚呀！趁老子还没改变主意。"

原来那杆烟袋里还藏了钥匙，怪不得……

被拉着衣领的那人，一把甩开伏虎的手，冷笑一声，叫着另外四个走了。

其他人多半没看懂到底发生了什么，宁爷又朝五人背影吼了一声，大获全胜一样。

原本几个老头走到北门的码头，就花了不少时间，再在这边码头耽搁了一阵，等他们走到三角地菜场，菜场已经闭市，别说

220

来滋事要钱的洋人，就连摆摊的菜农肉农，都已经收摊走人。铁栅栏门关闭，链锁紧锁。往里看看，大概因为近来有摊位费的纠纷，菜场的管理全部停滞，没有人打扫卫生，有些腥臭气溢出。

见来晚了，白跑了一大趟，几个老头都有些沮丧，大概只有叶勤是真心松了口气。不过，这时也不好提议立刻回去，只能静观。

"该死的洋人，收不到钱，连卫生都不打扫了吗？！"

这个时候，宝元气急败坏起来，其他人的情绪又被带动。

伏虎冲向栅栏门，一脚踹上去，大喊着："洋鬼子都给老子滚出来说话！欺负我们老百姓，你们他娘的还是人吗！对！洋鬼子都是鬼子，没一个是人的！都他娘的给老子滚出来，当他娘的什么缩头乌龟！"

虽然平时都是庄小晨来菜场采购，但作为番菜馆主厨助手，叶勤对菜场自然还是了解甚多的。菜场这种地方，就算没有关门的时候，管理者也不可能说撞见就撞见。能在菜场里看到的洋人，只有那些洋人家庭主妇指使来买菜的越南或者菲律宾小厮而已。管理者们都躲在工部局豪华的大洋房里悠然自得地喝着下午茶，谁会来这种地方。

不过，在伏虎的煽动下，牛二已经从旁边拖来一块门板一样的木板，看来是要用这东西把铁栅栏门撞开。

何苦要胡闹到这种地步……

叶勤无奈地喊了一声："都住手！"

突然一声喊，而且来自于日常里一直沉默寡言的叶勤，所有人都被惊到。

叶勤狠狠瞪着伏虎，刚要继续，宁爷缓缓走到叶勤身边，拉住了她。

"行了，别白费劲了。"宁爷语气平缓，倒是有几分领导者的冷静，"今天是开山立堂的喜日子，方才伏虎也给我们挣了颜面，况且那帮家伙也会帮我们把山堂宣传出去，第一天，够本了。别忘了，重点是八天以后。今天就放过这帮洋鬼子，他们早晚会跪在我们面前磕头求饶。"

宁爷都这么说了，其他人自是不能再闹。牛二把木板放回原处，宝元已然退到了牛二身后，只有伏虎仍站在菜场门口，显然心中满是不爽，无处宣泄。

"回吧。"

"我去店里了。"叶勤放下宁爷的手，说道。

宁爷像是已经极其疲惫了，点点头，没有吭声，默默往外白渡桥方向走去，才走了几步，又住了脚，缓缓转身说："勤丫头，再托你办最后一件事。"

最后一件事？叶勤有些疑惑，走到宁爷身边。

"帮牛二寻摸两把长矛。他没有长矛，不像个话。"

终于把几个老头送上回极司菲尔花园的船。看着一艘载着闹哄哄一群老头的舢板在苏州河上远去，叶勤心里想的只有一件事，那就是无论如何都一定要让宁爷能安度晚年，其他的全由自己来扛就好。

看看天色，时间尚早，干脆先把宁爷新交代的任务给办了，再去完成自己要做的事不迟。

只是好不容易从西郊来租界，现在还要再赶回去一半多的路才行。

长矛不难找，难找的是不会闪了牛二的腰的长矛，而且还是两杆。

幸好就算是禁止民间贩卖武器，在华界的黑市上还是什么都能弄到。

实际上，黑市里什么都有，未必只是那些违禁货品，还有海边渔民开船出海走私回来的高档货。可以说，只要有本事进去，又有识货的眼力，就一定能弄到想要的东西。一说到市集，或许众人先联想到的就是南市的城隍庙。只是所谓黑市，自然不可能太过明目张胆，多是隐蔽在不为人所猜到的地方。

叶勤因为之前时常要给宁爷跑腿买些根本用不上的刀剑当摆设，也有着自己熟悉的黑市，那个黑市正是在那种隐蔽的地方。地点便在古刹静安寺里。

静安寺着实是一座极为奇特的寺庙，相传有着千年的历史，地基高过路面一丈有余，上面是层叠堆砌的楼宇。

叶勤走到静安寺山门前的鎏金四面狮吼像下面，左右瞅了一眼，见没人注意，便一侧身，从一道几乎不会被人注意到的墙体夹缝之间，钻了进去。

钻进这道墙缝，并不需走多远，顶多十来步的样子，便钻进了古刹静安寺异乎寻常的地基内部。

一片乌烟瘴气、人声鼎沸的暗黑世界。

地基内部，当然没有自然采光，以前是靠四周围墙摆设的火把，以及内部相隔些距离就有一座的火柱来照明。四周虽然都有通风孔，烟熏火燎也够一呛。而近些年，上海通了电，静安寺住

223

持立刻也给地基内部拉进了电线，一时间地基内部亮了起来。但电费昂贵，电灯仅有五盏，仍需部分火把将光照补足。

因为场地空间终究还是有限的，随着越来越多的黑市商贩涌入，让摊位变得更加拥挤。几个板凳架着一块木板，就算是一个摊位。来买东西的客人，只能在狭窄的甬道中挤来挤去。万一不小心碰到哪个摊位的货物，管它是掉到地上还是莫名碰坏，都少不了一番互不相让的争吵。但争吵归争吵，没有人会因为这种事情而大打出手，因为这里有不少和尚看管。据说和尚们还都去少林寺进修过拳法，就算只是传言，也没人敢惹。

"哎哟！这不是叶家姑娘吗？"

在叶勤走近自己熟知的摊位前，摊主主动打了招呼。在火把和电气灯的映照下，摊主的脸泛着黑红的光。

旁边的摊主像是新人，看到过来的是个姑娘，吹起了口哨。

结果脸泛红光的摊主立刻给了吹口哨的家伙一拳，大吼道："你不要命了？"

吹口哨的家伙还没反应过来为什么挨打，脸泛红光的摊主已经在问叶勤这次来是想要点什么，他都能立刻去置办。之所以这个摊主对叶勤这么毕恭毕敬，是因为几年前第一次见到叶勤来到自己摊位前时，也因为她是个姑娘，不仅吹起了口哨，还没五没六地说了一大堆挑逗淫邪的话，根本没打算做这个姑娘的生意。随后，他立刻吃了叶勤的拳头。也许在一开始，他还对驻扎此处的和尚们抱以一丁点儿的期待，但叶勤的速度太快，根本没惊动到和尚，就已经把他打得服服帖帖。从此叶勤也成了他的老主顾。

换个角度来看，叶勤之所以一下看中这家摊位，也是因为只有他家是专做武器生意的。一来，这种专精一些的卖家，相对来说更值得信任一些。二来，自从小刀会之后，上海地界一直太平，专做武器生意的黑市摊主越来越少，能找到一家实属不易。况且他家的武器实在全面，小到匕首、飞镖，大到砍刀、朴刀，甚至连火铳、洋枪都有得卖。宁爷经常会有一些稀奇古怪的要求，大概也只有他家能不太费心就满足了。

叶勤先是看了看他的摊子上，和往常一样，没什么大物件，如果想要长矛，需要跟他订购，况且她想要的长矛还比较特殊，虽然自己脑子里已经有了构想，但具体实施也还是需要武器摊主这种经验更丰富的人来做。

不必有太多的开场白，叶勤直接把自己设想的讲给摊主听，并且强调是给老年人用的，所以一定要看上去又粗又长，但绝不能重，能有多轻就要有多轻。

"轻是不难……难的是轻了没法保证杀伤了。"

"一个肥胖老头，还追求什么杀伤。不伤到自己就万幸了。"不知为什么，每次到静安寺地基黑市来，她反倒会放松不少，"不过，我说你，怎么没精打采的？在外面让谁打了？"

摊主忽然被问，一时愣住。倒是旁边那个吹过口哨的新人摊主又来多话："他还能没精打采？这两天发大财了。"

"别听他瞎说。"武器摊主皱着眉说，"只是接了笔大单而已，忙得要命，觉都睡不踏实。"

叶勤又扫了一眼他的摊子，摆放的东西确实有点少，而且几乎没有什么高级货，往常引以为傲的几种洋枪，此时一杆都没有了。看来他说的这个大单，是把他能拿得上台面的存货都掏空了。

"随便吧，但我这个你不准糊弄。两杆，数也不能少了。"

"看你说的！我什么时候糊弄过你叶家姑娘啊。"摊主就像又被揍过一样，赔着笑脸说，"我明天就给你置办好了，直接送到你们那个园子去。"

"劳烦你了。"

叶勤丢下订金，就从黑市离开了。

还是外面的空气舒服一些，静安寺地基里面，空气浑浊得像是患了痨病的肺。

11. 狩猎

叶勤再次申请为霍氏洋行配送午餐。

已经隔了一天，忽然又要去送餐，看上去实在刻意。可是老板似乎毫不在意，听了叶勤的申请以后，只是轻描淡写地说了一句"没有额外的钱给你"，就离开了餐厅。倒是陶杏云探着头，把她们两人对话的全过程都看了，才匆匆又钻回后厨。

好像很在意？很多时候，搞不懂陶姐她到底都在想些什么。

叶勤无奈地去了里间更衣室，换了自己的后厨工服，开始工作。

罗兰近期生意依旧不错，上座率基本上能保持在八成左右。生意好了，工作量也上来了。不过，稍对后厨进行了一点点改建，增加了一个炉眼、一个烤炉、一个新的操作台，对于后厨两人来说，目前还能应付得过来。这样一来，虽然看似需要操作的东西变多了，但差不多可以提高一倍的效率，只要规划好每单的操作流程，工作反倒变得轻松不少。

虽然轻松下来，往常的陶杏云和叶勤，也并未偷闲地聊过工作以外的话题，直到此时。

虽是叶勤先主动开的口，但那是因为她感到陶杏云总是在有意无意地瞥向自己，似是在期待她主动开口。

"陶姐……"

"嗯！"

回应得也太迅速太刻意了吧！

陶杏云单手用擀面杖拍着砧板上的猪排，头则转向叶勤，满眼期待。

叶勤切着用于炖汤的红萝卜，微微叹口气，管不了那么多，直接问道："陶姐，那个霍氏洋行的老板是谁你知道吗？"

"听咱们老板提过一嘴，叫霍什么霍什么的。"

果然是他们。

随后的几个小时，直到打烊后，叶勤都没再说话。

"小勤，"陶杏云叫住了准备离开的叶勤，"其实，咱们老板，有的是办法。"

叶勤没有回应什么，离开了。

送餐的苦力还是前天的两个人，就算已经送过两次餐了，此时依旧不太情愿去给霍氏洋行送。听到叶勤说本部还是由她来送就好，才终于感到解脱，差点一屁股就坐在了独轮车旁边。

独轮车上路，叶勤却要求稍微绕点路，从泥城浜沿岸走，经过三马路口慕尔堂的中西女塾。因为她事先约了沈君在学校门口碰面。

约沈君的目的显而易见。

白天要在极司菲尔花园照顾宁爷，晚上要在罗兰打工，几乎全天的时间都被占满，造成叶勤的交际圈相当狭窄。在她所认识的少得可怜的几个人里，能接触到洋人的，只有老板和沈君两个。老板肯定是请不动的，没必要自讨苦吃，所以叶勤想要进一步获取信息，只能求助于沈君。

幸好叶勤的性格本身就相当直截了当，不用任何铺垫，直接跟沈君说希望她能帮忙找到"霍氏洋行"和"英美跑马会"的注册文书。原本就极为沉默寡言的沈君，没有拒绝，连能不能成都没表现出来，点点头就同意帮忙了。

其实叶勤没抱太大希望，结果早就等在中西女塾门口的沈君，直接塞给了叶勤一个小册子。随后，她正好瞅见停在路口的独轮车和两个苦力，方才的自如全无，一溜烟钻回了学校。

有点吃惊的叶勤，在继续赶路的途中打开了那本小册子，就更惊讶了。

根本不知道沈君是通过什么渠道，短短半天的时间，就能把一个洋行和一个俱乐部的信息找得如此完备。小册子上，竟是连洋行的股权分配、家族谱系都清清楚楚。

果然两个都是霍特·霍格的产权。叶勤更加确认了这一点。

实际上，叶勤想通过沈君了解到的，并不复杂，只是想看一下两个机构的人数，大体判断它们之间的关系即可。而沈君的小册子上，竟是把所有注册的在职员工名字都抄了上去。

人名逐一对照下来，倒是更能确认叶勤的猜想了。所谓的英美跑马会的会员，完全都是霍氏洋行的员工，也就是说，该俱乐部不过就是霍氏洋行的另一种形态而已。那么，英美跑马会的活动自然就是贯彻霍氏洋行，或者说是霍特·霍格的意愿了。而七天后英美跑马会的猎纸比赛，其目的岂不是已经不言自明？

原本以为有了沈君的小册子，再进霍氏洋行只是走走形式，结果竟又出乎意料地有了新发现——让叶勤更加不安的新发现。

除了没有去弟弟的上荣公司以外，本是和昨天一样的送餐流程。但进了本部，整个气氛都和昨天不大相同。时隔一天，人们似乎都变得极为忙碌，甚至是慌忙起来，有如战前准备和动员。

混乱的环境，对于一个潜入者来说，当然是好事。只是叶勤手里还抱着沉重的餐盒，要是被人撞到、打翻，就不好隐藏自己了。小心翼翼躲闪着来来往往的人，终于在送到第五间办公室时，透过办公室朝向天井的窗子，看到了他们忙碌的根源。

在天井里，已然堆放了十来杆洋枪。仅是叶勤把三明治送到该办公室的经理手中的短短时间，天井里就又堆进来两杆。

洋枪。而且显然是刚刚订购到货的洋枪。

就算是没什么自由时间的叶勤，也都知道洋人在华界打猎伤人事件的报道早就是报纸里的常客。可惜的是，中国老百姓伤了甚至死了，即便报道了，也会被算作"意外事故"，赔上个把的钱，不了了之。

猎纸比赛同样是狩猎的一种，误伤几个人恐怕早就被默认是情理之中。伤到致死与否，又有谁会在意，特别是如果伤的还是华人，还是不中用的老头子们。

原来这个猎纸比赛，叶勤再往坏了去想，也没有现实来得残酷。

午餐很快就送完，接下来，七天后要发生在极司菲尔花园里的猎纸比赛，早已超出了宁爷所在意的争面子的范畴。

现在霍氏洋行已经有多杆洋枪准备就绪，就是要在荒无人烟的极司菲尔花园里制造事故了。再想到弟弟所在的上荣公司，正在帮助霍氏洋行掠夺租界外的地契，他们办这次煞有介事的猎纸比赛，目的变得再明确不过了。极司菲尔花园这么大一片无主之地，有谁不看着眼馋。可是，有当年爷爷叶震球的官司壮举，这片荒地恐怕让霍格一家百爪挠心了三十年，又望而却步。

看来他们是终于想出了最佳的收地点子，还找到了最佳人选来利用。

呵，这个愚蠢的弟弟，恐怕都不知道自己在做什么，又会有什么样的后果，只是一味地想讨好洋人老板而已。

爷爷的威慑力确实旷日持久，但爷爷早已不在，守护他的旧友们的重任只能叶勤来承担了。

只是宁爷的那个倔脾气，就算是摆事实讲道理，把霍特·霍格的阴谋全盘托出，他也不可能在此时收手，甚至还有更激烈的反抗也不好说。因此，不惊动宁爷才是正确的选择。自己一个人来做该做的事吧。

想定一个人来扛后，时间迅速逝去。转眼距离英美跑马会将要举办的猎纸比赛便只剩三天时间。而此时清晨，三个叶勤已经等待多时的人，终于前后脚地来了极司菲尔花园。

清晨的极司菲尔花园里，老头子们照旧在做早课和晨练。只有叶勤，和往常不同，没有出去，然后再提着血淋淋的红肉回来。她一早就把番茄牛肉汤做好，在园子里等待。

等待的三个人中，先来的是静安寺地基里的那个黑市摊贩。

他有一个专属苦力帮忙运货，不过，这次他是只身前来，腋下夹着一个长匣子，就到了极司菲尔小屋前。

此时，老人们都已经晨练完毕，纷纷在厨房里吃汤。只有叶勤，早已到外面等待。

能腋下夹着放了两杆长矛的匣子，看来摊主是完成了自己的要求。叶勤迎上去，便要验货。

"是我的错觉？"黑市摊贩放下长匣子，皱着眉头问，"总觉得几天不来，你们这个园子里清静了不少。"

"清静？"叶勤瞥眼往极司菲尔小屋方向看。

"不是那个意思，难道你没觉得这个园子里……"

黑市摊贩还没说完，极司菲尔小屋里就走出一个人来，让他一下忘了要说什么。

每个人都有自己异常在乎、极为容易感知到的事物。

往常晨练之后，都要在厨房里喘息最长时间才能走得动路的牛二，竟在叶勤打开长匣子的时候，从破败别墅里出来了。

大概是牛二的身材太过巨大，他走向叶勤他们这边，有种地动山摇的气势。黑市摊贩第一次见到这样的人，着实被吓到，嘀咕着"幸好这家伙不会去静安寺……哦，他进不去那个暗道……"。

牛二看到长匣子里是两杆长矛，那一瞬间的表情，犹如见到失散几十年的亲人，硕大的脸上，甚至都出现了一行泪。

人间的悲欢离合，或许黑市摊贩见得多了，根本不为所动，只是和叶勤完成着最后的交易。黑市摊贩拿了尾款，让牛二抱走两杆长矛，自己收拾了长匣子，抱回腋下，从自己早就熟悉的灌木丛小径离开了。

其实叶勤还没有认真验货，看长矛是否切实符合自己的要求，况且对于一杆兵器来说，就算有"轻"的要求，也不是一味地轻就可以的，它的重心是否趁手，依然是不可忽略的。只是现在看来，已经没有任何检查的必要了。

牛二抱着两杆长矛，靠着残破的喷泉池壁，安然地睡着了。

过不多久，就等来了第二个人。

探头探脑，叶荣从同样的灌木丛小径钻了出来。或许他根本没想到，姐姐就在小径口守着，着实被吓了一跳。

从叶勤给霍氏洋行连送了两次午餐到叶荣再来极司菲尔花园，又隔了两天时间。这个时间间隔，基本可以确定叶荣并不知道姐姐来过洋行，不然必定会立刻到极司菲尔花园来确认，抑或根本不再出现。

叶荣收了惊慌，又是那副没有正形嬉皮笑脸的样子，叫了一声"姐"。

"怎么这么多天都不过来一趟？"叶勤觉得弟弟有点可笑，只看他到底要怎么装下去。

"忙嘛。"叶荣说得有些心不在焉，瞅见了抱着长矛睡觉的牛二，侧着脸撇了撇嘴，急忙问着，"师父他老人家这两天可好？"就探着脖子往极司菲尔小屋里走。

这个时候，在厨房里的几个老头应该都吃好休息好，开始听宁爷安排几天后如何伏击来极司菲尔花园玩猎纸游戏的霍特·霍格了。大概这正是叶荣此次前来最想打探的东西，一来他必须确认几个老头会在猎纸比赛当天有所行动，二来如果能知道这边的

233

计划，再汇报给老板，岂不又是功劳一件？

弟弟显然已经有些急切，失去了掩饰的耐性，朝着破败别墅走去。

叶荣进了极司菲尔小屋，直奔宁爷的房间。宁爷正用树枝在地板上画着这几天来反复研究出来的部署，聚到脚边的一撮尘土成了他的作战沙盘。这东西本来是叶荣此次前来打探的唯一目标，可是因为伏虎也在宁爷的房间里，他才刚刚在门外探了个头，伏虎立即瞪住了他，目光简直比飞刀还要可怕。

宁爷自然也看到了叶荣，只是他就是要故作稳健，绝不会因为突然来了个人而乱了自己的节奏和气势，手持树枝，依然我行我素地在地上画着，并吼着伏虎、宝元认真听部署，不准分神。

"洋人的路线，是从跑马厅出发，途经静安寺再到极司菲尔路，所以，他们一定是从东南门进园子。"

宁爷在脚边地上一个坑洼不平的圆形沙盘右下角画了一个叉，表示敌人的入口。其实宁爷的作战计划十分简单明确，引比赛马队进他们根本不熟悉地形的花园，在最隐蔽的几个点各个击破地伏击洋人。

"牛二这家伙怎么还没进来？算了，反正他是断后，到时候老夫再单独跟他安排。"宁爷用树枝点着地面，很有气势，"伏虎。"

"是，大哥。"伏虎穿着那身体操套装，表情严阵以待，早已不在乎叶荣是不是也在现场。

宁爷在地上右边偏下的位置画了一个小圈，说："这里有一处小楼，二楼只剩北面半扇墙和东面一小节围栏，你到这里去，在二楼隐蔽好，小楼下面是洋人必经之路，来一个，你就用小刀射死一个，不准手下留情。"

"大哥您放心，老子刀下什么时候留过活口？"

宁爷所指的那栋小楼，基本上已经算是极司菲尔花园的腹地了。只是走到小楼之前，从东南门进来的路还没有分岔。叶勤看在眼里，叶荣同样看在眼里。

"宝元。"宁爷继续点名。

而宝元只是抬了抬眼皮。

"你现在这个样子……"

宝元又抬了抬眼皮。

"这个地方！"宁爷像是临时起意一样，在地上又随意画了个圈，"给你弄个台子到树上，你就坐上面看着。老规矩发信号，来人了就学夜猫子叫，有人过去了就学乌鸦叫，过去一个叫一声，过去两个叫两声。给老夫都看准了就行。"

宝元依旧只是抬了抬眼皮。

这老头真的没问题吗？！

宁爷同样一下火大，把树枝往地上一摔："去他娘的！你们都他娘的甭给老叶报仇！老子一对老拳，直接打爆他们完事。"

说完，宁爷招牌式地连咳起来。

叶勤正要帮宁爷捶背，结果叶荣抢先一步，帮宁爷拍了起来。

"老爷子，别激动，报仇要的就是大家齐心协力啊。"

连"师父"都不叫了吗？叶勤站在一边不屑地瞥了瞥这个假惺惺的弟弟。

弟弟还在给宁爷拍背，拍得宁爷更喘不过气来，叶勤急忙把弟弟拉了过来，皱着眉说："够了，你接下来有什么安排？"

"没、没事做……"

叶勤话不多说，就把弟弟往外拉。

她肯定是想骂弟弟两句的，但是事已至此怕多说了反倒坏事，将弟弟甩到一边，半背对着他说："什么叫'没事做'，你不是在一个什么公司上班吗？赶紧回去有出息一点，一天到晚游手好闲，算个什么男人。"

叶荣一看自己想要的都瞅见了，被姐姐硬拉出来干脆将计就计，不再在那个破烂别墅里停留，趁早离开完事。只是因为心虚，从刚才到现在身体一直颤抖个不停，只希望不会被姐姐发现，哪还有心思反驳姐姐。

"对对对，我还有生意要谈，那……姐，我先走了。"

叶荣说着，头也不回，就往来时的小径跑去。路过睡着的牛二，正巧抱在怀里的长矛向旁边一倒，更是吓得叶荣怪叫一声，跑得更快了。

"做个正派的男人吧。"看着弟弟远去的背影，叶勤似乎还抱有一丝期望。

随后，这一天里第三个想要见的人出现了。

第三个人不需要等，因为时间是昨晚就约定好的。庄小晨从小径走出来时，看上去和任何一个第一次来这里的人一样，满脸的疑惑和不安，或者说是好奇和惊异。

"小晨，这里。"

叶勤并没有在极司菲尔小屋门口招呼庄小晨，而是在小屋门前空场的一角。那里又是一条小径。

"小勤，你真的就住这种地方？"

庄小晨一路小跑，到了叶勤身边，但脑袋一直扭着去看那栋少了一半顶子的破旧别墅，满脸的难以置信。

叶勤只是"嗯"了一声，根本没有解释什么，就把庄小晨往那条小径里带。

"小勤……"庄小晨站在小径边缘，"刚才来的时候，我就害怕，这湿嗒嗒的路上，怕不会有蛇吧。"

"蛇？"叶勤一脸不解，"没有。"

本是已经进了小径，才发现庄小晨走得还是犹犹豫豫，叶勤才意识到是不是自己否定得太干脆了，从来不愿多解释什么的她，连忙回身说："这里哪还有蛇啊，放心吧，在这里只要是不会飞的，早就都被几十年前葡萄牙商人弄来的那些稀奇古怪的动物给咬死了。"

"稀、稀奇古怪的动物……给咬死了？"本来只是一点点担心的庄小晨，这下可真的有些害怕了。

"没事啦！"叶勤赶紧解释道，"我在这里都住十来年了，那些动物不袭击人，只咬你害怕的蛇。"

越说庄小晨越害怕，结果干脆被叶勤拉着往前走。被硬拉着在灌木丛小径里走了半天，忽然又钻了出来。东南西北，都有些搞不清楚了，只是见到面前又是一栋破败房屋。

一开始答应要来，大概只是因为好奇，店里最神秘的莫过于叶勤了，她能如此主动地邀约自己，哪有什么理由拒绝。只不过现在觉得，或许已经超出了"神秘"的范畴。

眼前的破败房屋和方才的极司菲尔小屋并不能比，极司菲尔小屋即便再破败，几根立柱，几处依稀还能看到的浮雕，甚至只是大理石的台阶，都看得出些许当年的奢华。而此间，仅仅只是一间再普通不过的平房，如果硬要去猜测当年的用途，大概就是供给园丁等下人的住所而已。

破屋已经没了顶，窗子仅剩木框，门倒是还有，不过，进去的时候，需要双手来搬，形同虚设。屋内更显破败，不用说地板，现在已然被杂草全部占据，因为有屋墙的阴影，长得十分疯狂。

庄小晨怕会在屋内的杂草丛中踩到蛇，怯怯地跟在叶勤身后。

叶勤带着庄小晨往破屋一侧走去，在那里，竟有一小块地方没有长满杂草，那里有块厚重的木板。

"有一点沉，不过……"

看叶勤双手提着木板上的环，并不算费力，木板刚被打开，下面一阵阴嗖嗖的冷风袭来。

是一处地窖？

那大概能明白这间破屋原先是做什么的了，也许并不是给园丁守卫之类的下人居住的，根据洋人的习惯，十有八九是个酒窖。

地窖倒是没有想象的那么大，仅有一间，里面阴冷刺骨，让庄小晨全身都打起颤来。况且里面没有照明，只能透过地窖口照进来的光线看个大概。

不知道是不是原先就有，地窖一侧堆放着黑漆漆的什么东西。而叶勤正走到那堆东西一边，且叫庄小晨也过来。

"想让你帮忙再给那几个老头子做一阵子番茄牛肉汤。"

"番茄牛肉汤？"庄小晨一下想起陶姐在后厨教叶勤做这个汤时的情景，宛如昨日，依稀就在眼前。那时的叶勤，才是不折不扣罗兰的叶勤。而现在……

就在她刚想问为什么是自己而不是陶姐时，正好低头去看了一眼那堆东西，一下子被吓得一声惊叫。

说到番茄牛肉汤，庄小晨本以为那是牛肉，可是……

长长的嘴微张，四肢不是牛蹄，全是利爪，光线漆黑，只能看到个轮廓，样子和四脚蛇差不太多，但就算是蟒蛇，都要比它小太多，堪称巨型。那东西张牙舞爪地躺在那里，更是吓人。

"不用怕，只是这个园子里特有的那种稀奇古怪的动物，之一。"

庄小晨说不出话来。

"大概因为野生几十来年，这里的肉早就被它们吃光，如今改吃了草，这种东西的肉一点腥味没有，还更接近牛肉。"

"不是肉质的问题……"

"老头子们，你看了就知道他们有多需要营养。牛肉……我真的买不起那么多，所以才开始狩猎这个园子里的……怪物吧，就算它们都是园子里的怪物好了。沈君她胆子太小。"

"嗯……"庄小晨像是得到了某种肯定而恢复了一点勇气，况且有叶勤在，确实没有什么还值得害怕。

"陶姐，"叶勤继续说，犹豫了片刻，"陶姐算是我的恩师，我怎么可能去请她来？"

"没有关系呀，咱们罗兰不就是要互相帮助吗？"庄小晨完全从方才的惊恐中缓过神来，恢复了她日常的那种能发出光似的劲头，"只要有困难就直接告诉大家，其实老板她最近也……"

庄小晨还没说完，叶勤又打断了她，有些自顾自地说："明天，我再打一头回来，在这个地窖里，大概能存放三天。再吃完了……

239

我想也就不用再管那些老头子们了，只能让他们自求多福了。"

"那你呢？"

叶勤没有多说什么，只是嘱咐着庄小晨一定别忘了给这种怪蜥去皮切小块再下锅，这样不会被发现，就用冰冷的手拉着她，出了地窖。

"我带你去认识认识那几个老头子。"

这是一天里，两人之间说的最后一句话。

12. 终将到来的一天

叶勤没有和庄小晨一起去罗兰。

不过，庄小晨刚走不久，叶勤心中就悠然地有些想去罗兰再看看，园子也待不下去，干脆提前过去了。

四马路的傍晚与往常任何一天没有差别，一片金红。当夜的游人渐渐涌入，不慌不忙，东张西望，太阳和平地向西沉去。

尚未开始营业的罗兰，同样和往常一样，门前只有巷口老虎灶的嘈杂和蒸汽。

叶勤本以为门内更是冷清，可她一进门，看到有人已经坐在餐厅里正吃着东西。

还是一个洋人？从黑衣打扮来看，像是一位传教士。不过，并不认识。

无所谓了，叶勤不想在意这些。既然还没到营业时间，这个洋人就不是店里的客人，叶勤没有打招呼，静默地从他身边走过。

算是不经意瞅了一眼，洋人用着勺子，吃着一碗红乎乎的番茄牛肉汤。

早就做好了不理睬这个洋人的准备，就算看到这汤，叶勤仍是无动于衷，直接走进了后厨。

老板每天要和不同洋人谈的生意千千万，用上一次两次番茄牛肉汤，不足为奇。时间尚早，陶姐还没有到后厨，大概是看了一下午的侦探小说，现在回房间躺着休息脑子。

后厨算是罗兰除餐厅之外第二大的房间，只是这第二大的房间，被各式厨具塞得满满当当。空间上紧促，却又有着它内在的秩序。这个秩序，叶勤从手足无措渐渐学到明白，心里竟是有些暗暗自豪。

主厨和助手各司其职，有着自己固定的几处站位，除了烹饪区的灶台和烤炉是陶姐的位置以外，肉区、沙拉区、配菜区，以及洗碗区，已经全权由叶勤来掌管。只要晚上的第一单被传进后厨，叶勤就会像上好发条的自鸣钟一样，停不下来地转动起来。说真的，她实在喜欢甚至是沉迷于这种感觉，每一步都记到自己的肌肉中去，只要听到菜名，全部动作不假思索一气呵成。

叶勤忍不住伸手去触碰了一下刀架上的几把刀，却没有去取它们下来，宛如从此以后，它们再不属于她一样。

就在叶勤怅然若失之际，后厨的门开了。

"咦，原来你已经来了？"

整整齐齐穿着厨师套装的陶杏云出现在门前。

呀，都已经到营业时间了吗？

从没有耽误过工作的叶勤意识到自己可能会在店内迟到，脸顿时涨红，低头就往后厨外更衣室跑。

陶杏云想跟她说句什么，结果根本没抓到人。

还有两天，宁爷又添了新想法。他叫着叶勤就说要给每个兄弟都置办一身锁子甲。

办事的叶勤自然又去跑腿，可惜黑市摊贩只能回她以皱眉，锁子甲倒不是什么稀罕东西，但时间太紧，根本不可能弄到四件，特别是其中还有一件尺码过大，需要特别定制。幸好黑市摊贩为了能保住来之不易的长期稳定客源，还是想了别的办法——自己手下有几个专用来赶工的工匠，赶不出锁子甲没关系，赶了四件用竹片串线的套头褡裢出来，卖给了叶勤。

四件竹片褡裢拿回住处，宁爷看见，也只能咽下脾气认了这套新装备。

除了伏虎抱怨着这东西声音太响，肩膀处还影响他抬手丢飞刀以外，个个都只是静默地试穿，静默地拿回自己房间。就好像这样一来，真的一切准备就绪了一样。

终将到来的一天，第一缕黎明的曙光，照进了极司菲尔花园。

而本来应该严阵以待的众人，一大早，宁爷偏偏又发起了脾气。

叶勤刚把烧好的番茄肉汤盛好一碗递到宁爷手里，就察觉到不大对劲了。随后，毫无来由，突然爆发。什么都半个月了，整天就是喝汤喝汤，一点干货吃不到，这是想要老骨头的命，又是什么洋人的吃食一概不吃，这玩意吃下去坏了心肠。想起什么就骂是什么。

乱七八糟，宁爷骂个不停，骂得连其他几个人都不敢吱声。

宝元就像任何时候一样缩到一角，抱着早已盛好的汤，隐藏起身形，安心无声地吃着。牛二想劝，可是想起身几次，都被宁爷更加气势如虹的声音给吓了回来。就算平时显得玩世不恭的伏虎，到这个节骨眼上，也都没跑过来插科打诨，说些混账话来调和一下气氛，坐在远处，皱着眉摆弄着自己今天要穿的那件竹片褡裢，像是同样畏惧宁爷的怒骂一样。

"你他娘的白眼狼！老子养你十几年，就他娘的想让老子早死！老子是看出来了，今天本来是大好的日子，全他娘的让你这个混账玩意儿给毁了，老子跟你说，滚！从今往后，就他娘的能滚多远滚多远，这个园子，你他娘的一步都不准进来！去给你那些假洋鬼子老板卖命去吧！就当你从来没有我这个爷爷，我这个师父！你给我滚！"

唯有叶勤没有退缩，没有和宁爷争吵，只是回看着宁爷。直到宁爷词穷，只是不断重复喊着"滚"的时候，叶勤才面无表情地出了厨房，离开了极司菲尔小屋。

宁爷并不善罢甘休，就算走得并不快，还是追出了破旧别墅，在叶勤背后接着喊，就像在赶走一条死皮赖脸的野狗。

叶勤照旧不争不抗，在宁爷的咒骂声中，走进了出极司菲尔花园东南门的小径。大概是自己的身影彻底消失在宁爷的视野之中，整个园子终于重归静寂。随即，叶勤叹了口气，宁爷果真是老得可以了，连这一手都能这么老套，一点新意都没有，并且毫无作用。

看了看怀表，已经上午八点钟。英美跑马会的猎纸比赛，是上午九点三刻开始，走远的叶勤，掐算了一下时间，转头回去。

极司菲尔花园太大了，加上宁爷的计划、几个老人都在什么地方蹲守，叶勤又是了如指掌，想要不被他们发现，实在轻而易举。

回去看看倒不是叶勤自己计划中的必要环节，不过反正还有时间。

为了不被各自上岗的老头子们当面撞见，叶勤在潮湿泥泞的灌木丛里多绕了些路，途中还又遇到一头准备出来晒太阳的巨蜥，只不过这次他们相见无事。叶勤从巨蜥身边越过，便到了宁爷安排给伏虎把守的那座坍塌楼房附近。

楼已经坍塌得不成样子，不过，正如宁爷所说，面对东南的二楼，还有些许墙体，足以掩蔽住伏虎的身体不被正路过来的人发现。但这个伏击点基本上就是一场豪赌，赌的是伏虎在第一时间就能飞刀打出，刀刀毙命。只要错失时机，跑马过掩蔽墙体，伏虎将完全暴露给对方。对方又有洋枪在手，基本上等于没了活路。

伏虎的飞刀本事，叶勤是见识过的，确实有那么两下子，但就以他现在的年龄和反应……而且，宁爷让伏虎在前哨，而宝元在他后面报信，这种安排本身就意味着，伏虎只是用来换掉三两个人头赴死的。

几个老头似乎更是心知肚明，全都一副视死如归的样子。

怪不得今早伏虎异常安静，他知道自己今天就到此为止了吧。

虽然非常讨厌这个老流氓，但终究是宁爷的兄弟，保下他的性命，同样义不容辞。叶勤这样想着，更加坚定了自己要在伏虎前面，把该伏击的所有人都伏击掉的决心。只要先把撒纸的制伏，引导后面那些根本没来过极司菲尔花园的强盗到其他自己的战场，再各个击破，并不是什么难事。叶勤对此深有自信。好好教

245

训他们一顿，让他们再不敢涉足于此即可。

当然，他们人手一杆洋枪，这是最大的变数。不然，她也不会像是要诀别一样，找庄小晨来，交代番茄牛肉汤的种种。

伏虎脸上那道骇人的刀疤，这两天一直不请自来地浮现在叶勤脑中，扰乱着她稳定的情绪。全盛期的伏虎亦如是……不能再想这些！叶勤警醒自己，又去看了看伏虎做前哨的废楼。

大概是时间尚早，伏虎还没有就位，废楼依然空空如往常。清晨的阳光淡淡地照在残垣断壁上，只有静寂的光影和几只飞落歇脚的麻雀。

再往回走，就到宝元的隐蔽点。但同样没见到宝元就位。

看到仍旧无人，叶勤心中一闪而过一个念头，顿时皱着眉，不再去管牛二的位置，直奔极司菲尔小屋。

极司菲尔小屋门前同样是一片祥和，直到叶勤跑来，才吓跑了一群的麻雀。小屋里已然空无一人。

厨房里，那锅番茄巨蜥肉汤已经被吃得干净。甚至连锅都已经洗好，摆在它原本该在的位置。再去各个老头的房间去看，竹片褡裢全都不见，这也就说明……

不好！原来宁爷也安排有另一套计划！怪不得他会用那么笨拙低效的方式把自己骂走——根本不需要确保自己离开园子，只要叶勤一离开他们的视线，他们就立刻出发了。

这姜没必要这个时候辣啊！叶勤一个劲地骂着自己太笨，早该发现端倪，一头又冲出了极司菲尔小屋，不再绕道，直奔极司菲尔花园的东南门而去。

无论几个老头走的是哪条路，猎纸比赛的路线是不会变的，

246

所以只要沿他们的路线逆向杀去，终究能提前阻击。

一出大门，叶勤却又发现新的不妙之处。

门外的黄土路上，有着明显的马车车辙印，显然是刚刚跑出去的马留下的，十有八九是老头子们此前就弄来的。现在他们是架着马车向跑马厅而去。

有点慌了神的叶勤，立刻环视四周，找寻追的办法。

极司菲尔花园本就是一片几十年无人涉足的荒废园子，在园子门外，同样荒芜。不说住家，就连田地都是无人打理的样子。这也难怪，随着极司菲尔路强行出现在这里，沿路两旁的地产就被洋人们掠夺，制造几次事故，弄走几张地契，几年下来，人心惶惶，根本没人愿意在这个地方踏踏实实过日子。

放眼望去，根本没有马车可以叫，也没有可以弄到一匹马骑的马房。空有一条极司菲尔路，夯实的黄土，笔直地通向看不见的静安寺。

幸好及时出现了三个人影，不然叶勤恐怕就要直接用跑的拔腿去追了。

在极司菲尔花园围墙边的小路上，出现了三个学生装扮的年轻人。从身穿的制服就能看出，是比邻极司菲尔花园不远处的圣约翰学院的学生。三个学生东倒西歪、有说有笑地在练习骑自行车。

自行车这种泰西人力机械，出现在上海有几年的时间了，但多数还是洋人在骑，中国人会骑的不多。三个中国学生同样不大会骑，一个骑在黄绿色自行车上，双手紧握车把，表情紧张得眼珠都要跳出来；一个站在自行车后轮轮轴上的固定脚板上，扶着骑车人的肩帮助他保持平衡；另一个在自行车左侧，一边各种比画着像是他也在骑车，一边跟着自行车歪斜曲折的前进路线，扭来扭去，跟跳着什么祭祀舞蹈一样。

三个学生忽然看到一个瘦高的少女，火急火燎地朝他们冲来，着实被吓了一跳。骑车那个干脆直接摔了下来。

没时间解释太多，叶勤本打算单刀直入说了自己的诉求，希望能借自行车一用，用完后必会原物奉还。但一想到这自行车可是价值不菲的交通机械，哪有说借就借给陌生人的道理。她灵机一动，有了新的主意。

叶勤跑到三个还在惊呆状态下的学生面前，突然一脸天真，问这是什么。

学生当然知无不言地回答："是自行车，bicycle。"

真是啰唆，谁管它英文叫什么。叶勤心里一叹。没时间铺垫，立刻进行下一步，又张着双天真无邪、充满渴望的大眼睛问，能不能让她也试一试。

三个学生互相对视一番，看着面前这名少女，虽然穿着一件夹袄一条长裤，没一丁点女人的妩媚，却也不无可爱之处，着实无法拒绝。骑在车上的学生，已然不自觉地下了车，把车交给了叶勤。

叶勤心想，三个学生多少有点过于憨厚，还是不要太坑他们，便补充了一句说自己不会骑，能不能有个人帮忙掌握一下平衡。

不会骑不是骗人的，从来没骑过怎么可能会骑，但叶勤心想这东西不外乎就是一些平衡技巧的应用，她平时没少练过，问题肯定不大。

被叶勤这样请求，方才就负责保持平衡的那名学生，再次站到了车后轴的固定脚板上。

学生刚刚站稳，正犹豫要不要双手扶在少女肩上时，叶勤已经用出全力一脚踩在脚踏板上。自行车只是一抖，一瞬间的工夫，谁都没反应过来发生了什么，自行车就已经带着站在后车轴上的那名学生的尖叫声，一溜烟飞驰在了笔直的极司菲尔路上。

"别叫了。"叶勤拼命踩着脚踏板，完全恢复了冰冷无情的语气。

结果那名学生叫得更惨烈了些，就和极司菲尔路两旁整齐种植却一点都没长大、头顶几片树叶的幼小樟树一样滑稽可笑。

"自行车是找你们借一下，我用完了，你骑回去就好，没有要你们损失什么。"

"我不会骑啊——"

"……"

骑过整条极司菲尔路，眼前已经是固守街角的静安寺。白天的静安寺，阳光一照更是金光耀眼。

转过弯来，终于看到了宁爷一行的马车。

说是马车，实际上并不是在上海日常所见的那种交通用马车，仅仅只是一匹老马拉着一辆双轮平板车。

驾车的是宝元，宁爷正坐在平板车正中央，看上去甚有些威严，伏虎坐在宁爷身边，十分警觉的样子，而牛二则是倒坐在平板车最后，左右腋下各架着一挺长矛，斜向展开，十分危险、相当骇人，但他全然闭目，不知是在养精蓄锐还是晕车了不敢睁眼。四个老头都把各自的那件竹片褡裢穿戴整齐，而且还都在头上绑了红色头巾，风风火火，着实有一种赴死战士的感觉。

静安寺一带，重归居民区。马路两旁多多少少有些平房住宅。

人们一大早就看到了如此奇景：在静安寺金光照耀下，一匹老马拉着一车头系红巾、穿戴竹片褡裢、高矮胖瘦各异的老头，被一位骑着黄绿色自行车的少女，在笔直的马路上追赶，少女的自行车后还拉着一个穿着学生制服的受惊男生，男生张牙舞爪尖叫不停。

叶勤不可能不被发现。

正坐的宁爷皱眉大喊一声："滚啊！"

"那个老头是不是在吼你？"站在后车轴上的学生立刻小声提醒叶勤。

叶勤自然不予理睬，照旧紧蹬自行车，把距离拉近。

过了静安寺，再往前不远就是张氏味莼园了。一大早，还没有什么才子佳人到这里来约会游玩，全上海最高大的洋房安恺第刚刚竣工建成，全红的砖楼如果有表情的话，见到面前飞驰而过的两车，一定是惊呆了。过了张园，街道相对就变窄了些，房屋也密集了些。

本是坐在宁爷旁边的伏虎，挪动到了宝元旁边，和宝元说了两句，宝元就让开了位置，交出缰绳给伏虎。

伏虎接过缰绳，顺势一扭，老马立即跟着扭头，拖着平板车，一头扎进交叉的马路。

转过去的马路刚好有个早市，街两旁全是各式摊贩，突然冲进来一辆马车，马车后面还挑着两挺长矛，把早市的人们全吓得东逃西窜，甚至有的摊贩都弃摊逃开。

马车转弯转得非常突然，但无论如何自行车都要比马车灵活得多，只是一个急转弯，当然不可能甩得开叶勤。叶勤骑的这辆自行车已经是"安全自行车"，带有刹车闸。她骑车到路口，根本没有减速，只是猛踩了一下刹车线，另一只脚点地重新找准平衡，同时左手向后一拽，正好拉住几乎要被甩出去的那个男学生。自行车已然在路口甩头转弯，随即迅速又飞驰追去。

转过去的马路，已经狼藉一片，像是刚才马车跑过，撞翻了不少摊位的担子，地上滚着桶倒着锅，一片接一片的热汤还躺着十来只馄饨、几摊素面，也有摔碎的碗、踩扁的盆、刮倒的棚子、飞出来的顶子。自行车的轮子又细又窄，遇到这种路况顿时变得艰难，叶勤皱着眉心里骂着伏虎这个老混蛋果然心黑，一边在不减速的情况下拼命扭把躲着各种障碍，一边不停地跟路两边惊魂未定的人们喊着"对不起"。

终于东扭西歪地穿过这段狼藉早市，马路再度宽阔起来，远望过去，正看到那辆马车又转了弯。话不多说，叶勤立即加速去追，不过，幸好她看不到身后的那名男学生，他已经被晃得脸色发绿，安静许多。

接下来的路虽然比较狭窄，但没有集市，只要躲开些惊慌的行人即可，路况更有利于灵活轻便的自行车了。伏虎驾着马车转弯再转弯，实际上又要回到静安寺通往跑马厅的马路上。

不过，就在马车即将冲出路口再转向跑马厅的时候，马车上的老头子们也好，紧随其后的叶勤也罢，都看到了：一个穿着赛马套装的洋人骑着一匹骏马，从路口飞驰而过，奔过后尚可看见他撒出的红纸碎片，还在空中飘扬。

猎纸比赛已经开始！叶勤心中确认，却不知老头子们会采取怎样的行动。

马车冲出路口，顺势右转，根本没有理会那个扮演狐狸的撒纸人。

确实，撒纸人并不是他们的目标，看来他们的脑袋还是相当清醒……这就更难办了，叶勤紧蹬自行车，试图逼近再想办法阻止，实在不行就直言霍特·霍格他们人手一杆洋枪，这样杀去只能送死，报仇与否从长计议，如此云云。

然而可恶的伏虎，知道刚才早市一计并没能甩掉叶勤，此时则改了策略，直接猛力抽打那匹老马，仗着马路平坦宽阔，适于跑马，顿时提速不少，又和人力蹬车的叶勤拉开了距离。

就算是那名男学生也看出了叶勤的体力开始透支，缓过神来急忙拍了拍她，劝她不要再勉强下去，会出人命。

叶勤当然不听，衣襟已经湿透，还在卖力蹬车。

男学生咬了咬牙，又说："停车！换我来。"

"你不是不会骑吗？"半是抱怨的语气。

"还管得了这些？不会骑也得骑了！你站在后面帮我掌握平衡，喂！快停车！"

不得已，叶勤还是踩了刹车线停了下来。男学生迅速和她换了位置，踩上脚踏板，自行车一晃，根本没有前进，差点就横着倒地。幸好叶勤虽然两腿已经发软的但反应迅速，刚刚站好的她，双手揸着男学生的肩，向回一扭，自行车竟就立稳在原地。

"我的天！你太厉害了吧。"男学生赞叹道。

"别废话，赶紧给我追。"叶勤掌握着平衡，说话有气无力。

男学生喊了一声"是"，自行车竟神奇地骑了起来，一点都没有要倒的意思。

过了张园，又兜了一大圈之后，已经离跑马厅不远。

不过，男学生也只是刚刚能直线骑行。

可才不一会儿，自行车突然就停了下来。

"又怎么了？"

叶勤多少有些不耐烦，但抬头一看也知道了大概怎么回事。

不仅仅是她还有宁爷一行在往跑马厅赶，更有一大队人集结到了跑马厅的大门前。

"你们都是约好的？"男学生看着这种景象，疑惑不解，"是有什么大型活动？"

叶勤没有理睬他，自顾自地下了自行车。其实这个时候男学生可以趁机跑掉，但他却推着自行车和叶勤一同向跑马厅走去。

情况很怪异，以至于宁爷一行的马车也停了下来，在跑马厅有些距离的地方。

跑马厅这个地方，场馆属于英国人，但地处华界，治安管理应归中国人。也因为有《土地章程》等等各种条款制约，租界警备自然不会没事越界。而现在，跑马厅门外集结的一队人，却是一群最不该出现在华界的租界警察。

是霍特·霍格把宁爷的计划通知给了租界警部？

由于宁爷一行的马车停下就没有再动过，叶勤此时已经走到了他们马车旁边。

几个老头子也不再和叶勤周旋，如临大敌，一同望着跑马厅门前的局势。

一共八人，五个红头阿三，该是专管干活的，各拿了一支短

253

棍，另外三人都是洋人，其中一个腰间还佩着西洋剑，显然是警局带队的官员，而另外两个洋人，其中一个穿着西装，身材魁梧，另一个穿了一身黑袍，像是……

"密斯托卜舫济？！"也一起看着跑马厅的男学生忽然惊异地说。

"谁？"叶勤显然也觉得那个黑袍洋人甚是眼熟，只可惜有点远，看不真切。

"校、校长……"

被男学生这么一说，叶勤反倒一时没能反应过来，直到她又看了看这个男学生的制服，才一下明白。圣约翰学院是美国人在上海设立的一所教会学堂，那么他们的校长是一位主教也没什么可奇怪的。叶勤忽然意识到，那个被称为校长的密斯托卜舫济，怪不得远望就有些许眼熟，前几天在罗兰店里见过一次，他正在喝汤。

这都是怎么回事？难不成老板她……

很明显卜舫济正在和那个西装洋人争执着什么，而警局方面则是在看戏一般。

突然，伏虎又扬起鞭子，像是看准时机，要驾车再冲向跑马厅。

"你们都给我站这里别动！"

叶勤大喊一声，气势之雄浑，简直如受了宁爷真传。竟是震得伏虎等人都一下定住，随后才又缓过来，伏虎笑得肆无忌惮，还跟宁爷说着"这小妮子是真长成了"之类的混账话。

"安静。"

叶勤管不了这些老头子是不是在胡闹，低沉地命令了他们之后，独自一人走向跑马厅。

牛二大概是出于担心，有了动作，将双矛左右展开，准备从平板车上跳下。宁爷反倒平静，轻轻拍了拍牛二的肩，让他坐下。

"算了，我们这些老东西，不要再给她添乱了。"宁爷说得有些寂寞。

就算叶勤走近，跑马厅门前的人们也并不在意，照旧争执着。他们用英文争吵，不过叶勤姑且还能听懂个大概。西装洋人现在手中拿着一份文件，是卜舫济硬塞给他的，同时卜舫济还在不停地解释，这份文件是他向英美领事以及上海道台同时申请批准的文书。在圣约翰学院旁边，无主之地极司菲尔花园中，存活繁衍下来了至少五种四十年前动物园中饲养的外来物种。作为博物学家，他计划以极司菲尔花园整体生态为样本，完成他多年以来对外来物种融合本土生态的研究，这个研究是由美国耶鲁大学资助，是为了人类而做的生物学研究。拉拉杂杂，竟是说得滔滔不绝。而和他争执的对象，明显不是他这种学者型人物，手里拿着文书，狠狠皱着眉一副根本听不懂的样子，只是不断地重复着说他们跑马厅就从来没有过什么英美跑马会，更没有什么霍特·霍格。

卜舫济自然不会轻信，立即反驳说无论你有没有这些人这些组织，刚刚跑出去的马，在撒红纸，明显就是在举办猎纸比赛，现在你可以追着红纸的踪迹去找，如果进了极司菲尔花园，那就没什么可争辩的。卜舫济再次把那份文书拿到自己手里，以示他保护极司菲尔花园的权威性。

只是斯文人终究是斯文人，僵持下难以有进展。不过，眼看两个人扯皮扯了这么久，那个警长已经不耐烦，喊了一句叶勤听

255

不大懂的话，直接打断了他们两个人，说不管你们有没有这个会那个人，有人举报并且拿出了确凿证据，说你们跑马厅里私藏非法枪支，因此必须入馆检查，望请配合。

双管齐下，西装洋人终于扛不住，只好瞪着面前一群人让开了路，让两拨人都进了跑马厅。

事件似乎这样结束了？

叶勤仍是保持着警觉。只要猎纸比赛没有宣告中止，她就不会放松，像一只在和毒蛇对峙的野猫一样，依旧死死地盯着跑马厅，不肯让出半步。

不得不说，红头阿三就是擅长抓紧一切时机耀武扬威，特别是这一次行动，还是受命查检洋人的地盘，个个都是干劲十足，不只是拿了警铃，还人手一支声音极为惨烈的警笛，哇哇吹着冲进不可一世的跑马厅。

上海地界上，已经很久没有如此热闹过。跑马厅爆炸了一样，肆意飞溅着刺耳的警笛声，与它不过一条泥城浜相隔的四马路，半条马路都要被吵聋了。

"终于开始了。"

原本坐在窗边的陶杏云，把小说都放了下来，扒到了店门门板边。林荀就像突然发现要有烟火表演一样，一同跟了过来，趴在陶杏云身后，探头往巷子口看。

"你倒是开心？"陶杏云没有回头，也是探着脖子想从逼仄的巷子里看出点什么。

"我有什么好开心的。"林荀否认着，但嘴角还是有些笑意。

"开了新业务，整了讨厌的人，还，嗯……算是出了气？"

"嘻，看你说的，还新业务呢，你看得起那个霍氏洋行？"

"不太看得起。"

"你说话真温和。"林苟把半个身子都探了出去，忽然像发现了什么新奇东西一样，招着手叫陶杏云，"你看你看，你有没有觉得警笛声都把巷子口老虎灶的蒸汽给吹散了？"

"你正常吗……"陶杏云没有去看，反倒若有所思了一阵，才接着说，"小勤的弟弟呢？不会也被抓了吧，那可有点麻烦。洋人抓了顶多给些银子就出来了，要是刚好抓到一个中国人，那警局可就开心了，什么黑锅都能扣得上来。"

"谁知道呢？大概昨晚我跟他谈心，给吓跑了吧。"林苟笑得诡异，"我说，从来没见过你这么操心。"

"你说过咱们管不了的。"

"本来就管不了啊，头都大了八百圈。"林苟在脑袋上比画着，倒更像是被警笛声吵得头疼，"对了，你有没有发现这两天小晨看见红肉的反应不大对劲？"

完全没有回应。

讨了没趣的林苟回头去看，发现陶杏云已经回到了餐厅里面。警笛声也渐渐平息，平息之后就又该回归最日常的日子了。林苟没有关店门，就也进了餐厅，往里间去了。路过陶杏云身边，她还是不经意看了一眼，正巧又与陶杏云对视。

陶杏云倒不是那种害羞怕对视的性格，没有躲闪，只是动了动嘴唇，欲言又止。

"怎么？"林苟歪了歪头，率性问道。

"有点想谢谢你。"陶杏云说了出来。

警笛声终于停了，一群红头阿三闹闹哄哄从跑马厅出来，同时把霍特·霍格以及他的同伙一起带了出来，警长盯着后面的几个红头阿三，他们拿着数挺洋枪也出了门来。这一下，那个西装洋人彻底哑口无言，扭头就进了跑马厅，不再理睬这些。

　　叶勤一直在门外看着，她既不放心那帮老头子，生怕他们又来添乱，也不放心这些红头阿三，能不能真的制止霍特·霍格的猎纸比赛。而最让她不放心的，大概是怕看到弟弟会在逮捕队列之中。

　　就这么站着看着，等了许久，警局的人早就远去，卜舫济也已经离开。宁爷那边的老头子们又都安定不住，吵吵闹闹起来。叶勤才终于算是认定弟弟没有被警局的人抓走，多少放下心来。

　　叶勤再回头去看，发现那个圣约翰学院的学生，居然还傻呆呆地站在那里等着。

　　他的校长不都已经走了吗？

　　大概他是想让叶勤再骑自行车带着他回学校吧。叶勤无奈地走了过去，又骑上了他的自行车。

奶香

青豆泥

1. 大概是白痴

人死不能复生，但悼念活动倒是可以反复操办。

"这次又是什么由头？"林荀挑着眉问道。

被问到的这个人，如果仅从外貌来看，穿了一身布料不错的西装，面庞消瘦眼神干练，典型的黄浦滩洋行买办的样貌。只是再精干的人，在林老板面前也只是一层窗户纸，随时会被捅破。

他皱着眉，正要找些合适的措辞来回应，结果却被林荀抢了先。

"嘻，把你师父的追悼会办成画展拍卖会，都已经是第三次了吧。"林荀是笑嘻嘻地说出了毫不留情的结论。

这个已经默默低下头去的年轻人，实则是一名画师，名叫周权，在上海这个地界，略有些名气。而他的师父正是做了《点石斋画报》主笔而声名大噪的吴友如。不过，四年前他带着徒弟，也就是现在这个年轻人周权从点石斋石印书局出来单干，开了自己的画报馆，创办《飞影阁画报》。大概就是因为和师父单干起来，

260

销售业务远比画画的任务繁重得多，才会让周权一点画师该有的样子都没有了。而在这一年的年初一月份，积劳已久的吴友如突然离世，整个上海文化界为之哗然。

"咱们上海……忘性太大，哪怕一个月不提，师父他肯定就要被忘得一干二净了。"

周权所言，没什么问题。三天两头冒出奇闻轶事的上海，谁还会刻意去记住一个死人，哪怕他生前受尽追捧，只要一天不再出新，人们就立刻会散到别处。仔细想想，实在可悲。

"所以想请您去帮忙撑撑场子……看在师父他曾经……"周权越说声音越低，越没了底气。

"想必你是要我以驻德公使林寿松女儿的身份出席。呵，你知道我最讨厌的一件事是什么吗？"

周权彻底低下了头，眼神又不知该往哪里放，只好盯着自己面前的一碗甜点，如同认错等待责罚一般。

不过，这碗甜点配上它特别的容器，真好看。

碗是陶制，造型更接近洋人们用的汤碟，颜色却不是汤碟惯用的乳白，上了橙红色的釉，正配罗兰的甜品——奶香青豆泥。

罗兰的奶香青豆泥，对周权来说，确实特别。因为这是他师父在世的最后两个月，偶然发现，随即情有独钟的唯一一物。

那时的罗兰，开业不到半年，寂寂无闻，三两天才会来一次的大画师吴友如，算是一个常客。

吴友如，不愧是周权的师父，二者完全是同一类人。

从外表上看，都几乎没有一丁点儿画师该有的样子，只不过周权更像是个买办，而当时的吴友如则如同流浪汉：一件长衫穿

261

得极不得体，扎着乱蓬蓬的辫子，人神神道道、自言自语，甚至还是一个胖子，根本没有一点传统印象里画师该有的仙风道骨。硬要说哪里和流浪汉不一样，大概只有一双犀利得令人胆寒的眼睛了。他那种眼神，盯得人几乎可以立刻烧起来。

这样一个怪人，第一次光顾罗兰时，像只小兔子一样跑前跑后的庄小晨还没有到罗兰做服务生，接待吴友如的任务，只能落在内向害羞的沈君身上。

大概那就是一场煎熬。

就算外表像个流浪汉，吴友如也多少是一个有过大见识的人，画遍了十里洋场千奇百怪，多少次出入一品香之类的著名番菜馆，对名不见经传的罗兰自然是一脸不屑。

还没经历过足够磨练的沈君，鼓足了勇气才把菜单交到来之不易的客人手上，结果立刻遭到了胖老头一顿毫不留情的否定。老头子言语刻薄，一道菜一道菜地说罗兰不可能把它做得比哪家哪家好，趁早关张。或许算是罗兰的幸运，如果当时在场的是庄小晨而非沈君，怕是要和他对吵起来，闹个鸡飞狗跳不可。

连吃都没吃过，张口就是一通否定，就算是沈君也生气了。

神奇的是喋喋不休的吴友如，突然停嘴，犀利的目光盯住了菜单的末端。随后变成了自言自语、念念有词，像是他眼前突然出现了什么沈君看不到的景象，双眼迷离了片刻，随即用肥硕的食指指在菜单上，语气依旧刻薄地说："这个试试看。"

吴友如要的，正是当时刚刚推出的奶香青豆泥。

青豆泥端上来以后，怪脾气胖老头再没说过一个字，看着碗里，看了些许时间，似乎完全满足，又有某种拭不掉的遗憾。青

262

豆泥一口未动，直接叫了沈君过来结账，还留了句"小丫头，送你吃"就走了。

沈君最厌恶的就是别人把自己当小孩子看待，而此时此刻，简直是多重的厌恶生于心中了。日常显得腼腆害羞的沈君，差点把手里的三角钱外加一块抹布一同摔在地上。

然而让沈君更加纠结郁闷的是，那天之后，令人讨厌的胖老头成了罗兰不可多得的常客。而且每次都是只看不吃，剩下完整一碗青豆泥就走掉，这让沈君更加生气。

直到很久以后，沈君才靠自己推理，知道了那个讨厌的胖老头就是名震上海的吴友如，着实让她对所有画画的都有了相当大的偏见。甚至于年初，毫无预兆地收到吴友如暴毙的讯息时，她都有那么一瞬心中想着"死了活该"，随后才感到一个早已习惯的日常突然消失而带来的汹涌凄凉。

回到当下的罗兰番菜馆，尚是早晨的清闲时光，兴福里外只有买开水的人们有些吵闹，整条四马路一片宁静。

坐落在三马路西端的慕尔堂，大自鸣钟按时敲响九点钟的钟声。附近一片街区，钟声回荡，就像洒遍人间的朝阳一样，让人们沐浴其下。而室内的另一种"沐浴"，则是周权在林老板咄咄逼人的目光凝视之下了。

幸好罗兰的店门，在最尴尬且恰当的时刻突然被推开。

伴着骤然变响的钟声，有人进来。

竟然不是庄小晨，而是沈君？

多少有些稀奇。

还气鼓鼓的？

本以为会来个救星，结果……周权的心算是凉透了。沈君，他知道沈君顶看不上自己这种画师，而现在她显然又是心情不好的时候，究其原因，不明。

"沈同学……"

周权小心翼翼地叫了一声，还是想抓一抓最后的救命稻草，结果遭到的是透过眼镜的一个白眼。言外之意显而易见，"谁跟你是同学"。

沈君穿着一件湖色洋式衬衫，领子系得认认真真，一条石青色过膝百褶裙，丝毫没有掩盖天足的意思，脚上是平底鞋，看着轻便舒适。这一身，正是沈君就读的中西女塾的夏季制服。日常除了来罗兰，只会在学校教室、图书馆、格致室里泡着的沈君，这样一大早就来，怎么猜都可以得出她正是从学校宿舍直接过来的结论。

"行吧。"林荀突然说话，却看不出她的回答到底是兴之所至，抑或经过深思熟虑，还是仅仅为了打破面前的尴尬，这大概就是她最为可怕之处。

周权一下激动了，咬着牙不敢吱声。

"不过，你肯定也猜到了，我有条件在先。"

"您说，您说。"周权简直打起磕巴。

"嘻，简单得很。第三届吴老板追悼会最好的位置给我们罗兰用，免费的。"

"没问题！这当然没……"周权急着满口答应，突然意识到了什么，停了嘴。

"呵呵，就知道有问题。行了，免谈，把青豆泥的钱结了，走吧。"

"不是，我不是那个意思，老板娘。"

"是老板。"林苟义正词严。

"老板，林老板，"周权慌忙改口，"我不是那个意思。我们这次是老东家申报馆不计前嫌主动来承办的，想多卖点师父的画，给师父扬扬名，所以位置好的地方……"周权突然意识到自己可能又透露出了要被林苟抓住的信息，吸了口凉气，立即话锋一转，"您看啊，罗兰每晚都要营业，咱们要是在悼念活动上摆摊，岂不是影响了您的大好生意？"

"呵，原来你们是要借着吴老板的名声，办一场全天候的游园拍卖会，有你们的啊。"

"林老板，还有一些别家店铺也……"

林苟已经起身，不打算给周权机会的样子。

"林老板！最好的位置，给罗兰最好的位置！您务必出席！"

"嘻，看我心情了。"林苟已经摆着手走向里间，"我要是看到，《申报》过几天登的你们游园拍卖会的广告上出现罗兰的名字，八成心情会好起来。"

周权默默低下头，情绪多少有些复杂，完全不知道林苟提出的要求自己到底能不能满足，申报馆那边给他的要求只有一个，请来足够多有分量的人物。区区一介画师，能认识几个有分量的人物。

两边都是爷，只有死去的师父他……

罗兰的餐厅，只留下了周权一人，和面前的那碗奶香青豆泥。

刚好阳光透过玻璃窗晒到碗边，让陶碗带上些自然的光泽，周权一时间看得入神。

他又想起了师父。他在离世之前的半年里，突然间就沉迷于这种绿色。豆绿色并不是什么复杂的颜色，石绿加些藤黄再调上铅粉就能成，然而，直至真的见到罗兰的青豆泥，周权才大概明白了师父为何会沉迷。可惜的是，这种哑光的温和的豆绿色，只有泥状才能呈现出来，食物的颜色上不了纸，吃进纸里的颜料永远出不来食物的色泽，更何况还要上到石印机上，又多了一层的困难。

这一切无法跨越媒介的痛苦，简直如同此时自己与师父天人之隔一般。

到底当初是师父先想要这种颜色，四处寻觅，最终在罗兰找到，还是一时兴起，要了罗兰的青豆泥，随即沉迷，就全然不知了。

忽然，听到里间的门又打开了。还以为是林老板又出来给自己增加条件，周权略带惊恐地回头去看，倒是一下让他松了口气，探头出来的不是林荀而是沈君。

刚好和回头的周权目目相对，沈君没能在第一时间缩回去，完全僵住。

而在周权的眼里，探头出来看了看餐厅的沈君，就像是特意来看看外面的傻子还在出什么洋相一样。顿时感到整个空气都尴尬了。

这种气氛，实在让周权痛苦，他扭着头咧着嘴，开始飞速思考，该如何化解。

"沈同学……"嘴比脑子快了半拍。

266

又是一个白眼，但周权咬牙努力继续下去，脑子再度运转。

总该有合适的话题。

"今天不是你们学校每个月一次的开放日吗，怎么……"

"白痴。"

这一次沈君回应得果断至极。

里间的门应声关闭。

即在此刻，亦是无人会想到，在那种已经几近玩笑的第三届追悼会上，会发现那样东西，不起眼得被所有人忽视掉的家伙。

而且大概能发现它的，确实只有沈君了。

2. 他配吗？

说他白痴，他就是个白痴。

白痴的共同特点，就是他们非常善于自以为是。

不到一个星期的时间，周权又一次在傍晚跑来罗兰，在开始营业之前。

倒不是说营业之前就没有接待过客人，林老板经常会约一些需要洽谈的伙伴在非营业时间来店里坐一坐，可是他到底何德何能，凭什么来？更主要的是，他来的时候，正好和刚刚从学校下课赶过来的沈君在巷子口老虎灶前遇到。幸好老虎灶一锅开水煮好，喷出厚厚一股白雾蒸汽，把一群等到毛躁的人蜂拥引来，才总算让沈君躲过了周权，习以为常地率先溜了过去，进了罗兰店里。

再到周权进来，看上去多少有些可笑，原本穿得一板一眼的西装，已经被老虎灶门前抢买开水的人们给挤得乱七八糟。不过，他该有的气质还是一点没变，手里拿着一份《申报》，进了罗兰立刻大声叫着林老板说"妥了，事都办妥了，现在您该满意了"，就又坐到了他死去的师父常坐的位置上。

没到营业时间，沈君自然不需要上前为周权服务，况且她连学校的制服都还没有换下，站在罗兰的餐厅里都多少有些违和。然而，她却又似乎期待着什么，不知不觉站在了日常工作时最习惯的一角，自然而然。

听到有人在餐厅叫自己，又快到营业时间，林苟缓缓从二楼下来，看看情况。下来正看见周权，还有他面前桌上摊开的申报纸，立刻明白了他的来意。徐徐走到周权面前，直接拿起报纸看了看。报纸是当日《申报》，不过并不是全部，只是其中的第六页广告页，广告上满是各种治疗咳嗽、增长精力的药丸药水，夹在其中不算明显的地方，见到了画师吴友如的追悼纪念会告知。

"哟，竟然在安垲第举行，这一次的手笔可是够大。"林苟没有把报纸放回去，似笑非笑地又看了看，"我们罗兰的名字还真印上去了。"

周权有些得意，甚至发出了"呵呵"的笑声。

"不过，才排第九位，哦，倒数第三位呀。"林苟一样呵呵笑起来，笑得颇有深意，然后随意地把报纸又放回了桌上，如同根本没看到过。

"摊位，您看看摊位的位置……"周权立即又掏出了一张图，就好似那张图本来是想要做压轴大礼却只能提前出示一样，"您

269

看，我强烈要求的，咱们罗兰的摊位就安排在安垲第正门口，飞龙岛①正对面，简直是极佳的位置。"

林荀只是瞥了一眼，说："倒是还上了几分心。"

语气依旧轻描淡写，像完全不在意这些一样，悠悠地往店门外望去，似是开始担心会被耽误了正常营业。随即，气氛一下冷到极点。

老板都这样表现了，沈君还愣在一角实在说不过去。她不再留恋看戏，在心里撇了撇嘴，一转身就要离开餐厅，去里间换服务生的制服。

"沈君去就可以了。"

她刚刚转身，就听到背后老板说出这样的话，沈君一时没能反应过来到底是什么意思，就已经本能地倒吸一口凉气，低声惊叫。

大概周权也没明白林荀到底是什么意思，张着嘴半天，才终于挤出一句："我们、我们是要邀请您林老板而不是……"

就算是一下愣住的沈君，都已经大体明白了老板的意思，这个周权，恐怕是真傻。沈君摇摇头，知道一时自己走不开，只好又转回了身，静观其变。

道理自己都懂，但为什么会是自己，庄小晨不是更好的选择？

林荀没有回应周权的傻问题，也不知是哪来的开心，哼起了小调，可惜实在太过跑调，就连她自己也不忍再哼，表情顿时又一本正经起来，和周权说："我们又不可能在追悼会上卖炸猪排，

---

① 即现在的过山车，唯一的区别只是在晚清时，列车冲出起点后，不再带动力，全靠惯性飞跃四五个陡坡，最后转回到起点。而其刺激程度，在19世纪末可以说是娱乐项目中的一个顶点了。

你说是吧。"

周权的表情有些扭曲，不敢正面回应。

"所以才叫沈君去，只有她能搞得明白后厨里那台蒸汽打泥机该怎么用。她要是不去，在会场机器万一不能用了，岂不是丢了我们罗兰的脸，也丢了你师父的脸。"

似乎并不具有直接的因果关系吧？

但这意味着林荀答应了自己提出的请求？一旦有了这样的认知，周权终于松下一口气，任由林荀嘲讽戏弄自己。

然而，林荀却忽然转身向后厨说话："杏云，明天一大早，陪我去看看礼服裙。参加人家师父的追悼会，多少也得穿得像那么回事。"

"没时间！"

回答得太过干脆了吧！

听到从后厨传来如此决绝的回应，本来因为突如其来的任务有些手足无措的沈君，差点笑出声来。说什么没时间，显然是陶杏云又买了一本新的侦探小说，根本不想外出耽误她发现凶手。自家主厨真的正常吗？

看不出开心与否，林荀狠狠向后厨吐了吐舌头，根本没再理周权，便飘然而去了。

不过，这件事就这么随意地定下来了？所以最后决定的是在吴友如的追悼会上，罗兰卖他所喜爱的青豆泥？倒也算得上是一种特殊的祭奠了，难不成老板早就想好了？老板到底还是拎得清的吧。

只是、只是现在天气已经这么热，热气腾腾的青豆泥……真的卖得出去？

"冰的。"

竟忽然想起那个百般不耐烦的低沉声音。

"老夫要冰的青豆泥，这么烫嘴谁吃得下去。"

已经记不清到底是第几次接待那个讨厌的胖老头时，他突然提出了这样的要求，语气照旧阴阳怪气，实在是让沈君忘都忘不掉。况且那天正好又是每月一次的中西女塾学校开放日，明明是先进的格致学校，偏偏要弄些招外校人员参观学校设施甚至女生宿舍的活动，这是每个月里沈君最为深恶痛绝的日子。

学校也好，该死的胖老头也罢，统统都是只知道哗众取宠、吸引人眼球的小丑。

里外里把坏情绪全都赶到了一起，忽然听到这样莫名的要求，沈君实在没能压住自己的情绪，直接回了一声"没有冰的"，就去后厨报菜单给陶杏云，留了胖老头子吴友如一个人孤零零在餐厅里，发起了呆。

实际上此时沈君已经把来过罗兰多次的讨厌胖老头的身份给推理出来了。说是推理，其实都过于简单。

一个每次都要念叨无数遍，自己这个也画过那个也画过的家伙，袖口还沾满来历不明的油脂，衣服上永远有大大小小灼烧出的小洞，双手虎口全是磨出来的老茧。

仅是这四条，就已足够推出他的身份。

画十里洋场的画师不算少，大大小小能有十几个叫得上名来的。其他细节来看，一般人会朝着胖老头是一个厨子的方向推理，炒菜颠勺虎口磨出茧子，油会溅到袖子上，火星会烧到衣服上，都相当合情合理了。但沈君自然不是一般人，她一眼就看出胖老头所显出的细节与厨子完全不同。没有一个厨子会把双手磨出几乎同样的茧，更不会穿着长衫去炒菜。而进一步去观察，他身上的各种灼烧小洞，形状和痕迹也都并非平平无奇。一般来说，火星飞溅到衣服上，烧出的小洞都会有明显的焦黑，属于灼烧痕迹，但胖老头衣服上的小洞边缘多是泛黄而非焦黑。

结论已经近在咫尺，沈君却愣了片刻，因为结论让她感受到了想象与现实的强烈错位。

这些细节加在一起，只能推演出一个结果一种可能，胖老头日常的工作就是……一直在亲手操作着石印机。石印机，正好与他画师的身份又相对应起来，不会错了。

沈君是相当了解石印技术的，因为她一直以来就是《点石斋画报》的画迷，而且还不是像她的同学们那样，沉迷于学习画报上描绘的西方贵妇们的打扮，更准确地说，她是格致之美的画迷——尤其是出自吴友如之手、用画面描绘出来的那些。这样的画迷，脑中自然有石印技术全部工艺的流程，先用特制油膏在石板上作画，再用不与油膏相融的酸水腐蚀石板，接着把石板装到石印机上，刷墨上纸，人力转动摇臂，把石板和纸压紧，最后推出，一张石印画就印好了。印制流程全都能和胖老头身上的细节一一对应上。

放眼看来，全上海真正能拿得出手的石印机构，只有点石斋石印局和现在飞影阁所用的鸿宝斋两处了。《点石斋画报》现在的主笔是田子琳、金蝉香这些年轻人，和胖老头年龄相差甚远，所以，胖老头只有一个可能，那就是飞影阁的当家主人吴友如了。

吴友如……

沈君就是心怀如此的错位感，进的后厨。

273

"神经病吗？眼看冬至了，要什么冰。"陶杏云毫不掩饰地表现出她的不满。

沈君只好低声说自己已经回绝了客人的请求。

陶杏云听到，才多少疏开气来，去烧水煮豆。

上来的仍然是热气腾腾的青豆泥，在青豆泥上还摆了一芽两叶的鲜嫩薄荷叶，随着热气微微晃动翅膀一样，给整碗青豆泥添加了不小的立体感和活力。

唯有已经被沈君看透的吴友如，只是看了一眼，就掏出三角钱，放到桌上，又是一口也未动，什么都没说，走了。

直到进入本年，甚至将将开了春的时候，沈君才知道，原来将死之人，多是有想吃冰的意愿。

思绪大概飞得太远，沈君再回过神来时，发现庄小晨已经换好了服务生制服，好奇地在自己面前，东看西看。

沈君顿时觉得羞愧不已，立刻躲开庄小晨的直视，随意看向了别处。还没到营业时间，所以没有开门，餐厅里空空荡荡。

"姓周的走了？"沈君忽然意识到空荡的缘由。

"走了呀，早走了。"

"什么都没要就走了？"

"他配要东西？"

也就是说，他确实什么都没要，来了，坐下说了事，直接拍屁股走人。

坐在他师父的座位上，却根本没想起要一碗青豆泥，连提都没提过。

果然，他是不配的。

274

3. 看着就像个苦命的人

实际上，罗兰所用的这台蒸汽青豆打泥机，也和吴友如有着相当的联系。

在吴友如要冰青豆泥未果之后，他就像一个闹起脾气的小孩一样，跑来罗兰就必定会提出新的要求，只要不能满足，他就会甩袖子走人，留下一脸茫然的沈君暗生闷气，好似一种行之有效的报复。

天已经阴冷到浸入骨髓，将近午夜、即将打烊的时候，吴友如再度来了罗兰。他晃晃悠悠推开罗兰的店门，目不斜视直接坐到他惯常的位置。店门仍旧开着，门外的冷风伴着旁边消夜馆生意兴隆的嘈杂涌入，亦如是一种对罗兰冷清的嘲讽。

见吴友如又是在没有其他客人的时候来找别扭，沈君顿时一肚子气，又不好发作，只好闷头去关店门。走过泰然自若坐在那里的吴友如身边，发现他好像有些不一样。是瘦了？不止如此，

275

眼神疲惫得要命，而衣服上更是邋遢了许多，沾了不少深深浅浅绿色的油墨。

果然和自己预料的差不多，沈君看着他衣服上的几种绿色心里想着。之前她就很好奇为什么这个胖老头要单单对罗兰的甜品奶香青豆泥情有独钟。直到她推理出胖老头就是吴友如之后，有意翻阅了一下近几期的《飞影阁画报》。一年以来吴友如的画作越来越少，但至少每一期都还能保证有上一幅来压场。翻了几期后，确实一目了然了。吴友如突然间画起了他一直最不喜欢的仕女图……而究其原因，大概只有从侧面了解到来龙去脉的沈君是清楚的。

需要大量绿色的图画，仕女图再适合不过了。题材传统，画面不会出错，还可以加入大量的树木植物，以便尽可能多地试验绿色的印刷效果。不过实话说，这几幅仕女图印刷出来的绿色，如果一定要从艺术的层面来评价，实在欠佳。

他大概是对绿色有了近乎失心疯一样的执着吧，不然为什么会连一碗根本不可能相干的青豆泥，都能让他沉迷至今。

看来这一次的尝试更拼命了，而且结果又失败了，好像失败得还非常彻底。这样想着，关好店门准备回来接待吴友如的沈君，心略微软了一些，给他一点好脸色吧，他也有自己的苦衷。

"喂，小丫头，青豆泥。"

一点都不该同情他！

沈君甚至懊悔地"哼"了一声，不想再多看到他一眼，立即转身向后厨走去。

"豆荚，小丫头，听到没，今天老夫要连同豆荚一起打成泥

276

的青豆泥。"

就知道又有什么出格的要求！豆荚打成泥？他到底知不知道从青豆煮透到打成泥有多费工夫吗？还要把豆荚也……

等等，今天被叫了两次"小丫头"，这一点也着实可恶至极。

沈君就如往常任何一次应对吴友如的无理要求一样，冷冷地回了一声"没有"，就去了后厨。

而再等她端着一碗热气腾腾的青豆泥出来时，却惊讶地发现这一次和往常完全不同。人……已经走了？

以前就算有多无理取闹的要求，他都会等沈君把青豆泥端出来，看着碗里连嘲讽带挖苦地说上老半天，最后丢下三角钱，说一句"送你吃"再走人。而这一次……

是不是越来越过分了！

沈君气得差点把手里的碗直接摔到地上，而同时发现那桌上不只是放了三角钱，还有一张纸。她把碗放到其他桌上，走过去看。可当她看到纸上是什么时，更生气了。

纸上只有一个字，一个意味深长的大大的"呵"字。

"呵"？什么意思？有意在挑衅吗？那张厚嘴，皮笑肉不笑地发出呵呵笑声的样子，都立刻出现在了沈君脑中。

不对，不仅仅是脑中浮现出来的那副嘴脸，在"呵"字的右下角，居然还盖上了两个印章。

一个是"友如"字章，也是画报上最为常见的印，十分周正清晰，简直就是在拼命明示他到底是谁。是想让我们珍惜你这份可笑的墨宝？还是生怕来店里这么多次，没人认得出来，丢了面子？

另一个，就算是沈君这个昔日的画迷，也是第一次见到。同样是一个字章，上面仅有一个"吴"字，表明姓氏倒不出奇，可是这个"吴"字，和他的名号字章完全不同，简直就像在用汉字画自己的嘴脸，一个"吴"字就能让人立即看出那种皮笑肉不笑、讥讽一切的气质，也实在是一种才华的表现了吧。

不过，沈君还没有被字和印章气到丧失所有观察力的程度，她立刻就发现这张纸的背面也有东西。

正好不用再看那个讨厌的"呵"字。

她把纸翻过来，一看，似乎是吴友如随手画草稿的纸，用在了方才的嘲讽上，而这张草稿……沈君皱了皱眉，忽然改变了方才的看法。

怕不会是有意留下的吧，因为它是一张画得相当精细的机械设计草图。

机械是蒸汽动力，蒸汽机部分省略未画，只留有一个桶，和桶外画得细致入微的齿轮结构。只要根据齿轮和连轴的角度，很容易就能判断出，从省略掉的蒸汽机传动过来的力，会是如何在设备中运转的。

在桶里旋转，像蒸汽火车的铁轮一样。只有这一种可能。

而从图画的另一个角度来看，其描绘细节的精细程度，作为日常极为热爱研究机械的沈君来说，都不得不为之赞叹。

只是，在沈君拿着图纸赞叹不已的时候，她忽然发现就在图纸的中央偏右上的位置，也就是吴友如最习惯的留白题诗写落款的地方，又有一个印章。可惜这面印章却不如那个"呵"字显而易见，也不是名号字章，而是一方意味不明的符号章。

一个阳文圆环被十字划分出四块不等分的区域，十字的竖线换为字母 P。十字的左上角区域、字母 P 的斜下方依次还有两个小字母，依次是 A 和反过来写的 Ω。

这个图案，沈君也从未在其他任何报纸书刊字画上见过。

要是以吴友如的习惯，只是写一个字都要盖上自己的名号印章，不太可能会因为是张草图，就放之自由。他手头有章，直接盖上一个便是。只是这个符号章，要比那个怪异的"吴"字更让沈君摸不着头脑。

吴友如那副小人得志般的嘴脸，再度浮现在沈君脑中。

还真是了不起了！沈君没好气地和自己脑中的幻象吵起了架，最终，还是做出了决定：先将印章置之不理。

更吸引沈君的自然是这张草图本身。她平心静气下来以后，便跑回了自己换衣服的房间。

那里有她从学校带来的一些简单的格致工具，比方说一把尺子和一支圆规。在尺规的丈量和测算下，她完全掌握了这张草图所能蕴涵的全部信息。

这张草图，竟然连每一个齿轮的轮齿角度，都画到了堪称精确的程度。

终于又有了吴友如昔日的风采，沈君不由得点了点头。

279

不，是完全超越了以往的新高度，如果这一张草图真的能完成，全新的伟大画师吴友如就应该算是诞生了吧。

沈君不禁念叨着"爱来不来，最好永远不来"，自顾自地追出了店门，鼓着嘴瞪着巷子口。巷子口只有抢着买最后一锅开水的人，推推搡搡，乌七八糟。已入腊月的日子，又是阴沉的天，就算老虎灶的滚滚蒸汽弥漫整条巷子，似乎也带不来一丁点的暖意，反倒觉得更加湿冷。

不可能看到什么的沈君，连打几个寒战，缩回了店里。

至于那三个印章的小小谜题，就让它们爱怎样就怎样吧。

因为有了那张草图，再加上沈君多处的改进设计，最终形成了现在的这台蒸汽青豆打泥机，小巧、高效、能打青豆荚……

就连一向对机械兴趣不大的陶杏云，都一下爱上了这台蒸汽青豆打泥机。蒸汽机只要用一个炉灶的火力就可以带动，而打泥机的主体，小得令人惊讶，外观虽然黑漆漆的不大好看，但只要摆在炉灶旁的角落里就行，绝不碍眼碍事。无需用手打青豆泥，陶杏云欣喜得很，以她对食物的领悟能力，只试了三次，就找到了青豆、豆荚和牛乳的最佳配比，以及混合在一起的流程。

原来真的可以加豆荚做青豆泥，而且因为豆荚的纤维更丰富，打成泥后混合进青豆泥，再打，就能做出蓉蓉的口感，比起之前，更让人有种甜滋滋的亲昵感。竟然能想到加入豆荚，怕不会是天才吧！

呸！谁相信一个要了不下十次青豆泥却从来没吃过的该死老头，会有这样的天赋，必然是他想尽的歪点子中，歪打正着的一个。

但，那张草图又怎么解释？

只能等到吴友如再来的时候，直接把崭新的更美味的青豆泥丢到他面前，让他知道自己该做什么不该做什么。到时候一定要勇敢地问出来，把所有想问的都问出来，包括……好吧，其实也包括了对他的感谢，一丝。

　　然而，又像年前一样，越是想等，越是让人觉得世事弄人，直到最终等来的竟是吴友如突如其来的死讯。

　　死得突然，突然到似乎所有人都对其无动于衷。只有沈君，一下子想起了最后一次见到吴友如时，他那双用刻薄已然掩藏不住疲惫的眼睛。

　　这一夜，罗兰的生意不温不火，和任何一个未发生过什么事的夜晚一样。只是没过午夜，就已经冷清下来。

　　沈君见不再来客人，便像客人一样，到后厨点了一碗加了青豆荚蓉的奶香青豆泥。陶杏云没有问，吩咐还有些生疏的叶勤烧水剥豆。

　　三角钱直接放到了结账用的小箱里，沈君端着青豆泥，特意站到门外等了许久，之后摆到每次吴友如都会坐的那张桌上，哼了一声，没好气地低语："不准把我当小孩看，送你吃。"

　　"冰的。"过了许久，沈君补充道。

　　这一夜，上海竟下起了雪。

　　正是这样的一台厨房机械设备，蒸汽青豆打泥机将要离开罗兰的后厨，远道前往张园，成为与它出生最有渊源的人的追悼会上的一个点缀。

　　周权给下来的时间安排，罗兰和其他参展商一样，要到下午才能进场。由于这一次是由财大气粗的申报馆主办，整个安垲第和大洋房门前的空场，全都被包了下来，为了这场名为"追悼"的游园会。

被安排，并不为沈君所喜欢。不过，要下午才去，倒是刚好合了她的意。因为上午正好另有打算。

沈君自己的安排，只和庄小晨说了一半，虽说到底是要干什么，庄小晨完全不明不白，但她相信沈君的点子一定会很好玩，便欣然答应了。

到了活动当天的早晨，比起沈君来，庄小晨可以说是更加兴奋了。从一大早就已经静不下来，打开店门的木板，就像一只躁动的松鼠，不停地探头出去看沈君到底有没有过来。

在庄小晨往四马路望第十九次时，终于看到穿着学校制服的沈君，扶着帽子，从老虎灶的蒸汽中穿过，匆匆往这边赶。

庄小晨嘴上喊着"别着急"，手却是拼命地招，显得更着急了许多。沈君一头冲过来，细细喘着气，想要解释什么，却死活说不出口。

"我都准备好了。"庄小晨把声音压得极低，生怕被别人听到一样，和沈君说。

沈君还在喘着气，没有往店里走。

"没关系的，老板她还没起。"庄小晨小声说。

悄悄往店里看了两眼，沈君抿着嘴点了点头，才进了店，同样把声音压低说："我那边也准备好了，只是得绕一下路。"

"没有放在学校？"

沈君仍旧抿着嘴，不再作声。庄小晨立刻明白自己又嘴快多

282

问了显而易见的事，让沈君觉得尴尬了。庄小晨不禁挠着脑袋，就往外跑。不在沈君不想说话的时候烦她，才是最好的相处办法。庄小晨倒是深谙此道。

虽然庄小晨总是安分不下来，这一点甚至让沈君多少有些害怕，但她办起事来，还是可靠的。不仅把沈君交代的东西连夜准备好了，还自己主动跑到巷子口约了四辆独轮车，就等沈君过来，开始行动。

在庄小晨千叮咛万嘱咐不许发出一点声音的前提下，四个苦力蹑手蹑脚穿过罗兰清晨的餐厅，把蒸汽青豆打泥机拆卸开来，各搬各的，苦着脸、屏着息再出来。蒸汽青豆打泥机全部搬出来装好在独轮车上后，四个人又有两个回了罗兰，不一会儿再度搬出两个木箱。搬运的过程中，木箱里叮当响了一声，立即招得庄小晨咬牙怒视，吓得苦力差点把木箱摔在地上。当然，木箱是万万摔不得的，因为里面各装了十二瓶罗兰橙汁。

庄小晨自然不知道沈君为什么要悄悄再多运两箱罗兰橙汁，但她知道一定能见识到什么好玩的东西。

独轮车队沿四马路出发，过了泥城浜，再从跑马厅前向西走。本来一条平坦的夯土马路，可以直接抵达张园。可是刚走过跑马厅不远，就该绕路了。沈君跟庄小晨说了一声，庄小晨就喊着车队拐进了道路一侧的弄堂巷子里。

一下子，路变得泥泞湿滑，周围黑黢黢，几个苦力个个皱起了眉头，又不敢抱怨，只好闷头推车。而这个巷子，并不一般。

地面泥泞，并非雨水，而是污油，空气中则弥漫着刺鼻的气味，抬眼望天，只见遮天蔽日的滚滚黑烟。

283

竟是进了英美租界边上这一片著名的弄堂工厂区。

苦力不敢有怨言，只好由着两个小女孩带路，往弄堂工厂区的深处走去。幸好不用走太远，只是转了三条支弄，小女孩们就停下来了。

看起来胆子很小的那个戴着眼镜的女孩，反倒忽然走在前面，直接推门进了一间弄堂工厂的厂房车间。

四个苦力抬头看看，这间工厂的烟囱好像并不算粗，黑烟也并不算浓，却是不知这意味着是好是坏。

不知那个眼镜女孩进去交涉什么，过了许久，厚重的大门才再度推开，从里面探头出来一个满头大汗、一身油污的大圆脸男人。看着就像个苦命的人，大概就是这间小工厂的厂主了。

厂主看了看外面的苦力们，把脸皱成了包子嘴，招呼着他们把两箱罗兰橙汁搬了进去。

4. 罗兰橙汁荷兰水

弄堂工厂的格局基本都是一样的，把原本的弄堂二层楼上下打通，以便运进大型机械用于作坊式生产。罗兰近些月一直订购的本土生产的辣酱油，便是这种弄堂工厂的成果，只不过那个厂子要远一些，不在租界的边上。

苦力是看不懂这些大型机械的，他们只能听着厂主的指挥，笨拙地把二十四瓶橙汁都灌进了一人多高的密闭铁桶里。铁桶顶端有一组复杂的齿轮，齿轮连接着巨大的皮带飞轮，皮带的另一头则由整个厂房里唯一的蒸汽机所带动。

见橙汁已经全都灌进密闭铁桶，厂主又抱来一个桶口装有气压表的细长密闭铁桶，熟练地装到了灌有橙汁的铁桶上。随后，蒸汽机由小巧的沈君拉动操纵杆，启动了。

就像任何一台大型蒸汽驱动设备一样，在蒸汽机连同整个机械的吱呀怪叫声下，整个设备意味不明地工作了起来。

到底需要工作多久，似乎只有时刻盯着一组气压表的沈君才知道。到时她还要拉动一组必须站在板凳上才能够得到的操纵杆，让蒸汽机和齿轮组都停下来。

随着一声刺耳的咬合声，沈君终于全身用力，拉动了一根操纵杆，一切恢复安静。

随即，厂主亲自去把橙汁从密封铁桶里再接出来。不接则已，一接就连几个苦力都看出了不同。

橙汁在冒着气泡。

原先的橙汁，竟由这种机械怪叫着，不用加小苏打，就成了橙汁荷兰水①，更准确地说是：罗兰橙汁荷兰水。

厂房里因为蒸汽机的炉火，闷热得让人暴躁，苦力和厂主一样全身湿透地抱着两箱罗兰橙汁荷兰水，四个人排着队出了厂房，排着队深深吸了口外面同样溽暑湿热的空气，排着队叹气去装车。

厂主总想和沈君多说上两句话，追在往厂房外走的沈君身后念叨个不停，什么咱的小小药水厂就等着你这个发明大获全胜之类种种。一出厂房，正好一眼看见了独轮车上拆卸开来的蒸汽青豆打泥机，惊呼着和沈君说："这不是去年年底费劲造的？没想到还能一直用到现在，奇迹啊奇迹。"

只是一旦出了他的工厂，沈君就变回了原来的样子，低着头说不上是羞涩还是胆怯，就是不再和关系不近的人说话，任凭那个厂主怎么念叨。

不过……

———————————

① 即现在所说的汽水，由于早期汽水多从日本进口，而日本最先受荷兰入侵，因此西方商品多冠以"荷兰"字样，随之传入中国。该称呼一直延续到民国中期。

把全程看在眼里的庄小晨忽然有了另外一种想法，或许沈君根本不是因为胆小和害羞才这样沉默寡言，而是根本不屑于搭理绝大多数人……说起来，沈君还挺喜欢和自己说上两句话的，庄小晨不由得有些得意起来。

忽然发现独轮车队已经又上了路，她才赶紧打消去推测沈君内心的念头，追了上去，吆喝起四个不中用的苦力。

远远就能看到上海最高的建筑安垲第——那栋雄伟的红彤彤的大洋房。洋房塔尖上的大自鸣钟，时针已经指向了下午两点钟。

来的时间刚刚好。

张园的大门极具特点，全金属铁艺镂空交叉网大拱门，拱门上还有"GARDEN"和"CHANG-SU-HO"两行英文字母，显得洋气极了。透过张园大门，安垲第门前的广场一览无余。申报馆已经包下整座安垲第和其门前的广场，因此往日最受欢迎、入口必定排满、人相互拥挤推搡就为了再坐一次的飞龙岛，现在空落落得只有一辆轨道车停在轨道起点的最高处，孤零零地显出从未有过的可怜。

下午两点钟，正是追悼会上午活动结束、中午嘉宾就餐休息之后回场的时间，各种衣冠楚楚的绅士女士们，三两相伴进了张园大门，往着安垲第走去。

没有人来接待，沈君一行只好自己按照周权提前留下来的摊位安排图，叫着独轮车队推进了张园。

要不是因为有大型活动，独轮车肯定是不让进园子的。现在没法阻拦，绅士女士们只能投以极为嫌弃的目光，纷纷让开让他们迅速通过。

287

罗兰的摊位确实非常不错，就在安垲第门前，也就是所有参加追悼会的嘉宾们的必经之路，一个都不会落下。

"还算有点良心。"庄小晨看着摊位，倒是撇着嘴表示了些许认可。

四个苦力又多得了一点钱，帮忙把蒸汽青豆打泥机给组装回去，才推着各自的独轮车在众人厌弃的目光下，匆匆离开了张园。

张园，自从被买下来，建了园子，完全开放给游人之后，就从没缺少过新鲜刺激的娱乐。特别是盖了安垲第之后，更是如日中天，全世界所有最新潮的东西，在张园都能见到。

第一盏电气路灯，第一家照相馆，第一所弹子球娱乐室，还有让上海人第一次见到热气球——原地起飞时，火焰喷出，隆隆巨响，震撼得围观的人们连连后退，甚至就地打滚，以为火已上身，更不用说现在全上海最热门最刺激的娱乐设施飞龙岛了。在这样的张园里，只是一套小型蒸汽机连带一台打泥机，实在一点都不新奇，哪怕是把蒸汽机和打泥机在前几天刚刚涂成了古怪的墨绿色，也根本不会吸引到一丁点儿注视的目光。

眼看着一批又一批的人从面前走过，就是没有一个人驻足哪怕片刻，再加上下午的天越发闷热难耐，庄小晨更是急得满脑门冒汗，可是再看坐在一边的沈君，竟然又像往常一样，安静得像消失了似的在那里看起了书。

想立刻叫沈君想办法，再这样下去，要给罗兰丢脸了，可是又怕跟沈君说话，她会不理自己，那岂不是就把刚刚才建立起来的推理体系，关于"沈君其实是看得起自己"的这一点给直接推翻了吗？

庄小晨不敢再继续推演下去，摇着脑袋让自己冷静。结果，就在她情不自禁地做起怪异动作时，突然发现原本看书的沈君用惊异的眼神，透过她那副盖住半张脸的圆圆的眼镜，看着自己……

一下子，庄小晨只想往地底下钻。

倒是沈君一点都不在乎的样子，像是在观察某种奇异的自然现象一样，先是惊奇，随后就开始分析因果。可惜沈君大概分析出来的是庄小晨已经热傻了不必在意，便又看了看自己脚下，忽而低声说："时间差不多了。"

像是自言自语，又像是在和庄小晨说。

就在庄小晨还一头雾水的时候，沈君已经从最阴凉的角落拿出了一瓶罗兰橙汁荷兰水。

刚才在弄堂工厂时，庄小晨就觉得有哪里不大对劲，直到此时她才终于发现，原来在厂房里，当她正在认真盯着巨大机械生怕它爆炸时，那个大圆脸的满头是汗的厂主，已经不知道从哪弄来了两大块冰，用油布包好垫到了木箱底下。

盖着盖子，冰了一路，到现在二十四瓶罗兰橙汁荷兰水，已经冰镇透了。本来就晶莹的玻璃瓶，从木箱里拿出来，立即挂上一层水珠。

是递给我的？庄小晨一时没敢去接，但沈君已经把冰凉的瓶子塞到了她的手中。这简直要比看着还要冰爽，只要一拿到手里，就只想立刻打开瓶盖，一口气把酸甜冰凉的橙汁全都喝下。而且它还是荷兰水，荷兰水的汽从水中冒出，喝到喉咙里，比咽冰块都爽快。

已经想不了更多，庄小晨几乎是出自本能，就去扭开了玻璃瓶的瓶盖。

清晰爽快"嘭"的一声。

自然是荷兰水的汽的力道。

这立即引来周围绅士女士们驻足观望，眼神中，全都带着浓烈的渴望和羡慕，怎么回事？

哪还管得了。

庄小晨仰起脖子，橙黄色看起来就酸甜可口的橙汁荷兰水，一下就喝去了半瓶。要不是想喘上一口气，简直不可能停得下来。

一口满足！

暑气似乎完全退下，没想到橙汁和荷兰水竟是如此绝配。

庄小晨长长呼了一口气，简直幸福，在这种炎热的下午能喝上一瓶……

只是她才舒展到一半，突然发现自家摊位前已经挤满了穿戴各式礼服、全身湿透的绅士们。

他们要？

要买荷兰水？罗兰橙汁荷兰水？

哄抢了？居然会有这样的局面？

庄小晨完全不敢相信眼前的场面是真实的，再去看沈君，发现她却早已坐回角落里，看着她自己的书，将一切置之度外。

仅仅三刻钟就卖脱销了？！

"哇，卖脱销啦？"

什么？自己心里想的话怎么出了声？庄小晨立刻捂住了嘴，随后才意识到这个声音未免耳熟得很，抬起头一看，竟是老板笑眯眯地看着自己！

"啊！老板。那个、那个橙汁……其实我们，哦不，我是想……"

"明知道我来，难道觉得我发现不了？"

庄小晨立刻低下了头，就像是错全在她身上一样。

"嘻，看把你吓得。"林老板的眼神就像在安抚受惊的小猫，"这么热的天，我也想买一瓶冰镇的荷兰水喝啊。可是怎么就卖完了？"

相当惋惜没买到似的。

林荀就站在罗兰摊位前面，穿了一件中规中矩的裙装，却不知是剪裁的缘故，还是她本身的气质，高贵典雅甚至有些神圣，真的就是一副大小姐最该有的样子，除了她只有在对自家店员才会有的那种挤眉弄眼难以捉摸的表情。

"林老板！"

忽然在林荀身后，又有谁大声喊着她。

听到喊声，林荀立即回头，相当嫌弃地压低声音说："别那么大声，我现在可是林寿松的女儿林荀，人家看不起我们小破店，要声张了，人家该不高兴了。"

刚才老板是不是想传递什么信息？

来不及想太多，庄小晨侧头向后看，发现过来的竟是上午去的那家弄堂工厂的厂主，仍旧是一头的汗，现在已经站到林老板一边，连连说着"是"。而他的身后……

又是两辆独轮车，每辆上都放了两个木箱。木箱未免有点眼熟，不正是罗兰橙汁的木箱吗？

还没等庄小晨反应过来，新的两个苦力已经将四个箱子搬到了罗兰摊位里面。

"你看，忽然又有货啦。"林荀微微笑着说，"老板，我要两瓶罗兰橙汁荷兰水。"

两瓶？

庄小晨还在犹豫，手里已经被塞进来了两瓶的钱，耳边还听到老板细细的声音，"我猜我叫得没错，对吧？"

真的没错……

老板到底是何方神圣！

在庄小晨惊讶的时候，林荀已经把一瓶荷兰水塞到了那个厂主手里。

厂主一脸受宠若惊的表情，盯着自己手里这瓶荷兰水发呆。

"发什么呆，还不赶紧干活？"刚刚还是笑容可掬，转眼比荷兰水都冰冷，林荀大概就是这样一种人，"已经四点钟，小晨你该回店里准备开店了。"

说完，林荀转身朝着安垲第走去，只留下了喝着荷兰水的优雅背影。

庄小晨和那个厂主一样茫然，唯有沈君，依旧在看书。

不对，她似乎一直若有所思，看书只是一个表象。

5. 密匙

仲夏之日，天迟迟不黑，庄小晨倒是看着时间，不得不匆匆离开，赶回罗兰。留下的是沈君还有那个做荷兰水的弄堂工厂厂主。也幸好厂主在，他不知哪里来的热情，一直拼命地吆喝，就像卖的全都是他的生意一样。

直到夕阳西下，天气终于凉爽了些，厂主大概认为最热销的时机已经过去，终于稍微安静了些，坐了下来，像个生意人盘点起下午的销售记录。

"又卖了三十瓶，赢了赢了，这次真的赢了。"念叨个不停，乐得合不拢嘴。

赢什么了！

坐在一边的沈君听着生气起来，一碗青豆泥都没有卖出去，无人问津，这家伙怎么一点都不自知。

沈君越想越生气，不想再待在这个摊位里，哪怕一秒钟。愤然起身，招呼也懒得打，直接往安垲第里走去。

不过，她刚走开不远，就听到厂主在自家摊位里说："对对，你去玩吧，这里有我呢。"

用那种和蔼眼神跟自己说"去玩吧"是什么意思？

沈君更没好气，直接进了安垲第。

虽然天还没黑，安垲第里面已经奢侈地点起了全部的电气灯，再加上大洋房都会有的一扇扇落地玻璃窗，把室内空间照得随处都闪光耀眼。

安垲第自从建成开业以来，就当之无愧地成了全上海的娱乐中心。其内部是两层建筑，正中是室内空旷的大堂，像教堂一样，只是没有一排排祷告用的椅子，完全的空场，供于各种集会活动、演出、演讲。大堂朝着张园外大街的一侧，一层是通透的超大落地窗，晶莹的玻璃和极具西洋风格的窗棂设计，映着窗外夕阳的一片金红，另一侧是各式商家。商家会把对着张园的落地窗改成大门，门外摆些桌椅，天气好的时候把生意做到了外面。二层，则是左右两侧皆为游廊，游廊有包间，供于观看室内空场上演的任何节目。

而现在，上演的节目正是吴友如的第三次追悼会。

相当、相当隆重，却一丁点儿追悼会该有的凝重和悲伤感都没有。

大堂正位，则是那个有无数演说家登台演讲过的舞台，舞台上是本场活动的主持人，正在介绍他身后挂在正位上的巨幅画作。据主持人所言，该画是吴友如亲手所画，所画的是……自画像。

破坏气氛的不只是主办方，自画像本身就足够有破坏力。

中国传统画师，除了一些疯癫过度的家伙，几乎没有画自画像的喜好，而吴友如这个老家伙，不仅画了自画像，还画了这么巨大的一幅，还真是符合他的性格。

不过，如此破坏气氛的自画像，看在沈君眼里却又多了一层唏嘘感叹。

已经记不得是吴友如第几次来罗兰要奶香青豆泥了，只是记得那次这个胖老头突然很是有兴致，喋喋不休地说起了自己。还少有地说出些赞扬的话，只不过那是赞扬洋人们有作自画像的喜好，而不是赞扬罗兰的青豆泥，或者沈君。说到最后，他突然说，要是自己死了，就要挂一幅巨大的自画像在追悼会上，绝对必须，那样才像个样子。

难不成是一语成谶？

换个角度来想，他这话肯定也喋喋不休地说给过周权听，看看现在的会场，倒是一个孝顺听话的好徒弟了。

只是这幅自画像，实在是……

一幅巨大的皮笑肉不笑的自画像，笔触线条间全都是扭曲的讥讽，真不愧是吴友如，这个老家伙竟是对自己的气质和个性了解到了如此深刻的境界。

等等，皮笑肉不笑的讥讽脸？

作为逝者的遗像，这个表情未免太过轻浮，透过画纸都能得出那种斜着眼看在场众人的傲慢。

熟悉的表情，突然就揭开了沈君几乎尘封的记忆，这个表情岂不是和他那个"吴"字印章如出一辙吗！

一旦这样去联想，画纸上那张斜眼胖脸，顿时都扭成了那个可笑的"吴"字。

刚刚进门的沈君，不禁朝着舞台方向走近。

不用挤到舞台前面，只要从侧面看看那幅自画像，就能清晰地发现——竟与沈君方才刚刚有的一个猜想完全吻合——自画像中央偏右上是留白，留白的位置有一方印章，那个奇怪符号印章。

奇怪符号印章，除了在上次的图纸上见过一次，直到此时才是第二次见到。

沈君突然间意识到自己可能触碰到了什么暗藏的秘密。眼前的这场追悼会恐怕没有那么简单。再加上方才突然想起吴友如早就提到过要在追悼会上挂自画像，同样的古怪符号印章，只在包括自画像上这两处出现过，绝对不是无意的巧合。胖老头子最后出现在罗兰，还留下那张一面写字一面是图纸的东西，特意盖上许多的印章，怕不会是已经预料到了什么？预料到了现在的场景，事先传递了什么信息，结果自己却只关注了设计图？

所以，吴友如他其实……

呵！该死的老头，就知道你不会在吃我骂之前死掉。是不是被什么人软禁起来了？死老头，你早就察觉不对劲，难道就不能先撤离再说吗？算了算了，就麻烦你再多忍耐一下吧。沈君脸上不由得浮出一丝笑来，半年来想到吴友如这个名字，第一次笑，甚至还有那么一点得意和兴奋。

沈君警觉地环视四周。周权也好，申报馆的人也罢，所有沈君第一时间反应过来需要在意的人，似乎都没有出现在现场。

既然死老头悄悄留线索给自己，那么能解开谜题的大概也只有自己了。

296

沈君离开了舞台附近，开始了她的探查。

安垲第里面已经布置成了画展的样子。沿着大堂的方向，摆了一列列画架，画架上全挂着吴友如十几年画师生涯的画作。虽然画架之间都留有空隙，让参观者能随意穿行在每一列之间，但由于吴友如这个老家伙画作颇丰，在安垲第大堂内部，布置得犹如迷宫。

说是迷宫一点不夸张，沈君一开始预设的排列方式是按时间，结果她发现简直就是乱来。

在一进门的地方，倒是展出着几幅吴友如的成名作，《力争北宁》《水底行船》之类，都是报纸版本，因为石印石板不会保留。要不是主办方是申报馆，十多年前的报纸绝不可能再找得出来展出了。也是因为这种珍贵，引来不少人围在前面，恍如当年都是追捧过吴友如和他的画作的人，唏嘘感叹追忆起来。

真是一群虚张声势的人。

沈君环顾四周，心想，就算是再无心的布置，也会有它内在的规律。

沈君感到整个安垲第都向她发出了挑战，着实让她有些兴奋。随即，她便不负自己所望地发现了布展的两个细节。

细节之一，只要往人少的地方走一走，也就是往那些不出名的画作的位置走，便能轻易发现，越是无人问津的地方，摆放就越是杂乱。那些无人问津的画作，多数都是类似于《格致汇编》上才会出现的机械示意插图。虽说这些图足以体现吴友如所能驾驭的插图类型之广泛，但肯定远不如那些直接刺激人们眼球的惊奇画作有吸引力。

既然没有什么人挤在画前面，就给了沈君更多仔细观察的空间。杂乱的堆放物，并不需要动手去翻，就能看出是些什么。全是过期的申报纸。

　　既然不是什么贵重物品，沈君自然要拿到手里来仔细研究一番。拿过来一看，便能发现，申报纸的背面全是彩色的线。有粗有细，从笔锋上看，都是用毛笔蘸了黏稠的油墨画上去的。因此，线条不仅粗细不均，结块严重，而且仅从颜色上看，也是呆板生硬，一点美感没有。

　　这个聪明的老头。看到这样的东西，沈君却是给出了相当高的评价。因为她一眼就看出了这些彩色线条的意图。老头子完全懂得日常作画的宣纸和要用石印机印刷的报纸，这两种纸张吃特殊的彩色油墨所呈现的效果截然不同。更何况，很快吴友如就把毛笔换成了洋人画画时才用的排刷来试验颜色效果。只不过，试验的结果一直不尽人意，特别是绿色。

　　又走了几处冷僻画作的展区，发现了更多不被重视的试验报纸。而因为是在报纸背面做试验的缘故，所以很轻易就能从报纸的报头日期判断出这一份试验是哪年哪月哪日做的了，几乎全是集中在去年来罗兰之前的几个月里。看来他来罗兰时真的是进入一定的瓶颈期了。可惜这些申报纸的发现，只能说是解释了一些沈君一直以来的疑问，对吴友如留下来的谜题，似乎并没有什么意义。

　　而发现的细节之二，就相对更……

　　忽然，舞台方向发出声响，完全打乱了沈君的思路。

　　一位穿着西装、样貌端正的人走上台去。

298

看来是要开始正戏了。

沈君于这些是没有兴趣的，奈何那个人怕是一个多年演说老手，声音洪亮得让远在大堂另一头的沈君都不得不放下手头的事，抬头去看个究竟。

西装男是一个中国人，姑且也称之为主持人吧，站在吴友如巨大画像的眼皮底下，开始讲话。

"那么我们请出第一幅画作。"

没有开场白，看来是在沈君进来之前已经开过场，现在直接进入主题。

舞台左手边两个工作人员，从手边的一张长桌上小心翼翼拿起一幅画，登上了台。

"吴先生手绘画作《木兰图》，"主持人踱步到画旁边，继续高声说道，"上有书曰：木兰梁时商邱人，父病不能从军……"

他是读起了《木兰传》？无聊。

沈君又回到了自己的关注点，所谓的细节之二，还需要进一步地验证，她又重新事无巨细地穿梭在画架迷宫之中观察着，无人在意。

"线条明快，木兰英姿飒爽。可谓已逝大师之妙笔。起拍价三百银圆。"

起拍价……

沈君不屑地站起身来看向舞台方向，发现那里聚了不少的人，个个手里有一个牌子，此起彼伏。一转眼，在沈君眼里毫无新意可言甚至不值一提的《木兰图》，竟已经叫价叫到了一千银圆。

这一次的拍卖会规模之盛大，到场嘉宾之富有，且品味之无知，足以让申报馆从中大赚一笔了。

这里不得不夸赞吴友如的画功了得，自画像里他那双鄙视一切的三角眼，简直惟妙惟肖，正好是瞥着眼向下看着那个主持在兴奋地继续喊着新价。

细节之二，总结出来基本无误。

能发现第二个细节，大概只有沈君一个人，抑或能与沈君相提并论的吴友如的画迷了。

这次布展除去在最显眼的地方摆上最著名的画作吸引观众以外，确实没有什么有意为之的规律。然而，大概只有画迷沈君是知道，吴友如这个人，本身对自己的画作相当不爱惜，总是画完随手就丢，丢到哪里就算哪里。好巧不巧，吴友如这个老家伙又喜欢搬家，到底什么画作是在什么居所创作，大概真的只有一直关注着喜爱着画师的沈君，是如数家珍了如指掌的。吴友如搬一次家，就会丢掉大量他觉得是垃圾、别人觉得是至宝，在现在这种拍卖会上，动不动就能卖出一千银圆的高价的画作。这种要命的习惯，大概也就是现在的画展兼拍卖会，能有如此之多的亲手画作出现的原因。

吴友如早期，和绝大多数画师文人一样，无名无钱又想打拼，只能住在昆山往南接近美租界边缘的地方，起早贪黑往租界里赶。随着《点石斋画报》创刊，吴友如一炮走红，兜里的银子多了，自然住房也变得方便且宽敞舒适了。先是搬进了英租界，虽然不是核心区，却比以往强了太多。一步步往核心区搬，几乎是每一个来上海打拼的文化人都有的梦想。最荣耀的时候，吴友如已经住到了三马路申报馆旁边的弄堂里。若是一般的文人画师，绝对可以炫耀一辈子，当然要在没有人知道申报馆旁边还有一片洋人墓地的前提下。可是坏脾气的怪老头，没住几个月就受不了周围的吵闹，大骂着三马路上全是垃圾，便愤然搬离。这一次，他一口气跑到了徐家汇徐光启墓那里，举动一反常理，当然，同时也过上了半隐居半躲报馆编辑催稿的自在日子。

　　不过，自在永远只能是暂时的，隐居的生活最终都会让人耐不住寂寞，抱头逃回繁华尘世。这一次回来，吴友如全变了，虽然又住回了英租界核心区，但立刻就找申报馆点石斋石印书局提出了辞呈。辞去《点石斋画报》主笔的原因，是他想要画自己的画。随后，就是吴友如的《飞影阁画报》时代，直到此时此刻的追悼会。哦不，是拍卖会。

　　所以主办方未免太过偷懒，根本没有构想展览的主题，只是图个方便，把每一处收上来的画作，堆到一起展出完事……

　　沈君不禁有些为吴友如打抱不平，但更关注到底如何解开他留下的谜题。

　　看出了这么多的细节，却似乎都还在谜题的外围打转。那么想要解开，恐怕还是需要从自己手上唯一掌握的密匙——那个古怪符号入手了。

　　肯定是有所用意的，吴友如用自己的自画像做了保证。

　　那么，图案到底是什么意思？

　　不需要再去看一次，图案早就记在了沈君脑中。最先清晰辨别出来的是十字左上角的 A，和左下角反过来的 Ω，再加上“十”字竖线换成的字母 P。十字上短下长，与其说是“十”，不如说更容易让人联想到天主教的十字架。

其实第一次见到这个符号时，沈君就已经觉得应该和天主教有着什么关系。自己又是在慕尔堂的中西女塾读书，对天主教的东西多少知道一些，况且不只是十字架一处，A 和 Ω 也是天主教堂常用的字母图标，只是反过来写的 Ω 相当少见，或者说根本没有见过。

倒写 Ω……

沈君沉吟思考，总觉得有什么即将一触即发，却就是差了那么一丁点的距离，摸它不着。

倒写……

"让大家久等了，现在我们请出今晚要拍卖的第二幅画作。"

什么？这么快就要拍卖第二幅了吗？

刚刚才有一点思路，完全被吵闹给冲散，沈君没什么好气，只能皱眉。

只是舞台上的主持人不可能知道场下有这么一位小姑娘已经对他意见极大，依旧是亢奋的情绪，继续说道："第二副画作，是吴先生的一幅鲜为人知的仕女图。"

场下一片哗然，那些来附庸风雅的大老爷，注意力立刻又集中回了舞台上。

沈君叹了口气，放弃了抵抗。

同样的流程，有两个人宛如瑰宝一样端着一幅画上台。太远的距离，看不清画上的线条细节，但仕女图的人物姿态基本能看到，扑着蝴蝶，动作矫揉造作，花丛点缀了一些淡淡水彩颜色。

恶俗。

沈君嗤之以鼻地不再去关注什么拍卖，却忍不住向舞台方向看去，吴友如那双三角眼，简直就是在嘲笑自己解不开谜题而画。

该死，你还不如已经死了算了。

倒写的 Ω……

啊！

也可以看成是 U 吧。

用了 Ω 来表示是天主教堂，又倒过来写，当作字母"U"来一字多用。

这个胖老头，脑子要不要这么多弯弯绕绕。

所以现在已知的可以说是有三个英文字母了，"P、U、A"。

"两千一百元！两千一百元，第一次，两千一百元，第二次，两千一百元，成交。"

竟能卖到两千一百元？

原本对拍卖会毫不关心的沈君，都忍不住瞥了一眼舞台。两千一百元高价就买一幅什么都不是的仕女图？拿这个老头出来，也太好赚钱了……

但就算再能赚钱，这个"PUA"却又是什么意思？

PUA、UAP、UPA、PAU……

沈君脑中不断地排列组合三个字母，最终定格。

PAU？ PAU……好像即刻就要触及到了什么。

这样的字母组合总觉得似曾相识，但缺失些什么，答案在脑子里像一条泥鳅，捉它不到。

只有一步之遥，却似乎又已经无路可进，想最终破出迷雾，唯有的办法就是近距离再重新观察一下那个古怪符号，看看还有什么漏掉的细节没有。

幸好这一轮的拍卖也已经完事，舞台前就算人多，还是能挤得进去的。

"是不是意犹未尽？"

该死的主持人怎么还没下舞台，竟又开始主持什么。

被打扰到的沈君，怒目向舞台看去。

"我们不休息，直接请出我们本次拍卖会的第一位重磅嘉宾吧。"

一时间，沈君有了非常确定的预感。

"有请我大清国驻德大使林寿松大人的掌上明珠林荀小姐上台。"

6. 匣中世界

林荀得体大方微笑着上了台。

然而，沈君心里早就捏了一把汗，老板的演技真是精湛，但这样的介绍，还当着这么多人，绝对能让老板气上一个礼拜，到时候会怎样爆发，真是不敢去想了……

此时的林荀，已经又换了一身衣服，黑缎挽袖女褂配绿缎刺绣马面裙，可以说是再传统不过的着装，穿在她的身上却依旧显得洋气。大概真的是她独有的气质才能穿出的效果吧。因为颜色比较深，站到巨大幅的吴友如自画像下面，显得十分契合。

林荀上台后，只是微笑，没有多说什么话，简直就像一个摆设花瓶。

沈君看着心里有些不是滋味，又觉得老板大概也只能如此最为得体。

"恐怕大家都已经猜到了，第三幅竞拍的画作，一定是和我

305

们林大小姐有关。不瞒各位说，林大小姐今天一大清早就来了咱们安垲第。做什么呢？从吴先生上千幅遗作中，挑出一幅，对，千里挑一挑出她最喜欢的一幅，用于今晚也就是现在的拍卖。"

台下听得阵阵哗然，让主持人露出了满意的笑容。

"所以到底是哪一幅画呢？"主持人卖起关子。

沈君同样非常好奇老板能挑出哪一幅来。

"林大小姐准备了一点小礼物，要是谁猜中了，就把小礼物送给谁。"

林荀微笑着。

场下立即七嘴八舌猜了起来，猜什么的都有，以显出自己对吴友如画作如数家珍一般的优越感。可是，他们数的这些家珍……沈君无奈地摇了摇头，他们难道都不好好观察一下吗，绝大多数猜的画作都摆在现场的画架上，而老板选中的画，已经在台下面准备好了。

"看来没人猜中，林大小姐，您是不是觉得小礼物没能送出去有点遗憾？"

林荀继续微笑。

"言归正传，现在就请出今晚的第三幅画作吧，看看林大小姐的喜好到底是怎样的。"

两个工作人员第三次从舞台左手边的那堆待卖货品中小心翼翼取出一份，画上蒙着一块丝巾，端上了台，营造着最后的悬疑气氛。

"《明眸皓腕》。"丝巾摘下，主持人念出画名，表情得意得无以复加，并更加得意地进一步解释道，这一幅并非石印出来的印刷品，而是吴先生生前亲笔绘出的原作。

答案揭晓，场下顿时一阵叹息，就像他们全都猜到了，却因为这幅画享有盛名没敢说出口来。

沈君同样是惊讶的，《明眸皓腕》确实盛名在外，堪称名作，但老板竟是挑出这么一幅众人皆知的名作，而不是去体现出她独具慧眼的品位……直到沈君她看到老板依旧站在舞台上最本分地扮演着高官家的千金大小姐时，才忽然理解到了老板在为人处世上的深邃。

这幅画的内容本身就太符合现在的活动。因为《明眸皓腕》本来就是画的安垲第的一角，在弹子房中的场景。三个美人带着两个小孩，在弹子房里打弹子球。美人们都是梳着盘头发髻，穿着女褂长裙，传统的打扮拿着弹子球杆，右手握杆底端，左手架在球台上，弯腰俯身，目不斜视瞄准弹子球，动作又都标准得令人惊叹，可以说吴友如简直不是在画一个弹子球房，而是把整个上海的中西混合的现状全部用一幅画表现出来。或许正是这个原因，才让本画倍受世人追捧。而在此时此刻被挑出来拍卖，又是世俗最喜欢的仕女图，只不过花花草草变成弹子球桌。从各方各面都能让在场的财阀们感觉花钱花得物超所值，还可以在一定程度上表现出自己对吴友如画作题材的偏好，绝不是附庸风雅的世俗，又没脱离大众的口味。

越是这么去揣摩老板，沈君就越是为她频频点头称赞。

或许正是因为这种对老板的认可，沈君不畏拥挤地挤进疯狂竞价的人群。

一股脑钻到最前面，抬头发现老板并没有注意到自己，只有硕大一张讥笑众人的脸，在他们身后斜着眼看着自己的方向。

真是……就算在画里也要这样和他对视。

看印章，看印章。沈君立刻摇着脑袋，让自己回到正经事上。

印章很清晰，看在眼里的一瞬……灵光乍现一般，突然就明白了。

原来就是这么简单！

那个十字底端直接连在印章外圆，而十字底端左角的圆其实缺了一个小口，一开始会认为是在盖的时候左下角没有完全印上，可是现在这里和"呵"字机械图上的完全一致，也就是说，其实还有第四个字母藏在印章图案里。那就是"L"。

PAUL！没错了！就是PAUL！

怪不得刚才会觉得PAU已经相当接近，是PAUL没错了。

全都连上了。

沈君发自内心地笑了起来，在身边的绅士们女士们都撕心裂肺地喊着价钱的嘈杂吵闹声中。

说真的，如果不是沈君，就算有人把PAUL给拼了出来，恐怕也不会明白是什么含义。

沈君则立刻就明白了"PAUL"是人名，或者说因为有 Ω 的存在，无时无刻地提醒着它不只是一个名字，而应该称之为圣名，译为中文便是"保禄"。圣名保禄，又和吴友如这个老头子有联系的，那就显而易见了，说的就是有圣名保禄的前朝大学士徐光启了。吴友如是早就猜到现在这场画展加拍卖会式的追悼会，会用自己居住地点分类来展出画作？未必，但他必然知道申报馆旗下的点石斋石印局，是把自己的东西都按居住地点归类堆放的，所以只要把"PAUL"这个信息传出来，线索就已经铺开。接下来需要找的，一定是在他住徐家汇徐光启墓左近时的"遗物"中，无论是在追悼会上也好，还是用其他办法去接近也罢，下一站已经确定。

有了目标，沈君立刻就从怪叫着价钱的人群中挤了出来，脑袋还被不同的人用胳膊肘敲了好几下，疼得很，真是烦得要命。他们要抢的简直不是画作，而是林大小姐本人。老板这时候一定也已经气炸了。

吴友如住在徐光启墓左近的日子，算是相当特殊的一段时期。时间不长，仅有一年，在《点石斋画报》上的产出也明显是最少的一年，但是吴友如这个名字却根本没有消失在大众视野之中，因为一时间上海市面上出现了不少稀奇古怪的东西。全都是吴友如亲手设计的器物，只不过和一般画师会设计家具、茶具、烟具不同，他设计的全都是些拿不上台面的玩具。从第一款玩具上市以来，就让人们哭笑不得，却又恨又爱地疯狂买着，每次一出新品，立刻一抢而空。

和风筝那样可以变相展现画才的玩具不同，吴友如制作的玩具之所以会大卖，单纯是因为每一样都太过好玩，一时间拓宽了崭新的销路。就算他做一个升官图①，都比市面上随处可见的升官图要好玩得多。真可谓是不务正业的奇才了。

这一年，大概也是吴友如最快乐的一年。

不过，玩具和画作，特别是石印画作不同，没有存底，做出

---

① 用骰子掷点数，棋子从白丁一步步走格子升官进爵到终点的选格游戏。

的成品都立刻卖光，很少会有存货，所以这一时期的展区，展品出奇的少。而其中还有一半是当时吴友如在《点石斋画报》上画作的石印副本，其余一半堆着些杂乱的玩具。之所以这些玩具能留下来，要么是生产时的残次品，要么就是设计出来以后没法完成。因为不是画作，并没有用画架，而是放了一张长桌，把展品堆了上去。与旁边的画架相比，宛如残次制品展。

桌上有一架铁皮打出来的飞艇，巨大的气囊都是用铁皮打的，气囊表面还有精美的花纹，但更主要是飞艇下面的吊舱，可以拆卸下来。如果卸下吊舱俯视，还可以看到吊舱的内部结构，驾驶舱、客舱、机械舱，全都做了出来，细致入微，甚至于尾翼方向舵和螺旋桨，都还可以转动、旋转。

沈君对这个铁皮飞艇玩具还有相当深的印象，当时看到就为之震惊，但因为成本难以控制，造出来以后售价过高，所以成为吴友如手中少有的没能卖脱销的玩具之一，就算自己也没能买下一个。

时隔多年又见到它，多少有些触动，可惜当务之急不是感怀逝去的童年，而是找到下一个隐藏信息。

铁皮飞艇旁边，还有各种玩具，都是因为某些原因才得以遗留下来的。由于沈君本身就喜欢这些，是真正如数家珍地浏览着这些残败的玩具——棋盘里的滚珠游戏、可以组成立体图案的七巧板、附有烦琐说明书的纸牌游戏，诸如此类，无人问津。

直到……

沈君的目光终于停下，盯在了一个木匣上面。长方木匣，盖子上没有任何图案，连装饰性花纹都没有，只是最淳朴的楠木纹理。而如此朴素的木匣，却像是有摄魂的魔力一样，招着手要沈君打开它。

盖子是用铜扣锁住的，只要一扭就能打开。

"小囡囡。"

就在沈君刚刚打开那个木匣的同时，忽而身后有人这样叫了自己。

囡囡？听到这两个字，沈君已经有点不高兴，前面还显得非常刻意地加了一个"小"字，根本就没有这种用法吧。不过，仅仅三个字，就完全能听出语调之奇怪，发音之吃力。

沈君迅速瞥了一眼木匣里面，一册厚厚的游戏说明书和一大堆颜色各异的棋子，在棋子下面还能看到叠得四四方方的纸和厚厚一叠卡牌。没机会仔细去看，但只是这么两眼，就已经确定，这东西她从未见过，全展台只有这个是她绝对没见过的，所以……

抱着木匣，沈君不想因为其他多余的举动，引起别人的疑心，便回过了头。

果不其然，一头银发、高眉骨深眼窝、老派绅士的样子，是美查——申报馆的创始人，以及直至今日的顶头老板，英国巨商美查。那个同样在自己怀疑名单中的美查。

一见是美查本人站在自己身后，沈君下意识地把木匣又藏了藏。当然这只是一个动作而已，全无任何实际效果。或者说，效果只有让这个木匣更为引人注目。

《明眸皓腕》的拍卖还在疯狂进行中，人们大呼小叫已经不需要颜面，比起他们，整个活动的真正主人美查，则变得极为不显眼，甚至可以说是低调得从容而优雅。真是典型的闷声发大财

311

的老狐狸。

"随便打开展品，可不是好事哦。"

沈君的脸顿时通红，没想到这个看起来绅士的美查，会把话说得这么直接。但她忍住了自己的惊慌，只是低下了头说了声"对不起"，依旧抱着木匣，没有放下。

美查倒好，看着脸通红的沈君，摆出一副自己也是共犯一般的笑容，低声问："小囡囡你喜欢这种玩具？"

又是这个讨厌的称呼，沈君皱着眉，却只好点头承认。

"那就好办了，不然和鄙人做个交易吧。"

沈君依旧用沉默应付着。

"我们这一次不只是拍卖，所以……"

忽而，舞台方向传来定音一锤，把他们大老板的悄悄话都打断了。美查倒是表现得绅士，直起腰也向舞台看去。《明眸皓腕》被叫到了三千元的高价，终于卖了出去，竞拍成功的人，自然扬扬得意，吩咐着随从把画收好，直接登到舞台上向扮演"林家大小姐"的林荀献媚。而台下的败者们，全都拿出了丢人不丢阵的决心，蜂拥而上。整个场面多少有些不堪入目。

"林小姐这一次帮了大忙。"美查不仅是弯腰，几乎是半蹲在了沈君面前，"干脆，鄙人用这个来换欠下林小姐的人情债。"

"……"

"怎么样，你意下如何？"美查语气依旧和蔼，但眼神却如刀直刺胸口，不容对面一丝迟疑。

"又不是你的。"沈君以极低的声音咬着牙说。

美查先是一愣，之后哈哈大笑起来，笑得沈君把木匣抱得更紧了。

西方人的身材高大，笑声也同样洪亮，不加掩饰，引得舞台那边不少人回头来看。有人立即认出了美查，纷纷弃了接近不到的林荀，带着一脸社交的笑容往这边过来。

"拿走吧。"笑毕的美查，又恢复了绅士兼商人式的面无表情，"账，鄙人还是会记下的。"随即，他迎着那些从舞台方向扑上来的人们，与他们握起了手。

沈君哼了一声，才不管你美查怎么说，心想既然已经找到，这里没必要再逗留。便抱起木匣，出了安垲第。

幸好那个弄堂厂主比较仁义，跟沈君说早点回去休息，蒸汽青豆打泥机他来负责运回罗兰就好，不然沈君回到宿舍恐怕要将近凌晨了。

今天在安垲第门外坐了整整一个下午，又在安垲第里转了大半个晚上，着实是疲惫的。但回了宿舍，沈君做的第一件事自然就是再次打开那个木匣，要好好看看到底能发现什么。

最先要做的，就是清点一下木匣里到底都有什么。

一册没有写游戏名的说明书。粗略翻了翻说明书的内容，看得出游戏设计得相当复杂。

真正算得上棋子的，只有五枚，样子像洋人象棋里的国王，是木雕，银、绿、青、红、黄五色。把五色棋子放一边，剩下的也都是乌黑色的小木雕，数量相当庞大，人形的小棋子一共有五十枚，另有二十五枚筹码一样的短木条，长短与人形棋子无异，同样乌黑。除此之外，另外还有单放到一个格子里的银色圆片，银色圆片不是木制，手感和重量像是廉价的铝片。铝片的数量过于众多，沈君没有细数，大概有一百枚之多。

在棋子下面，是另外大部头的东西，非常厚的一沓子卡牌。同样因为数量太大，也没有必要去数有多少张。以吴友如设计玩具的偏执程度来看，如果张数有意义，在说明书中必会标注，到时候再检查是否缺少即可。沈君大体翻看了一下卡牌，都是双面的牌，正反面图案相同，只是一面只有线稿，另一面填上细节和颜色。而卡牌的图案大概分成几种，有洋楼建筑，有花园别墅，也有街道马路。

最后，除去一对骰子以外，就只剩那份叠得四四方方的纸了。

纸的材质和申报纸相仿佛，相对脆且硬一些，而展开之后，才发现，原来叠着的是两份纸。一张是近似地图一样的图纸，划分出大小不一、颜色不同的五个区域，另一张则小了不少，乍一看以为是升官图，仔细看则大不相同，是螺旋向内的线路，而非一般升官图那样往复延伸。螺旋线路上被垂直竖线划分出一个紧邻一个的格子，大概是为了便于计算，每个格子上都标有数字，从最外围的"一"一直标到终点的"廿六"。

内容已经看完，接下来就是研读一下游戏说明书了。看看这个被人们所无视的木匣子里装的到底是一款什么游戏。

和绝大多数人的观念不同，沈君一直认为，玩具也好游戏也罢，优秀的那些，它们都具有自己的世界才对。

打开说明书，就是打开了现在这个匣中世界的介绍书。

虽然已经有所预设，但这个木匣中的游戏，其复杂程度还是出乎沈君意料。

简单来说，游戏就是用五种颜色区分出五个区域，供玩家分别依照游戏规则开发建设，最终按建设成果得分，率先得到26分，也就是让自己的棋子从"一"走到"廿六"的玩家算为优胜。

而整款游戏最有趣的地方也就在于该如何建设，是按什么样的规则建设。

那张地图似的图纸，在说明书上明确标注，正是上海的抽象示意图。五个大小不一的区域，分别是绿色所代表的位于图中央的英租界，北边的黄色美租界，南边的红色法租界，西边的银色华界和东边的青色浦东地区。论面积，以英租界最小，且有一半的面积被规定为不可开发。在每块区域内，皆有不同的环境规定，关于地域环境规定，说明书也有专门一章进行讲解。并且，在沈君看来，这也是该游戏最重要的玩点之一。

说到地域环境规定，就要牵扯出整个游戏的建设规则了。

卡牌上的图案，代表了要建设的项目，洋楼代表洋行，花园代表娱乐场所，道路代表马路，钟楼洋房代表学堂，洋行建成得5分，娱乐场所3分，马路1分，学堂没有分，而其作用在于其他。

如何建设，就是要靠那些乌黑的人形棋子。说明书上称之为"劳工"，除去英租界的玩家以外，每个玩家初始劳工是五个。

初始卡牌，也就是免费获得的建筑资源，是在底牌中随机抽取的三张。卡牌可以放置在自己区域的格子里，但必须是线稿一面朝上，随后放置劳工进行建设。

每个劳工的工作进度是相同的，两天可以完成1分的建设。也就是说，一个劳工想要建成一个洋行，需要十天的时间。

而五个玩家轮流完成一次建设动作，视为一天。时间上对每个玩家也是公平的。此外，劳工在建设时需要消耗资源，资源也

315

就是除棋子之外的银色铝片，除了英租界玩家之外，每个玩家初始将获得十枚铝片，等同于用一个劳工完成一个洋行建设的基础资源，称之为"银币"。资源消耗相对不同，主要体现在学堂的作用上。与学堂相邻的所有格子，劳工劳作速度增倍。况且学堂是无分卡牌，不需要建设时间和消耗资源，如果抽中学堂，有事半功倍的意思。

四十枚银币分发给了四个玩家，而说明书上明确讲到，银币一共有一百枚，其余六十枚中有三十枚存在了五个玩家中最为特殊的英租界玩家手里，另外三十枚则存放在被称之为公共资源区的地方。英租界一半区域不能开发，视为银行，这也是能比别的玩家多掌握二十枚银币的原因。银币资源占绝对优势，但因为银行占据了玩家的一半开发面积，并且没有初始的五名劳工，想要建设得分，必须花钱雇用。每雇用一个劳工，需要花费两枚银币，丢入公共资源区，视为消费。

接下来就是要说盈利和消费了。

盈利主要靠建设完成的洋行和娱乐场所，每个洋行每天可以收两枚银币，娱乐场所收一枚，道路不赚钱。而建设资源，除去初始卡牌之外，每一轮每个玩家有一次掷骰子的机会，只要丢中同数骰子，就可以从底牌中抽取一张新的卡牌，进行建设。

卡牌有了富余，就会有新的消费。玩家可以选择卡牌不予建设，且与其他玩家进行交易。卡牌可以买卖，三种牌面价格相同，皆是两枚银币。但除了购买所用的基础消费外，游戏还规定了运输费用，即从卖方的中心点算起，到买方将要置资源建设的格子，每一个格子花费一枚银币为运输费，并且每过一条河，需额外支付一枚银币为过河费。五个区域全有河道相隔，英租界本身就被苏州河、泥城浜、洋泾浜和黄浦江所包围，这个设计可以说是相当写实又有趣了。

这个时候，道路的作用就显现出来，建设成为道路的格子，可以免掉该格的运输费。而过河道，则可以花费一轮的时间和三枚银币的钱，从公共资源区购买桥梁，也就是那些像筹码一样的小木条。只要搭建桥梁，便可永久免除相邻两格的过河费。但如果去建设地点造路修桥需要绕路，可能还有多算上几个格子多花上不少路费。

另外值得一提的是，与学堂相邻的道路，并无任何特殊效果。

因此，在哪里建设道路，哪里搭建桥梁，河两岸谁来建桥，谁来坐享其成，就都成了这款游戏玩家们之间机关算计的玩点了。

这样想着，论复杂程度和用脑量来看，真心觉得是一款非常好玩的游戏，而且肯定远远超出了市面上的所有棋牌类游戏，什么升官图啦，或者石头记大观园图啦，统统被比下去。

唯独可惜的是……

这个游戏一个人不可能玩得了，必须要有五个人才能玩。而把它找出来，更主要的是为了从中发现吴友如留下的信息，不玩它几遍恐怕完全无从下手。

沈君看着面前摊开的棋子、棋盘和说明书，沉吟片刻，还是默默地把所有东西按最初始的顺序收回了木匣中，一骨碌躺到床上，睡了。

7. 回到原点

"我是不是被'欠人情'了？"

老板面带微笑，却问得如此直截了当，让刚刚换好罗兰服务生制服从更衣室出来的沈君，一下子无所适从，差点惊叫一声缩回更衣室。

"我有那么可怕？现在还早，咱们谈谈心。"

完全放弃抵抗，有什么是能瞒得过老板的呢，而且本来就打算和老板坦白的，只是还没准备好就让老板抢了先。沈君心里叹了口气，只得寄希望于老板看出自己今天提前来店里的举动，就是为了坦白此事。

坐到了餐厅里，老板依旧微笑着，就像昨天在安垲第的台上一样的微笑。

她的心情，一定照旧非常不好。

硬着头皮，沈君还是把那个木匣游戏条理性地讲了一遍。很久没有一口气讲这么多话，讲完之后，沈君已经口干舌燥，心跳加速到极致了。

倒是老板似乎听得津津有味，微笑渐渐从脸上消失，取而代之的是越来越认真的凝视。

"所以，"林荀的眼珠又转了起来，一定是发现了什么商机，"你确定吴友如没有死？"

忽然被这么一问，沈君一时没能反应过来，愣了片刻才咬着嘴唇点了点头，虽然点头的动作并不坚决。

见到确切答案后，老板没再多说一个字，起身从沈君身边走过，肢体语言的意思明显，是该开始准备营业了。

不是说好了谈心吗……完全看不出老板在盘算些什么，只留着沈君还在发蒙。

"哦对了，"不过林荀忽然又停住，转身和沈君说，"你来罗兰算是最早的，我从来没用过昵称来称呼你，什么小沈啦小君啦，甚至沈同学啦这种。"

沈君更是一脸茫然，不知该如何应对。

"因为我觉得你和我十几岁的时候，很像，不需要这些。"

说完，林荀便进了里间，餐厅里重归静寂。

罗兰的夜晚，已经足够繁忙，忙到沈君根本无暇去想老板的深意，直到时间过了午夜，送走最后一个客人之后，林荀再度飘然而至，跑到了正在准备员工餐的后厨。

林荀宣布，众人且慢，莫要着急离去。

庄小晨和叶勤茫然地对视，又看看低着头的沈君，根本不懂

319

老板葫芦里又装了什么新药进去。陶杏云完全无所谓，天塌下来似乎都和她无关。

"我们一边吃夜宵一边玩游戏。"看起来像是在询问意见，但听上去完全就是在下达命令一般，就算是征求意见，谁敢在老板心情如此不好的时候唱反调。

可是……玩游戏？女孩子们更是茫然，随即听到蒸汽机启动的声音，原本就很热的后厨，现在变得更加闷热。

后厨只有一台蒸汽机，可以带动三台设备，而此时，运转起来的是青豆打泥机。

从刚才烧水，叶勤就觉得有点不对劲了，员工餐怕不会是青豆泥吧。自己倒是无所谓，可回去还有好几个老头子等着吃饭……

幸好还有其他的，只是多加了青豆泥而已。当叶勤帮着把员工餐都端出来时，看到沈君少有地主动在临窗的桌子旁边站着，她的手边是一个长方木匣，从未见过。

老板似乎情绪不差，亲自在后厨门口指挥。把员工餐放到某某桌上，把青豆泥端到沈君在的桌上，诸如此类。

时间不算早，吃完员工餐，再转战到青豆泥桌，就算没有慕尔堂的大自鸣钟报时，也知道大概已经过了凌晨一点钟。

沈君吃得飞快，在女孩子们刚刚收拾好自己的碗筷回到餐厅时，看到沈君已经把那个木匣子打开，将里面的东西全都铺好在桌上。

"嘻嘻，吃着甜滋滋的青豆泥玩游戏，似乎多少年前就梦想过了。"

老板已经就位，把勺子送到嘴里，眼睛却一直盯着铺在桌上的游戏图，兴致勃勃的样子。

反正肯定是什么新鲜玩意，庄小晨和叶勤早就对老板经常突发奇想习以为常，同样坐了过来。可能是老板和陶姐说过这是一款解谜游戏，陶姐少有地坐在老板旁边跃跃欲试，等待沈君。

人已到齐，餐厅里灯光依旧明亮，沈君深吸一口气，开始了游戏讲解。

这已经是一天里第二次一口气讲这么多话了，沈君却依然没能习惯，真想立刻逃走，但看到几个人都满眼的求知渴望，她又有些不忍心。便一会儿拿棋子一会儿拿卡牌地讲得滔滔不绝行云流水。

终于把吴友如设计的这款游戏的基本玩法和规则讲完了。再看在座各位……

"呃，讲完了？"

终于，尴尬的气氛还是要老板来打破，只是打破的方式同样尴尬。

沈君点头，不想再多说一句话。

比起沈君来，陶杏云倒是更如释重负，往后一靠，长吁一口气，好像还喘了两声，才缓缓地说："嗯，很好，全都没听懂。"

如同求救一样，沈君去看另外两个女孩子，她们则是慌忙躲开投来的目光。

再看向老板，老板她竟已经偷偷吃起自己那碗青豆泥了。一定是感受到了沈君的凝视，林苟忽而抬起头，急忙擦了擦嘴角，用力向沈君点点头。

"反正玩一次，大概就明白了……"非工作时间的林苟，总也没有太大的老板架子，说着说着声音都低了下来。

不管了！

沈君一咬牙，把五色棋子都摆到了螺旋格子的棋盘上，强行发给了每个人三张卡牌，并自己率先丢了骰子，点数为 7，不大不小。

基本上就是被沈君强行拉着开始玩的，另外四个人一开始全是茫然的，沈君一个人手把手一步一步教着来。

很少能见到沈君有这么强势主动的时候，庄小晨和叶勤全程惊呆状，提线木偶一样完成着自己的任务。

林荀倒是自如得多，只要有不明白的地方，毫不犹豫立刻发问，甚至偶尔还会指出游戏设计本身不合理的地方，就像沈君是游戏设计人一样，还希望能在此有所改进。

似乎只有陶杏云，是真的进入了状态，别看刚才还说着没听懂，此时倒成了最认真的那个。每一轮掷骰子，都紧盯着最后的结果，如果能轮到自己抽牌，抽牌之前必要默念什么必中想要卡牌的口诀。陶姐能如此入戏，着实让沈君觉得有些感动，至少有一个人是真的想把这款游戏玩下去的。直到陶杏云吃了一口青豆泥之后，嘀咕了一句"大概确实可以试试冰青豆泥了"，才让她彻底露了馅。

顾不了那么多，只要是五个人，先玩过一次再说。

因为其余四个人，走神的走神，不懂的不懂，同样是第一次玩这款游戏，沈君轻松地获得了胜利。而手边的青豆泥，几乎一勺未动。

特意配上青豆泥，大概是老板认为这样最能激发沈君解谜的灵感。而老板自己，全程只是优雅地掷骰子，不卑不亢地花钱置地，输赢成败似乎早就置之度外。也确实，老板本来就意不在游戏，而她到底在盘算什么，除了解谜，再往下深挖，就不得而知了。

当沈君把自己的棋子放到了终点，并宣布了自己的胜利时，反应最快的竟是陶杏云。一局结束，她张大了眼，一会儿盯着棋盘一会儿看卡牌，随即把卡牌交还给沈君，催着要开第二轮，眼神简直就跟看侦探小说到结尾时一样，要与作者一决高下。

全靠陶姐带动，游戏桌上的气氛终于热烈了起来。虽然这种气氛对于沈君来说并不必要，但总比每个人都在走神要来得有用一些。

第二轮开始，陶姐的运气似乎特别好，几乎每次都能掷出同数骰子，然后大刀阔斧置地建设。可惜这一轮的英租界在林苟手里，她全程面带可怕的微笑对任何一个有可能一家独大的地方势力进行了残酷的经济制裁。以至于无论是气势如虹的陶姐，还是稳中求胜的叶勤、迷迷糊糊的庄小晨，全都抓耳挠腮无处用力。只有目光如下围棋一般的沈君，在自己运势和全场局势之间，精于计算地以 2 分优势取胜。胜过了紧随其后的林老板，更是把陶杏云又甩在后面，全无翻身可能。

胜败乃兵家常事，更何况只是一场游戏。

可是陶杏云还是鼓起了嘴，皱着眉看着自己所掌控的那片土地。她选到的是美租界，面积最广，可以说是开发潜力最大的一个，但也因为面积大，使得材料运输费用陡增，更容易被林苟所压制。

显然她没看出这个层面的败因，只是不服气地嘀咕着："这个游戏不合理。"

沈君抿着嘴，想是不是要把棋都收了，时间不早了，看大家尽兴的尽兴，闹脾气的闹脾气，只是自己还没能从两轮里找到什么解谜的线索，但本来也急不得，来日方长。

"什么积分定胜负，不合理不合理，"陶杏云越是嘀咕越有了劲头，指着自己那片摆满卡牌和黑乎乎劳工的美租界，"依我说，就该在结束后增加一个环节。给所有参加游戏的人评选额外的奖励。最佳还原奖，这个必须要有。"

陶杏云嘀咕得就连沈君都一下子一头雾水。

"你看我这个美租界，该不该额外奖励？"

三个女孩都探头去看，只是卡牌和格子，实在难以从如此抽象的画面洞察出什么内涵。

"旗昌轮船公司。"陶杏云用手指在美租界黄浦江畔的一张洋行牌上，随后又向黄浦江和苏州河的交界处挪了挪手指，继续说，"上海电气公司、中西书院、虹口巡捕房、同文书局……"

陶杏云指着那些已经翻过来的卡牌，如数家珍地说着美租界上的洋行、学堂。

陶姐竟然对美租界这么熟悉？女孩子们心里应该都是这种惊讶。陶杏云可不管，将众人的表情看在眼了里，终于满意了一些。

而这个时候，沈君已经把关注点放到了苏州河那条线上，没想到陶杏云看似铺张浪费的建桥行为，也有其深意。数了数，正好如陶杏云所说的能从"外白渡桥、老闸桥、自来水桥、垃圾桥……"依次排下来。

"怎么样，应该给我最佳还原奖，附送 20 分。"说着她已经把自己的棋子数着格子走到终点。

大家看到陶杏云强行获胜，都是哭笑不得，只有……

"呀！"

一直事不关己沉默不语的林荀，突然低低地惊叫一声。几乎是同时，沈君的内心也发出一声豁然开朗的惊叫。两人也几乎是同时去拿游戏说明书。

沈君立即把手缩了回来。林荀嘻嘻笑着，说："好吧，我先看看，估计你也想到了。"

看着说明书，林荀念念有词："嗯，银绿青红黄……"又看看游戏棋盘的颜色代表，"果然有蹊跷，'银绿青红黄'直接转换过来是'华英浦东法美'这种难以理喻的次序。"

在林荀琢磨说明书的时候，沈君开始了她的行动，她把方才的残局全部收了起来，五色棋子摆回起点，不拿骰子，也没有动劳工棋子和银圆，手里拿了所有的卡牌，也不需要其他人的参与，开始按照自己刚刚构思好的方式往五个区域里摆放。

林荀把说明书放下，注视了一下棋盘，立刻指着沈君所摆的洋行牌说："这是怡和洋行。"

沈君没有出声回应，继续摆。

"正广和洋行、大马路、菲利普洋行……"

"不，这是太古洋行，吴友如在做这个游戏的时候，菲利普洋行还没有来。"沈君回应得一点都不羞涩。

"哇，你对吴大画师太熟悉了吧。"

"……"

沈君只是继续摆着，林荀则是继续充当解说，饶有兴趣地报着名。

"张园、愚园、双清别墅……慢点慢点。"

而其他人，特别是打开这扇奇异大门的陶杏云，只有挠着脑袋看着，互相交换莫名眼神的份儿了。

沈君摆得非常快，一转眼整张图都已经摆满了卡牌，上面有洋行有道路有学堂，再配上林荀的解说，谁都看得出现在这张图已经重现了沈君所知道的某一个时期全上海的实际规划布局。

没等众人喘息，沈君已经开始计算得分。没有骰子和手气的因素，最终是英租界胜出，总共获得 27 分，之后的排序是美租界 18 分，法租界 15 分，华界 13 分，浦东 10 分。棋子分别摆到得分的位置，唯有英租界因为多余的 1 分，摆回了起点。

"一目了然了啊！"林荀开心得就像个孩子，"26 个格子，其实就是对应 26 个英文字母。"

沈君没有点头的动作，但还是能看出她内心的认可。

"1 对应 A，18 是 R，15 是 O……AROMJ。然后，嘻嘻，再重新按说明书反复强调过的'银绿青红黄'颜色排序，MAJOR。哇！这不就是他吗，果然是他啊。"

Major——美查，原来一切就和英租界的棋子一样，回到了原点。

陶杏云三个人依旧茫然，而沈君看着多年前吴友如所做的这个游戏，像是真正艰辛地玩通了一款游戏一样，心情复杂得难以言表。

8. 付出代价的棋局

当美查见到林荀和沈君一起登门造访的时候，一点都不惊讶，就像是早就预约好了一样，虽然申报馆的人确实拿"没有预约不能见老板"为由阻拦过她们。

"刚好是下午茶时间，"美查把茶壶从手边的炭炉上拿起，动作泰然自若，典型的英国人做派，"先请坐，尝尝我们英国人的红茶。"

"是在印度种的。"林荀礼貌地坐了下来。

就算是美查老狐狸，在给茶碗里倒茶的手，也还是停了片刻。随后才看到沈君还站着，缓缓地转去对她说："这不是吴画师的小画迷吗？"

小？沈君听到这个字就有些不痛快，但老板在身边，自然不能发作，只能在美查笑眯眯的注视下，坐到了自己的位置上。

"鄙人来上海，最早便是经营红茶和……"

327

"美查先生，"林荀直接打消了美查想要继续转移话题的打算，"现在已经是下午茶时间，我的店过不了几个小时就要开始营业，时间不多，还是直入主题来得干脆些。您说呢？"

美查把手中的茶碗放回桌上，似乎有点可惜自己的红茶，说："鄙人是土生土长的英国人，来大清国三十多年，现在已经上了年岁，早就没有了年轻时的拼劲，想的只是在异国他乡如何安度晚年。林小姐，其实鄙人相当感谢你。春天的盛宴竟是让鄙人都感到大开眼界。从那时起，鄙人自己都没想过，竟是在晚年，好胜之心再次涌动。真是想亲自上阵，来会一会你。没想到，来得还挺快，没让鄙人等到快入棺才有机会。"

"您过奖了，不过尔尔。"

"你们中国人，都喜欢这样谦虚，让对手放松警惕。"

说着，美查缓缓站起身来，其动作之迟缓，让人简直开始怀疑他是否已经过于老迈。

不过林荀并不会中同样的计，这只是伪装。

美查走到了他的办公室一角，那里一座高大的立柜，他依旧缓慢，打开了立柜的门。门里可以看到，全是玻璃酒瓶，大概是他多年的收藏。

"咱们直入主题也好。小囡囡来，就知道你们一定是摸到了鄙人这条线，想去找吴画师。"

"所以，他确实没有死？"沈君终于按捺不住，努力高声问道。

"确实没有死。"本以为美查是要去拿酒，他却把几个酒瓶挪开，从后面取出一个木匣子。不过，酒也还是拿了一瓶，不知其意。

"虽然吴画师为鄙报所做的贡献都是在图画上。"美查拿着匣子和一瓶酒缓缓回到方才喝茶的会客桌前，因为只拿了酒瓶没有拿酒杯，多少有些奇怪，"但是吴画师的作品，鄙人只收藏了一部，与画作无关，是一款他设计的游戏。鄙人对其爱不释手，甚至鄙人多次想过，也许找吴画师去做《点石斋画报》的主笔，是屈才了。"

某种层面上说，确实没错。沈君难得地认同了一次美查对吴友如的评价，但也立刻又不赞同了。所谓"屈才"，美查大概根本不知道吴友如对石印和颜色的执着，到底到了什么痴狂的地步。与这些相比，设计那些游戏，不过是一时的消遣。

木匣子打开，方才的怪异感立刻消失。匣中全是酒杯，茶色和透明两种。

又坐回原位的美查，缓慢地把那些酒杯往桌上摆着，并且悠悠地问："其实鄙人还是压不住好奇，想问问你们是怎么摸到鄙人这里的？"

已经开始观察桌上那些造型不同的酒杯的沈君，忽然发现老板正在看着自己，等待自己发言，立刻脸红得要爆炸，低下了头。

"没关系，只是鄙人一时好奇，不用为难。"美查倒是体贴，像个温柔的洋老头，"鄙人就来做你们这一道关卡的守城人好了。"

美查已经把酒杯全部摆了出来，在酒杯下面，还有一层折叠的木板。

"就用吴画师设计的这款游戏吧。能把游戏规则做得简单易懂，还能让人们从熟知的游戏中找到绝对崭新的玩法和乐趣，这才是他天才之处。"

329

折叠木板，是棋盘。黑白间隔，方方正正。

"所以鄙人最喜欢的作品就是这个，你们叫西洋棋对吧，鄙人儿时经常会和父亲对弈。吴画师的设计，竟然能只是做了小小的改动，就让下棋的趣味又翻了倍。下棋，就是要和对手博弈。"美查把那些酒杯摆到了棋盘上，"用这套棋战胜鄙人，鄙人就把所知道的全告诉你们。如果赢不了，那就莫怪鄙人无情，便请两位回去，不要再打听吴画师的事情。不好听的话说在前面，吴友如，不是你们应该去追问的。"

酒杯的形状确实与西洋棋的棋子样子相类似，把酒杯棋子逐一摆好在棋盘上，美查便去打开了他那瓶酒，为林荀一侧斟酒。琥珀色的酒浆注入一只只晶莹剔透的玻璃杯棋子，着实有一种美感。

"想必林小姐是会下西洋棋的。"

"讲新规则吧。"

"其实已经一目了然，鄙人称这个棋为'饮酒棋'，更直截了当。不过，和你们日常习惯的曲水流觞那种雅集不同，这饮酒不是惩罚败者，或者说不叫作惩罚，而是要让博弈者每一次的博弈都付出相应的代价，十分有趣。"美查像是在欣赏自己的酒一样，给每一枚棋子倒酒都缓慢而优雅，"规则十分简单，当你吃掉我一个棋子的同时，就要将我这枚棋子里的酒一同喝干。想要获得优势，就要付出相应的代价，你吃掉的棋子越多，当然你的棋面优势就越大，但喝下的烈酒也越多，思路嘛，那就要看你的能耐了。这个设计，至少鄙人认为是一种看透人世的悟性。可惜，从收了这套棋到现在，还没有一个人和鄙人玩过。"美查说着，面露一丝孤寂，"哦，对了，这瓶是真的从苏格兰运来不是印度产的威士忌，还是相当值得一起细品的。"

说到酒，美查倒是又回了一点精神。最后一杯棋子已经斟满美查的威士忌，同时，酒杯轻轻在木制棋盘上摩擦的声音传来，林苟双指提起一支兵卒酒杯，向前走了两格。

"既然美查先生主动让出先手，我执白棋，就不浪费时间了。"

放下酒杯棋子，食指在酒杯口顺势划了一圈，不是那种故作的优雅，食指沾了沾嘴唇，随即真心笑了笑说道："是好酒，还带有泥煤味，不亏是您这种历经沧桑有故事的绅士所喜爱的。真想赶紧喝到了。"

美查没有理会，似乎已经全身心沉浸到棋局之中，将自己的兵卒顶了上去，在林苟棋子正前。

最平淡无奇的应对办法，抢中线，抢不到中线就来堵中线。沈君鼓着嘴在旁边看，脑子里却早已想到了六七步之外。可惜棋局完全跟不上沈君的思维速度，又因为棋子是酒杯，酒杯里装满了酒，生怕拿得太猛，洒了酒出来，所以每一步走得都更慢些。走棋走得如此慢，根本跟不上她。沈君看着棋盘，百爪挠心，却又无济于事。下棋，无论什么棋她都没怕过，甚至几乎没输过，可偏偏现在的棋，要饮酒！闻到酒味都快要晕倒的沈君，只有无力。

该死的吴友如！竟设计出这么针对自己的棋！

老板让马从自己的阵营中跳了出来。怕不会是太急了吧，这一步走得。

沈君攥了攥拳头，没有说话。美查一定察觉了沈君的想法，立刻将象飞出，意在抢到对手的失误，抢出优势。

简直是不思后果地横冲直撞，没有三两步，林苟的马就已经杀到了美查阵前，如同等待敌人处刑的可怜俘虏。

美查当然不会放过如此明显的机会，随之付之于行动。

如果一定要换子，一象换一马，不算亏，况且她十有八九不会……

"真讨厌，这么好的酒，给你先喝到了。"

美查放下林苟的透明酒杯，正琢磨接下来该如何走动，林苟就已经发起攻势。

先手却先被吃子，相当影响气势。不过，想到这本来就不是一般的西洋棋，要饮酒吃子，考虑到威士忌的度数很高，喝不了多少杯就一定会有了醉意，让对手先喝也未必是错的思路。

然而，让沈君甚至美查都没想到的是，林苟就像酒桌上赌气一样，推卒过去，直接吃掉美查的象。抢过象的这只细高酒杯，举到面前，终于得手一样笑了笑，一饮而尽，并发出了长长的"哇"的一声赞叹。

"不是印度的，信了。"

即便是在对弈之中，得到了林苟揶揄式的夸赞，美查还是得意的，只是手下没有停，将自己的车和王对调位置，车的面前一览无余。

"嘻"的一声，见林苟同样车王换位，就像一个根本不会玩西洋棋的小孩一样，硬撑着不说，还偏要学对手的招式。

美查虽是一位绅士，但在对弈上无论对手是谁都不会留情，特别是这来之不易的机会——能用盼望已久终于开封的饮酒棋和同样盼望已久的林苟对弈，他是提起了百分的精神，珍惜每一步棋，专注的眼神，抹去苍老，像个少年。

可是，林荀的棋路依旧横冲直撞，此时的她又执着于刚刚换位出来的车，一路厮杀，单枪匹马地迅速陷入困境。

什么啊！观战的沈君也紧紧锁死了眉头，老板完全是外行的走法。

就在沈君绞尽脑汁思索怎么保住老板这只孤军奋战的车的时候，林荀就如同根本压不住冲动，吃掉了对手的一个兵卒，随即被早已埋伏好的皇后吃掉，皇后就此得到解放，登上战场。

这是一输就输两步的棋啊，沈君痛心疾首。

棋局上的两人，则如同对饮一般，各喝了对手一个棋子。林荀喝得豪迈，美查却也皱起了眉头。

已经走了十几步棋，不对林荀的棋艺失望都难。只是以美查的行事作风，他绝不会因为对手的弱势而放松。就算是皇后已经出击，整个棋面进入倾向于自己的新局势，他仍旧精打细算着各自饮了多少杯，尽可能保证自己不比对手多饮一杯以上的量，再去考虑如何快速控制中线。

"美查先生，这酒我们罗兰能订购得到吗？"

林荀好不容易又吃掉了美查一个兵卒，却让自己另外一只马陷入围剿，结果竟还有着闲情问酒。美查心里的火气跟着微醺的酒劲一下冒了上来，他讨厌被人轻视，更讨厌自己认定的对手自暴自弃，在大局基本掌控的情况下，取走了几乎算是前来挑衅的这只马，将酒一饮而尽。

饮完这杯酒后，美查重新审视了一下棋盘上的局势。林荀损子一卒一车两马一象，己方损仅有四卒一象。此时林荀的单车又已出动，还是那种外行走法，美查决定待到消灭掉林荀这个最后的战力，就可以开始大举进攻了。

但好像什么地方微妙得不大对劲，只是已经来不及细细去察觉，林苟的车就再度奔来送死。这一次美查不打算再那样精打细算地保守应对，胜局已定，林苟再有本事也无力回天，况且她……显然并没有这个本事。

简直轻而易举，再拿下林苟一车。此时，林苟除了一象一后几乎全无战力，美查满意地看了看棋盘，决定迅速结束这场无聊的对弈。

轮到林苟出手，可是美查只感到对面迟迟不动，停顿的时间让他都开始烦躁起来，终于等到林苟将兵卒推进一步，他才松下这口气，心里想着自己该不会真的上了年纪吧。

然而，当轮到自己时，刚才的那种感觉再度涌上，而且更加明显，这种明显的感觉就在于当他准备大举进攻时，突然发现，以美查自己下西洋棋多年的经验，就算在棋子所存种类上占到优势，但在棋面上……林苟的防守，竟在他毫无察觉的情况下，固若金汤。

方才还自信满满的美查，突然间举棋不定。

这是错觉吗？感觉整个时间都凝固了，只有林苟布下的无懈可击的局。不可能，她已经毫无战力，只有七个兵卒，一车一马全都没有，凭什么还有防守的可能？

可是一旦他拿起任何一枚装满酒的棋子时，那种不安之感都会迅速涌入心头。这未免太可怕了，美查心想自己活了七十年，在上海过了大半辈子，什么样的场面没见过，怎么可能突然间在此就……况且还是在自己占尽优势的情况下，分明就是自己的心理在作祟。

最终，美查还是选择了最为保守的兵卒推进战术，将一枚在边缘地带的兵卒推进一格。

林苟的反应太迅速了，几乎没有去等，就像预谋已久一样，美查刚刚抬手，她便立即走了自己的一步，同样是兵卒棋子前进，但看上去其气势……

优势本来就在自己这方。美查不想再顾虑什么，虽然心中照旧烦躁如麻，却仍需要保持绅士的形象，泰然自若，又走了一步兵卒。

随后又走了四五步，老奸巨猾的美查已然察觉出问题所在。不知何时开始，林苟每一步棋都毒辣老道到极致，虽然不是步步紧逼，但那种收网的紧迫感，简直溢出棋盘。与方才判若两人，怎么回事！

越是察觉到不对劲，美查就越是举棋不定起来，而越是举棋不定，就越是觉得林苟棋路的凶残迅猛。

美查捏着自己的棋子，狂飙突进到林苟阵营的腹地，结果发现林苟迅速就能巧妙躲开，连碰都碰不到，重重一拳打在棉花上一样。只是七个兵卒，怎么能灵活到如此地步？

王与后未动，仅是七卒一象，就是黑云压城。林苟每一步棋都走得快如闪电，而自己却犹豫不决，简直如同度过半个世纪。对弈双方的时间感都变得错乱了。

左冲右撞，完全无法突围，七卒一象的队伍，竟是未吃一子，就把美查的王围死了。

看着最终的棋局，美查迟迟没能走出，甚至连面容都突然苍老不少。

一直观战的沈君同样感到惊异。正所谓旁观者清，虽说下半局美查输，一点不奇怪，在林苟的步步紧逼下，美查连连犯下低级错误，这才是占有绝对优势的美查的败因。整个棋局都算不上精彩，但令她惊讶的是局势为什么会突然被扭转，如果是自己来下，无论执黑执白，都不会发生这种变化。

美查终于从沉默中恢复，缓缓抬起头看着对面的林苟，脸上布满着不悦。

"一开始你是在耍鄙人吗？"

"您言重了。"林苟脸上有了几分严肃，对弈时那种玩世不恭甚至有些轻率的表情，荡然无存。

"棋力完全不同。"

"您真的曲解了。"胜负已定，林苟拿起双方的国王棋杯，将黑棋递给美查，"只是战术而已。"

"战术？"美查果然是一个热爱西洋棋的老绅士，发现自己从未知晓的战术，不悦立刻消失，接过棋杯，沉思许久，还是想不明白，只好求教于林苟了，"鄙人才疏学浅，把近十年四届世界锦标赛的棋谱都想了一遍，也没见过林小姐您这种战术，还望指点一二。"

"嘻，您把战术想得太复杂了。我可没有记下那么多的棋谱，况且咱们下的又不是单纯的西洋棋，"林苟举起手中棋杯，扬了扬眼神，饮了一小口，"泥煤口味真的好喝啊。战术嘛……其实是您醉了，我才侥幸获胜。"

"醉？"美查慢慢放下手中的棋杯，体会了一下，豁然笑了，

336

"果然是年纪大了，不胜酒力，可惜了啊，这么有趣的游戏不能在年轻时遇到。"

"非也。"

"嗯？"

"您比我多喝了将近一倍的酒，又是高度数的威士忌，实际上您的酒量，可以说是老当益壮。"

"一倍？"

美查当然是惊讶不已的，他精打细算着每一步，甚至因为这种精打细算，在棋局前一半还浪费了不少杀棋突进的机会，怎么可能会有林苟所说……他盯着棋盘百思不得其解，片刻后恍然大悟。

这次笑得更加爽朗，当美查拿起方才自己杀来的车棋对照了一下自己被换掉的兵卒时，更是笑出了醉意。

"原来如此。"

车和卒的棋杯，高度基本一致，或者说，所有棋子，除去国王和皇后以外，高度都差不太多。然而，直到此时美查才真切注意到它们的差别，车是城堡形状，圆柱体酒杯，而卒杯，即便高度和车一样，但它只是一个收口的锥形杯，也就是说容量只有车的三成……再看马的容量，一切疑惑都随之解开了。

"哈哈，鄙人收了这份棋以后，全心只想着等价兑换的战术，从来没认真研究过棋子本身，哈哈哈，但即便鄙人略有醉意，你能用七卒一象赢得整盘棋也非易事，鄙人这一次是输得心服口服。"

"承让承让，我要多加几道保险才敢出击。"

美查不在意林苟到底是在虚伪地谦虚还是对自己棋力的认

可，他只是沉浸在吴友如设计的这套饮酒棋的复杂层次里，原来自己还远没有看透它的深度，吴友如这个家伙，果然是被屈了。

大概等了相当一段时间，美查终于从吴友如的游戏中走出。

"鄙人遵循承诺。"美查缓缓站起，走去自己的桌前，把钢笔在墨水中蘸了蘸，在一张纸上飞速写了一行字。放好钢笔，盖上墨水瓶，拿着那张纸条，又回来递给了林苟。

林苟接过纸条，只是瞥了一眼，就随手给到沈君。

沈君展开手里的纸条，看到上面只是一行地址，仍是英租界以西的华界，李漴泾的西岸……

"接下来就都是她一个人的事了。"林苟像是终于丢掉负担一样，笑嘻嘻的，轻松自在。

林苟的话音刚落，就像踩着时间点一样，美查办公室的屋门，突然又被闯开。一个人，站在门口，双眼直勾勾盯着沈君手里的纸条。

是周权。

作为申报馆合作画师，出入申报馆自然没有问题。见他的眼神，就知道他肯定在门外窥到了刚才事情的大半，是有意而非刚好路过到的这里。

沈君在周权的注目下，吸着凉气，把脖子都缩到领子里面去了。

"周权？有什么事吗？"美查倒是老练得很，只是抬抬眼看向周权。

"先生，请让我去见师父。"

"哈！鄙人知道你处心积虑这么久，就是为了能从鄙人嘴里知道吴画师的下落。可惜啊可惜，现在这个秘密鄙人已经转交给罗兰番菜馆了。"

林苟立即极为不满地瞪向了美查。

"林小姐，可别忘了，你本来就还欠鄙人一个人情。"

"呵，转眼绕到这上面来了。行了，这时间该开始营业了，没闲工夫陪你们玩找人游戏。你们要不要一起我不管，明天白天再去，不准耽误我的生意。"

林苟把纸条从沈君手里拿回来，叠了叠塞到自己怀里，瞥了一眼周权，吓得周权连连后退，但随即她又像瞬间换脸一样，对美查嘻嘻一笑："酒，我们直接从您手上订了，您早就想重操旧业卖酒吧？这样人情算是还好了吧，美查先生。"

美查满意地回敬一个笑容，像任何一位绅士应该做的那样，起身送三人出办公室。

"你察觉到的东西太多了，会变得没有女人味。"美查用极低的声音在林苟耳边说。

"生意伙伴，讲究平等置换就够了。"

林苟回眸一笑，离开了美查的办公室。

9. 西岸以西

对于周权，嫌弃依然是十分嫌弃的，但既然要一起去李漊泾西岸找吴友如，沈君打算带的东西就名正言顺地丢给了周权，让他去背着了。

"其实……"

"你不用问。"沈君直接打断周权的问话，毫不留情面。

周权想问什么，实际上沈君早就猜出，或者说在这一路上，他就一直只想问这一件事，想看不出来都难。

为什么对他师父如此执着？

其实这个问题的答案，沈君想过许多。如果一定要与别人来说的话，她大概会一本正经讲到吴友如对罗兰有过一次帮助，就算是还这个人情，也应该把谎传去世的他找出来。只是这种理由，在自己看来太过单薄，说服得了他人，却说服不了自己。或许太多事情和行动，都很难找到确切相对应的答案，不像那些谜题那

340

么明确。但沈君也有明确的认识，就是在吴友如留下图纸不辞而别的那天晚上，她就知道一定要有什么需要找到的答案，让自己一路追查到底了。

被顶回去的周权，背着沈君塞给他的箱子，已经走远了一段距离。要不是穿着一身格格不入的西装，活像一个要去京城赶考的举子。

真呆。

沈君看着周权的背影，不屑地撇撇嘴。

根据地址，从一座新木桥过河，基本就到了。李漎泾西岸是一片农家景象，只是近几十年动荡加上居民向租界涌入，让这里只余荒废。农田满是荒芜，倒是有一条小径，并未被杂草掩盖，显然时常有人往来。小径的尽头是一间瓦房，瓦房远观感觉还算规整，没有破败的迹象，看来地点是没错了。

周权脚步有些焦急，转眼到了瓦房门前。不过，他没有冒失地夺门而入，而是在门前深吸一口气，酝酿一番情绪，才敲了三声，轻声喊："师父。"

沈君也跟了过来。

看瓦房门前没有杂草，窗纸也都完好，窗台无灰尘，倒是都放心了些。

只是，又等了等，看周权还是墨守成规地在外敲着无人应答的门，沈君有些无奈，低头从周权侧面钻了过去，直接推开了屋门。

这个时候还讲什么规矩。

打开门没有特别的异味，倒是打消了最坏的预想。

因为沈君擅自进来，周权在后面抱怨了几句，却也知道继续僵在门外解决不了问题，只好念念叨叨一同进来。

屋里完全不像一个画师久住的地方，整个房间里，几乎看不到画台，也看不到笔洗、笔架，更没有成品的或者半成品的画作。就算是常年和师父生活在一起的周权，都开始怀疑是否走错了地方。

有意思的是，在屋里一侧，没有画架，取而代之的是一面墙的书架。书架上的书，更不像一个画师应该看的。沈君走近一看，不由得都沉迷进去。全都是些格致之学，而且种类之繁多，令沈君都惊讶不已。在书架上，不只是有重学、算学、图学、工艺学，甚至连最新的化学、光学、电学的书也都有。

看到这些完全不属于画师的东西的同时，沈君反倒确信了这里正是吴友如的居所。想到他那张尖酸刻薄的胖嘟嘟的脸，全都对上了。

书架上没有灰尘，多数的书都翻得油腻破烂。在书架旁有一张窄桌，显然不是用来作画的，桌上仍旧摆了一沓又一沓的纸。沈君不可能放过这种细节，拿起那些纸查看起来。

全都是草稿，不是画作而是一组一组算式的草稿。什么样的算式都有，其中还有那种看起来非常古老，完全脱离算式本身所代表的格致之学的阴阳内容。什么"阴阴阳阳阴"之类搞不懂的写法。

不看这种古怪的东西，再继续往下翻，发现竟不仅是算式，更有趣的是，还有很多的化学式。这些化学式，以及很多草木植物分析或抄录的化学成分表，把众多草稿引向了同一个领域。

看着草稿上的化学式，沈君不禁想到近几个月来，《申报》的纸张一直在微妙地变化。有时变韧了，印刷却不太清晰；有时又变脆了，却保证了印刷，不过无论其他元素有怎样的反复，唯一一直在向同一方向变的就是，申报纸越变越白了。

草稿已经把事情讲得明明白白，原来半年来的功劳都在这里。所以……突然好像明白了什么。至少明白了美查所感叹的"屈才"以及他最后和老板说了那番话的真实意义。而老板她……

周权呢？从沉思中醒来的沈君突然发现少了点什么。

一开始，只是以为周权对这些格致之学不感兴趣，所以才没跟过来看个究竟。但现在他不在房间里，就让沈君有些不安了。

幸好她立刻发现，这间瓦房有道后门，后门半掩，看来周权是从那里出去了。

不想一个人待在这种陌生的房间里，沈君当机立断放下一沓子草稿，从后门溜了出去。

周权果然在外面，只是刚一出来的沈君，没有机会说上周权几句解气，就愣住了。

从后门出来，算是瓦房的后院，只是规模多少有些惊人，在这种荒芜的地方，一间房的后院里竟另有两间全封闭棚房，只是两间棚房刚刚被拆掉，现在只剩框架。只有框架的棚房倒也有一点好处，里面的内容一览无余，不必再费劲进进出出。

两间棚房，其中一间十分明显，蒸煮笼、打浆池、捞浆池等等皆齐，还带有浓烈刺鼻的酸味。打浆用的动力来自蒸汽机，机器乌黑，飞轮光亮，更能证明这里一直有人使用。此景前，都能想象出吴友如拖着肥胖的身躯，在蒸汽机旁检查打浆转速的场景，甚至连申报馆的监工场景都想象了出来，还挺解气。

不过，那根本不是沈君所在意的。同样也不再顾及周权，沈君进了另一间只剩框架的棚房。

在意这间，因为这里确实更像是画师的画室了。

有大大小小的水缸，有笔洗，有长桌，还有摆在桌上的大小玻璃杯。

能有这么多玻璃杯，看来开销不小。这样想来，拍卖会赚来的钱，真不知道申报馆还能剩下多少了。但走近去看，才发现果然又被吴友如这个老家伙误导了。这里哪是什么画室，只是做出一个画室的样子而已，根本上，还是一间试验室。

被误以为是画桌的桌面上，摆着的玻璃杯全都装着稀释到不同程度的颜料。笔架上挂的也都不是毛笔而是油刷。再看水缸里，更全都是混沌沌的东西。果然他还是一直不忘"石印颜色"的难题。

与方才的瓦房有着天差地别，在这里，几张桌子上、地上，甚至柱子上、顶子上，全都贴着挂着草稿纸，尽显画师房间应该有的狼藉。草稿纸上没有画，全都和那次拍卖追悼会上看到的申报纸草稿一样，只有各种颜色的线。线有粗有细，颜色早已比那时鲜明多变得多了。只是这些纸，虽比以前的申报纸要白了不少，却非常脆，肯定进不了石印机。

正在拿着那些草稿思考的沈君，忽然听到周权叫她。

"沈同……"

"谁跟你是同学。"

根本不用周权把话说完，沈君就条件反射地反驳了他，随后才回头去看。

大概因为同样是被画室的外表所蒙骗，周权也跟着进到这个棚子里东找西找，最终站在了远处一张长桌前。他叫沈君的样子十分认真，俨然是发现了什么。可是远观过去，桌上同样是油刷架子，不足为奇。还没有那么多的玻璃器皿，只是放了一方乌黑的砚台。

不对，砚台？

沈君也忽然意识到不对劲了。这间棚房仅仅只是看上去像一间画室，实际上是油墨颜料试验场，哪有一方只能用来盛墨汁的砚台的立锥之地？

三两步，沈君走了过去。

还没等沈君细看，周权就急慌慌地追问：“一定是师父又留了线索！对不对？”

“你成熟一点好吗？”沈君皱着眉，把最想对别人说的话说了出来，管他对方到底是谁。

周权立刻把正位让开，不敢多说。

本以为就这样结束了，没想到还要再解新的谜题。

那方砚台，根本不用看，因为它全身写满了“我是新线索”似的放在桌上。

说这个是一方砚台，更准确地说只是用砚台石做了一个不小的匣。石匣子的盖子上，是一个五环的轮盘锁。环成同心圆，环上分隔刻有数字，皆是从“一”到“十”。沈君摸了摸轮盘锁，圆润冰凉，同样是用砚台石制成。厚度来看，里面放不下多少东西。

因为被沈君顶了回来，这个时候的周权更像个孩子，只敢在一边默默地看着，完全不敢再妄自给出任何一点意见和想法。

看着被轮盘锁工艺锁住的石匣子，沈君一时也想过干脆把它撬开完事。但这个念头一起，脑子里已然浮现出吴友如那副不知廉耻的笑。

轮盘的密码一定就在附近。

重新审视这张桌子上的所有摆件，过于简单，除了石匣子以外，只有一排笔架，上面挂着长长短短十来杆油刷。

这张桌子干净得简直与整间棚房格格不入。

不过，"空白"本身就是一条线索，更何况一排油刷的特点也相当显著。油刷上，就算颜色浓淡不同，但总归都该算是绿色。每一支油刷的刷毛都蘸饱了绿色油墨，油墨不容易干，此时看着还是湿嗒嗒的，有些黏稠。看来这一排油刷的绿色，都是不早于昨天才蘸上的。另一个角度来说，更能证明这就是不知什么原因匆匆离开这里的吴友如留下的线索无误了。

绿色，很好，又回归到了最初始的线索。

这间棚房，算是油墨颜色的天下，随处可见全是油墨，画在纸上的，洒在地上的，存在缸里的，灌在玻璃杯中的，毫无规律，更无头绪。如果别除掉其他颜色，只看绿色相关，也过于纷杂。满地满桌都是画着粗粗细细各种颜色的线，线里有绿色，但抓不到要点。油墨缸里的颜色同样缤纷，当然这其中也不乏绿色。

沈君忽然在两口缸前站住。

两口缸中，一口里装的不是流体，而是绿色的粉块，而另一口缸中，则是气味极为刺鼻的无色液体。

在缸的一边，放有一张纸，上面画满了绿色。从最浅的颜色一条紧挨一条画到了最深，一共十六条线。每条线由上到下，颜色似乎也都有着微妙的变化，紧邻的很难看出，但稍跨开一点距离，就能发现。

看来吴友如是在这里对"绿色"做了最深入的试验。

无色液体和其他缸中的油墨气味基本一样，但是要浓烈许多，看来油墨就是用这种恶心的液体和颜色粉块混合而成。应该还有更多复杂的工艺，才能让颜色混合均匀并且出现自己想要的……

沈君忽然愣住。

好像什么东西突然全都连上了。可是，这该死的刺鼻味道又让她无法集中注意力，难道这也是吴友如给她制造的解谜阻碍之一吗？

油墨，颜色粉块和刺鼻液体……颜色由浅至深，颜色粉块与刺鼻液体混合比例……只有两种东西的调和……

那么！对于吴友如所做出来的油墨来说，岂不就等于……沈君沉吟片刻，终于找到一个合适的词来形容，岂不就等于是阴阳两极？忽然想起刚进前面瓦房时，在那堆算式草稿中，看到的"阴阴阳阳阴"这种古怪的字串，难不成就是老头子在记录粉块和液体的配比？那么，现在呢？

重新换一个思路来审视……只算阴阳不算更多，那就是2。16条线，那么算出来就是……沈君皱着眉头用她那个极速的脑袋瓜算了好一会儿，才终于呼了口气，得出了最后的数字：65536。

他的意思是这张纸上能有65536种绿色？

就知道吹牛吧，死老头！更该死的是，除了我……谁还能看得懂你吹的这个牛！

沈君一边心里嘀咕着吴友如，一边又走回石匣子桌前。

周权依旧不敢吱声，只是等着被呛得不轻连连咳嗽的沈君，用已经推算出的答案去把石匣子打开。

正好五位数字，六、五、五、三、六。由外向内把数字扭对，只听到最悦耳的锁簧弹开的声音，石匣子打开了。

里面像开天大的玩笑一样，只有一张纸。

费了如此大的力气，结果……

简直就是吴友如的一贯作风，沈君苦笑着放下沉得要命的石匣盖子，把那张纸拿了出来。纸的质感和棚房里多数的草稿纸差不太多，色白且脆，折叠起来，看不到里面写有什么。

周权已经把身子全都凑了过来，必然是急不可待地想看。可是因为已经有了上一次"呵"字图纸的羞辱，沈君心有余悸地把周权硬生生赶走，才去看那张纸。

沈君早就预想了一万种可能，一定又是"呵"啦"哈"啦之类满带嘲讽的字，或者什么其他充满恶意挑衅的东西，这个玩世不恭的该死老头，永远就没有过正经的态度，无论对人还是对事。

"一定是你。"

呵！居然没有嘲讽？写了这么一句放之是谁都行的话，脑子有病的老头。

不过，纸叠了多折，这只是第一列。

沈君又开了一折。

"青豆泥小姐。"

呀！

沈君心中一下子只有惊叫了。

死老头子真的猜到了？

小姐？自己在他眼里不是小孩子了？只有在这个死老头子眼

里才不是小孩子吧。

"谢谢。"

突然这么有礼？完全出乎沈君意料。

立即再继续往后看，仅有一块印章"友如"。

"是、是师父！"

周权早就冲了过来，看到纸上的文字，进一步确认了字体和印章。

"可是……师父他又去哪儿了？"如同一个无助的孩子。

"你成熟一点吧。"这一次沈君是发自内心地说，虽然她想到"青豆泥小姐"之类肯定被周权看到，心中有些恼火，却还是故作镇定地继续说，"写得跟遗书似的，能活着就不错了。嗯……看几间屋子的样子，至少老家伙，哦，对不起，至少吴画师昨天还在这里，活着的。"

沈君说得没错，一语点透了周权，他似乎又恢复了一贯的精干模样。

"好好把飞影阁经营下去，才是你应该做的，整天找什么师父。"

这让周权有点摸不透沈君的情绪，只好点着头被比自己小了好几岁的小姑娘教训，又像是在装模作样哄着小孩子开心。

"又愣着，把东西拿过来。"

她忽然话很多的样子。周权心想，姑且听她指挥，反正东西背都背来了。周权走去打开背来的箱子，从里面端出一个碗。碗里放的自然是青豆泥，天气依旧闷热，碗端出来却还冒着些冷气，在这种日子里，着实是相当诱人了。

周权端着青豆泥，往回走，正看见沈君依然站在方才的石匣子桌前，还依稀听到沈君偷偷对着石匣子说了一声："也谢谢你的游戏。"

　　这孩子，还真是上了心。能为自己师父上心的人，周权都是喜欢的，他端着碗走近，甚至依稀从沈君身上看到了林苟的影子，但只是那么一瞬，立即就全无那种感觉了。

　　"怕不会是太像祭奠了吧，师父他又没……"把碗平稳地端给沈君的周权，忽而又觉得这样有些不妥。

　　沈君只是哼了一声，根本不在意周权说了什么。冰凉的碗放到了石匣子一边，就像早就想好了一样在这个地方对着空气说起了话。

　　"这次你又没吃上，青豆泥，加豆荚一起打的，而且是冰的。"沈君把青豆泥放到了石匣子旁边，又看了看角度，觉得也别无他处适合放了，"不过，反正你也从来没打算吃过。"

　　说完，沈君把那张纸拿到手里，犹豫了一下，没有处理就只是塞进怀里，又哼了一声，连招呼也没打，便独自走了，走得背影多少有些决绝的气势。

　　忽而一阵秋虫啼鸣，看来夏天是真的过去了。

　　此别之后，周权与沈君，甚至与罗兰都没了往来，倒不是有意疏远，而是他忽然间找到了真正应该去忙碌的目标。他还有没有继续去找师父，无人知晓，唯一能获取到他动态的只有报纸，周权早已蜕掉了昔日学徒工的样子，俨然一步步成了可以独当一面的画师。就算没有了往来，大概沈君甚至包括罗兰的同仁们，都在为他高兴。

而罗兰依旧是罗兰，在林荀林老板的经营下，生意是一天比一天红火。红火的生意，自然让作为服务生的两个女孩子更加忙碌。而只是一个多月的时间，所有人都觉得沈君似乎悄悄地有了些许变化。虽然她依然极为寡言，但寡言的原因看上去不再全是怕生和害羞，好像多了一点内敛的坚定。

一定是经历了什么事情，庄小晨偷偷地认定了自己的判断。

只是沈君自己并没有察觉到他人对自己认识的改变，依旧按部就班地上学、读书、来罗兰打工，偶尔和已经熟知的朋友们说说笑笑，玩一玩新或旧的纸牌游戏。

逐渐地，她已经喜欢上了在罗兰的这种生活，只是有一件事她一直都没有与伙伴们提及。

自从夏天过去的一个多月来，她除了认真努力做好自己服务生的工作以外，一直注意着罗兰的一些细微变化，忽然出现的新设备，或者是一些略匪夷所思的新菜，特别是那种添加莫名其妙调味品勾兑出来的新菜，全都看在了眼里。然而，只是停留在"看在眼里"的层面，甚至她从来没有去调查过罗兰的账务，是不是真的忽然多出一份无名的开销。她只是知道在她与老板去申报馆和美查对弈饮酒棋的当天晚上，老板似乎一直就没在店里。

大概，就是在那晚，老板从美查手里接过来了那个秘密。

对谈
美食与写作，少点苦，多点甜

主持人：陆秋槎，推理小说作者，著有长篇《元年春之祭》《当且仅当雪是白的》《文学少女对数学少女》。深信推理小说能穷究人类的智识与非理性，自有其价值。

写作模式上，我不想偷懒

陆秋槎（以下简称"陆"）：读《厨房里的海派少女》的时候，想到了我很早以前玩过的一个游戏，叫《梦幻西餐厅》。

梁清散（以下简称"梁"）：我也玩过。但是大部分经营模拟类游戏和小说还是有差别的，毕竟没有那么强的故事性。

陆：《厨房里的海派少女》搭建了一个经营西餐厅的框架，之后在里面填充故事，每一篇都牵涉晚清那个时代的某个群体。

梁：这三篇其实用了不同的风格来写。第一篇比较接近商战，或者说是行业小说，描写的是如何用商业手段来打败对方。第二篇是武侠风格，还提到了一些帮会的内容。然后第三篇我自己都不知道该怎么归类。

陆：我觉得比较像"日常之谜"。

梁：对，第三篇确实一直在解谜。

陆：三篇故事是三种完全不同的风格。

梁：这么写或许有点冒险。我其实有点担心，毕竟喜欢这三种风格的读者没法重叠。不过我也没太考虑目标读者之类的事情，我只是在写自己突然想写的东西。

陆：你就突然想到了三个风格截然不同的故事？

梁：当初做角色设定的时候就在想，应该给角色配上适合她们的故事。

陆：这三个故事更多是围绕店员而不是客人展开，和我看过的大部分美食类作品都不太一样。

梁：我不想写成《深夜食堂》那样的模式。《深夜食堂》和很多餐厅题材的日系作品相同，每一章都是一个客人所讲述的自己的故事，可能很治愈，也可能有点"致郁"。我是刻意不写成这样的。因为这套模式已经很成熟了，写起来会很容易。如果让当时的三教九流，每个人过来讲讲自己的故事，再做一番抒情，一本书很容易就凑出来了，但我不想偷这个懒。不过，成熟不代表不好，其实我是很喜欢这一类作品的。比如说《深夜食堂》《孤独的美食家》《神之水滴》，甚至包括《中华小当家》，我都很喜欢。但它们对我的影响可能是反面的。恰恰是因为我喜欢它们，所以不愿照搬它们的模式。

食谱也是舶来品

陆：你这本小说里对美食有很多细节描写，包括烹饪的过程，这一部分主要参考了哪些资料呢？

梁：我查了当时的食谱。

陆：主要是从第一手材料出发？

梁：对。其实晚清食谱还是比较稀缺的，食谱实际上还是一种舶来品。中国传统文人可能会写一些像《随园食单》那样的美食散文，但那不是现代意义上的食谱。传统文人就算像苏轼那样自己做菜、发明菜，也只会把手艺传给别人，而非详细地记录下来。

陆：那种描述性很强的食谱更像是西方近代科学的产物。

梁：对，食谱只能从近代科学式的描述中诞生。在晚清这类食谱几乎没有。我主要参考的文献是《造洋饭书》。这是晚清时一个英国的家庭主妇为来到上海的外国太太所写的。当时的书商觉得这是个商机，就把它翻译成中文出版了。北大的夏晓虹教授写过一篇论文，考证当时的食谱，可惜里面提到的食谱几乎都失传了。在那之后，特别是到了民国，报纸上也会刊登很多食谱，我也会参考。比如说第一篇里提到的海派炸猪排，在我写的那个时代应该还没出现。它和日式炸猪排都由维也纳炸猪排发展而来。海派炸猪排要到民国之后才有记录。

所谓"海派"

陆：《厨房里的海派少女》是发生在上海租界里的故事。而你是个土生土长的北京人。我记得你的第一本书《文学少女侦探》是本京味儿很足的书。但后来你就走上了"海派"的"不归路"。

梁：这也是有原因的。北京在晚清的时候相对来说还是没那么洋气。我想写的那种"霓虹灯下的棚户区"的感觉——这个比喻可能不是那么恰当——只有在上海和广州才有。

陆：这个描述有点赛博朋克。

梁：我特别渴望这种感觉。相比广州我还是更熟悉上海，所以写上海。以后的作品里可能也会写广州。

陆：这种"熟悉"也是来自报刊？

梁：对，来自当时的报刊。太多"现代性"的东西是从上海起源的。

陆：很多我们熟悉的东西在晚清的上海就已经有了。但你把这些东西写出来之后，很多读者可能反而会惊诧于"这些东西原来那么早就传进中国了"，甚至会怀疑你在骗他们。

梁：确实有这种情况。我以前写过一个专栏，专门写晚清人有多会玩，主要就是写当时的上海。比如说征婚，当时就已经有了。那时的报刊上还有类似现在"知乎"的科学问答。虽然不会像网络时代那么快，但一两个礼拜之内肯定会有人回答，很多回答还很不靠谱。晚清的上海，就连日本人也称之为"东方的魔都"。它是当时的人接触所有西方文化的第一线，但这种接触很痛苦，带有很强的殖民色彩。西方人不管你接受不接受，就是要把这些最新的东西灌输给你。当时的上海人很清楚这些新事物是先进的，但也会感到这些东西不属于自己，非常矛盾。

陆：国内的作者很少会去触碰这方面的东西。

梁：大家确实不太了解晚清，总是把那个时代简单地理解为一种"屈辱史"。当时人们的那种矛盾心理，一方面想保全自己，一方面又想学习对方，这里面的痛苦、挣扎，绝大多数人是不知道的。当时的上海可以说是欣欣向荣，也被视作是"大清国"的希望。但大家又都很清楚，这种繁荣是属于洋人的，而不属于自己。

陆：这种感觉对于现在的读者来说可能有点陌生。

梁：其实也并不陌生，就是《银魂》的那种感觉。《银魂》里的世界也很繁荣，但那些繁荣是属于外星人的。

如何用"不正经"写"正经"

陆：《银魂》里面用了很多"戏仿"（parody）的处理手法。这种写作手法在你的作品里也能经常看到——把很多严肃的事情以更诙谐的方式写出来，同时致敬一些看起来毫不相干、甚至可能会让一些读者"出戏"的作品。像你的另一部作品《新新日报馆》，里面有很多非常"正经"的内容，牵扯晚清的政局和实际存在的文人，但也有一些比较"恶搞"的内容，有时候甚至给人一种"逗你玩儿"的感觉。

梁：对，而且《新新日报馆》要出续作了，里面还会有更多的这种"戏仿"。

陆：这种写法在日系科幻里可能会更多一些。比如说牧野修大部分的作品就有很强烈的"戏仿"风格。他甚至写过一本书，讲的是在战前的女校里几个美少女一起组建超能战队的故事。但是在国内，很多人都比较忌讳这种"混搭"的风格。另外，"戏仿"有时也来自性别设定。比如说在一个男性占绝对优势的时代或领域，以女性为主角，让她们做一些读者认为当时只有男人能做的事情，也会给人一种"戏仿"的感觉。《厨房里的海派少女》写的就是一群女孩子在晚清的上海开西餐厅的故事，我猜会有一些读者只看设定就觉得"不正经"。

梁：这其实是我有意为之。实际上女权运动在晚清进展得很火热，只不过大家不知道。比如说书里的餐厅叫"罗兰"，也是在暗指法国的女权运动家罗兰夫人。秋瑾就很崇拜罗兰夫人，以她为偶像。包括几个主角的设定，其实都有一定的典型性，能代表当时的某一个类型的女性。

陆：的确，有大家小姐，有读学堂的，也有习武的……我在读第二篇的时候，想到了一些晚清小说里的"侠女"形象。

梁：对，"侠女"的形象在晚清扮演了很重要的角色。晚清的女权运动真的非常先进，跟西方是同步的。这也是"侠女"流行的一个背景，而秋瑾的出现是"侠女"文化的一个爆发点。

陆：《厨房里的海派少女》中的故事在晚清是完全有可能发生的，对吧？

梁：是可能发生的。我把店老板设定成一个"官二代"，也是为了增加这种合理性。如果她是一个平民女子，恐怕是做不到这一步的。那些男人会让着她，也是考虑到她的这一层身份。

科幻与推理，是天造地设的一对儿

陆：你之后的创作重心还会在晚清吗？

梁：这个系列和"新新日报馆"两个晚清背景的系列我会继续写下去，分别代表晚清的女人和男人。之后也会尝试去写其他时代。《枯苇余春》和《济南的风筝》那个系列我也会继续写。

陆：你那篇《济南的风筝》在《银河边缘》上发表之后，先是被选进了《2018年中国悬疑小说精选》，之后更是摘得"星云奖"短篇小说部门的金奖，不管是作为科幻还是推理都得到了极高的评价。

梁：科幻和推理我觉得是完全可以结合的。因为科幻只提供世界观，它天然没有故事。你要么往里面填充故事，要么像特德·姜那样只要把世界观甩出来就能震撼读者。而推理，天生就是有故事的，解谜就是故事。它们就是天造地设的一对儿。

陆：你在作品里把历史小说的元素也加了进来。

梁：因为我是个历史迷，这是我个人的趣味。我确实喜欢看有历史背景的科幻，比如说胡行的《飞呀飞》、祝佳音的《碧空雄鹰》。《飞呀飞》这篇是晚清背景，对我很有启发。《碧空雄鹰》是唐代背景的"牛皮筋朋克"，里面出现的"黑科技"都是用牛皮筋驱动的。初读的时候真的很震撼，让我突然发现小说原来可以这么写。

我不想太"苦大仇深"

陆：读你的小说，感觉你一直在回避那种"苦大仇深"的写法。

梁：任何困难，嬉笑怒骂着也就过去了，何必那么苦大仇深呢？就像我写《新新日报馆》里的谭四，他武功高强，什么都能做好，在别人面前总是表现得"无所谓"，但是该干的事情他全都自己努力去做到了，不想让别人知道自己有多累、多苦。包括这本里的林荀，给人一种世外高人的感觉，其实她也很辛苦的。她要做的事情太多了。但她甚至不想让自己的员工知道自己有多辛苦。而且你也能看出来吧，林荀其实很厌恶公使的女儿这个身份。

陆：看得出来，不过书里面大部分事情的解决靠的还是她这个身份啊。林荀她作为一个女人，在那个时代，不管自己如何有能力，到头来还是只能依靠"官二代"的身份来解决问题，其实是件很悲哀的事情。

梁：对。她也渴望能依靠自己的能力而不是身份来解决问题，然而大家看中的还是她的身份。

陆：这些角色表现出来的云淡风轻、他们对"苦大仇深"的拒绝，是否也代表了你在生活中的一种态度？

梁：是。虽然我不想在小说中表现出太多的自我，但也不可能完全不表现。对我来说，我更希望让别人看来我很轻松，相对来说快乐一点。人内心有担当就可以了，不必表现得那么苦大仇深。